PESCIROSSI
NARRATIVA

I0629832

GIACOMO TOMA

I RAZZA STRANA

PESCIROSSI

Seguici su facebook, twitter, ebook extra

Questo romanzo è frutto della fantasia dell'autore. Ogni riferimento a persone o cose realmente esistite è puramente casuale

© 2015 goWare, Firenze
In accordo con Thèsis Contents Agenzia Letteraria, Firenze-Milano

ISBN 978-88-6797-335-4

Immagine di copertina: archivio privato di Maria Carolina Grassino (www.carrone.it)

Copertina: Lorenzo Puliti
Impaginazione: Elisa Baglioni
Redazione: Serena Di Battista

goWare è una startup fiorentina specializzata in digital publishing

Fateci avere i vostri commenti a: info@goware-apps.it
Blogger e giornalisti possono richiedere una copia saggio a Maria Ranieri:
mari@goware-apps.com

Ai miei nonni e ai mondi perduti

Sappiate, dunque, che non c'è nulla di più elevato,
di più forte, di più sano e di più utile nella vita che un bel ricordo,
specialmente se è un ricordo dell'infanzia,
della casa paterna. A voi parlano molto della vostra educazione,
però uno di questi bellissimi, santi ricordi, custodito sin dall'infanzia,
probabilmente è proprio la migliore delle educazioni.
Se un uomo riesce a raccogliere molti di questi ricordi per portarli
con sé nella vita, egli è salvo per sempre.

(Fedor M. Dostoevskij, *I fratelli Karamazov*)

Capitolo uno

Il problema era che anche suo padre, quella domenica mattina di mezzo secolo prima, si era svegliato felice. Cantava brani antichi che sembravano risalire a chissà quale epoca e aveva un gran desiderio di giocare con lui. L'Oronzo allora aveva solo tredici anni ma pesava già un bel po'.

«Tutta salute» dicevano in famiglia, eppure il buonuomo lo afferrava per i fianchi, gonfiava i muscoli e le arterie per rinsaldare la presa e se lo caricava in braccio, rischiando ogni volta di rimetterci una vertebra.

«Oissa!» gridava «oissa!».

Che Cosimo Felline fosse un tipo divertente, talvolta un autentico buffone, era un fatto arcinoto: proverbiali le volte che alle adunate in piazza annichiliva l'oratore con una pernacchia o che a messa, durante la benedizione del calice, squarciava il silenzio con il verso di un canto popolare.

«Tengo sveglio il paese» si schermiva lui, sornione, e subito riattaccava con un cinguettio dei suoi: «*Lu rusciu te lu mare è mutu forte, la fija te lu re se tae la morte!*».

Ma che quella mattina volesse sollevare suo figlio per farlo volare fino al soffitto sembrava un'idea strampalata oltre l'immaginabile, così l'Oronzo si era dileguato, chiedendosi cosa diavolo stesse succedendo al padre.

Rimasto solo, Cosimo si era affacciato al balconcino di casa. Allora le fortune della terra erano per i Felline un lontano miraggio e tutto ciò che avevano era un buco di trentacinque metri quadri con vista sulla piazza ovale di Monteroni: uno stanzone adibito a tutto.

La Peppa del forno, di passaggio, lo aveva visto: «Compare Cosimo, come andiamo?».

«Peppa!» Poi si era fatto improvvisamente serio: aveva ancora un po' di fiatone.

«Compare, a che pensi?»

«Che la vita è un'affacciata di balcone, Peppa. Tutto qua.»

«Eh, sempre filosofo tu. Però tieni ragione, sai?!»

La donna si era allontanata e Cosimo era rimasto a riflettere. A quanto sembrava, sulle affacciate di balcone la Peppa del forno la pensava come lui, ma la differenza era che lei non moriva nel fare questi ragionamenti.

La minestra galleggiava nel pentolone e la Gina, sua moglie, ogni tanto si sporgeva a buttarci dentro un po' di prezzemolo. L'Oronzo era appena tornato ma gli rimaneva lontano, per paura di essere nuovamente preso e gettato in aria.

Poi era arrivata la chiamata alle armi, con la solita voce graffiante che ti scorticava l'udito: «Mimino, Oronzo, a tavola!» aveva strillato la donna.

E Cosimo a tavola non ci era mai arrivato. Aveva portato le mani al torace e si era afflosciato per terra, con la testa appesa in avanti e il corpo accartocciato sul lato breve del balcone, quello da cui gli piaceva affacciarsi ogni volta.

Era morto senza motivo, avevano sostenuto increduli gli amici il giorno dopo, davanti al feretro. «Felice» avevano detto la moglie e il figlio al funerale, dopo aver gettato i primi pugni di terra nella fossa.

Il problema, quindi, stava tutto qui: anche l'Oronzo Felline, in quella domenica mattina di luglio dell'anno 1937, si svegliò felice. Tale e quale a suo padre.

A dirla tutta si sentì bene come non gli capitava da anni. Nell'alzarsi dal letto, il pavimento gli rimase fermo sotto i piedi, le gambe non tremarono, il respiro arrivò pieno ai polmoni. Impugnò il pomello dorato del bastone, si addentrò nei campi e li percorse fino a un albero tutto intrecciato di rami, da cui raccolse una cesta di fichi per sua moglie Carmela, che presto sarebbe tornata da messa. Funzionava così da quarant'anni: la domenica lei pregava in chiesa, lui in campagna. A ciascuno la sua redenzione, insomma.

Solo che, quando rientrò in casa, intorno a mezzogiorno, tutta quella felicità se ne scappò via. Sedette sulla poltrona e si perse con lo sguardo e il respiro sul soffitto: «Pfuah!».

Un istante ancora e, tra i rintocchi dell'orologio a pendolo che si facevano più lievi, i contorni delle cose che diventavano evanescenti, l'aria che si intorbidiva con una puzza che pareva di frutta marcita, capì tutto.

Tale padre, tale figlio. E quando mai un proverbio aveva sbagliato?

Si era svegliato felice e adesso stava per morire pure lui.

«Lo dicevo io,» fiatò con un sorriso cinico, di quelli rivolti al nemico «il problema eri tu».

Ce l'aveva col ritratto appeso davanti: era una faccia paffuta, adornata da due baffoni da monarca e un'inconfondibile fossetta sulla guancia destra. Quella di papà Cosimo.

L'Oronzo iniziò a sudare freddo: «*Zingaraccia maletetta, zingaraccia maletetta!*» farneticò, e gli si impastò la bocca che sennò l'avrebbe ripetuto all'infinito.

Lasciò cadere le braccia, in segno di resa e, intuendo che quello era l'ultimo pensiero prima di morire, lo afferrò mentre ancora gli rimbalzava in testa e lo dedicò a qualcuno. Pensò che il feudo dei Felline era una macchina difficile da portare avanti, forse i suoi figli non ci sarebbero mai riusciti. Tutto doveva ruotare con la precisione di un orologio svizzero e altro che contabili, coloni o esperti agronomi. Ricordò l'episodio di quel tizio che diceva di essere appena tornato dalla Cina e gli sottoponeva in anteprima europea dei frutti esotici, che presto avrebbero invaso il continente: l'aveva cacciato via senza nemmeno dargli il tempo di articolare i termini della proposta, quella volta. Qualche giorno dopo si era ritrovato alcuni di quegli alberelli cinesi nel cuore del frutteto, e lì non ci aveva visto più. L'Oronzo era buono e caro, ma le prese per il culo proprio non le sopportava.

«E questi che sono?» aveva chiesto.

«Chiui» gli aveva risposto il fattore.

«Come?» aveva fatto lui, piegando in avanti l'orecchio.

«Chiui» aveva ridetto quello.

Ma poi ancora: «come?».

«Chiui.»

E di nuovo: «come?».

«Chiui, chiui, chiui! Li chiamano così, stiamo facendo una prova».

Al che l'Oronzo si era alzato le maniche e stavolta aveva agito lui all'insaputa del fattore. «Una prova stocazzo!» e subito *tratran, tratran, tratran*, fino a sradicarli tutti a mani nude e appiccare pure il fuoco che, non si sapeva mai, qualche seme poteva sempre restare a covare.

La campagna, insomma, era una cosa seria, non un piano per fare esperimenti. E non c'era mai da fidarsi degli altri. La terra bisognava scandagliarla metro per metro, curarla per bene, governarla con rispetto. Sempre in prima persona; perché la terra era come un'amante. Anzi, di più: «*Comu a nu figghiu!*», gli avevano insegnato i suoi genitori.

Ricordò di dover morire.

Sin da quando era ragazzino sapeva che la morte era come un uomo alto e robusto che vestiva di nero, incappucciato dalla testa ai piedi. Si avvicinava silenzioso, da dietro, stringendo una lama. Era così che si era preso suo padre, in fondo. A tradimento.

Allora l'Oronzo sentì un crampo nel ventre. Un profumo di terra bagnata gli penetrò nelle narici e forse, nel terrore della situazione, si commosse un po' pensando alla Torre del Serpente, a quel che lasciava per sempre.

Poi avvertì una sensazione di vuoto, tutto si fermò all'istante.

Chiuse gli occhi e non ricordò più nulla.

Proprio in quel momento – che era poi lo stesso momento in cui le campane della chiesa matrice diffondevano il mezzogiorno sui quartieri del paese, i bambini si rincorrevano tra le corti di via Filiberto, il tavolino di tressette organizzato da Primiano Paticchio traballava sotto i colpi voraci dei suoi giocatori e maestro Pici Memmo, nella sua bottega di falegname, per infilzare un chiodo si batteva il pollice col martello e donava ai compaesani un urlo più potente del suono delle campane – l'Ettore Felline, terzogenito dell'Oronzo, se ne stava nascosto dietro un'aiuola.

Svettava sulla piazza di Monteroni un sole incandescente che spaccava le pietre e ammazzava gli animali e, a guardarsi intorno, non si trovava un filo d'ombra.

L'Ettore rimaneva immobile al suo posto: non schiodava gli occhi dall'orologio del campanile e si riprometteva a ogni scatto di lancetta che stavolta non gli sarebbe scappata nemmeno se fosse cascato il crocifisso dall'altare.

A quei tempi celebrava la messa don Paolo Nicolì. Era un parroco arrivato da Copertino, terra rivale, cosa che bastava a far sgorgare fiotti di maldicenze sul suo conto.

«*Prete fausu!*» dicevano in giro, e giù a spettegolare che era un villano, che rubava i soldi delle offerte, che era grasso e lurido, e se la intendeva con le perpetue.

Il sacerdote non si scomponeva più di tanto: «*Ci ghete? Prete fausu ieu?*» sghignazzava, «mo' gliela faccio vedere io a questi monteronesi».

E la vendetta se la consumava a modo suo, quando saliva sull'altare, perché era da là sopra che poteva prendere una manica di infedeli e farla penare come Dio comandava.

Ogni messa durava quasi tre ore. Leggeva intere pagine della Bibbia, Salmi infiniti, forse alcuni inesistenti. Recitava tutte le preghiere dalla A alla Z. L'omelia non si concludeva prima di aver toccato ogni argomento del Creato e anche per dare gli avvisi parrocchiali tirava fuori due o tre fogli pieni di appunti e ricominciava a leggere.

Allora, i mariti gonfiavano le mascelle e sudavano come maiali, le signore accusavano dolori alle braccia per quanto agitavano i ventagli, i bambini sbattevano i piedi e tiravano le vesti alle madri: rimanevano composte soltanto le vecchiette delle prime file, così assorte che a ogni *amen* cadevano in estasi.

Il colmo era durante la benedizione del vino, quando don Paolo non parlava ma beveva con voluttà, riempiendosi il calice fino all'orlo e mandandolo giù a più sorsate come se fosse all'osteria.

«Ahhh, il sangue di Cristo» proclamava compiaciuto, mentre alla maggior parte dei presenti il sangue saliva agli occhi, guardandolo.

«Visto, ah!? Un domani ti fai prete pure tu, che non sbagli» diceva una donna al figlioletto accanto, quasi a rimproverarlo di non aver fatto quella scelta, e subito il ragazzo le rifilava un calcio negli stinchi che la costringeva a sottacere il dolore, non vedendo l'ora di tornare a casa per menarlo fino all'indomani.

Anche quella domenica, comunque, la messa finì, e subito l'Ettore, da dietro all'aiuola, rianimato, disse: «Oggi non mi scappa». E mica immaginava che stava per vivere già il momento decisivo della sua vita, quel momento tale che tutto ciò che viene dopo cambia per sempre, nel bene o nel male. Non se lo immaginava non solo perché sembrava comunque una domenica come tutte le altre, nonostante il caldo, ma anche perché il momento decisivo pensava di averlo già vissuto da piccolo, quando era caduto dall'albero di ciliegie nel fondo di Pinuccio Linciano. Quelle ciliegie avevano fama di essere le più buone del paese: tutti i bambini ne andavano ghiotti. Solo che il ramo, quel giorno, si era spezzato, e per un imponderabile sfogo del destino lui si era giocato un po' della sua gamba destra, rimanendo zoppo per sempre.

I fedeli cominciarono a uscire dalla chiesa. Il primo a farlo fu il podestà Enrico Soprano, con un portamento da altezza reale e nemmeno un pelo fuori posto, inclusi quei quattro capelli spaccati da una riga e leccati indietro. Lo seguirono tutti gli altri monteronesi e la piazza sembrò invasa da uno sciame di mosche ronzanti.

Era una giornata ventosa: vento bollente, sia chiaro, di quelli che fanno più danno che vantaggio. Ogni tanto arrivava un soffio più forte e tutto il mondo pareva spostarsi di un metro più in qua o più in là, a seconda di come eri girato. I trucioli e la polvere si sollevavano da terra e si alzavano nell'aria, il cappello della marchesa Lopez Y Rojo, un modello spagnolo che forse era arrivato qualche secolo prima insieme a tutte le altre sue onorificenze e suppellettili nobiliari, svolazzava rincorso dai bambini che finalmente avevano di che sgranchirsi le gambe. La stessa marchesa, invece, esibiva le sue occhiate perfide e vomitava tutta la sua indignazione in quel: «Delinquenti, delinquenti, ma dove andremo a finire!?». Intanto si agitava pure il baffone dell'Antimo Casarano, su e giù, mentre gli passavano accanto i discorsi delle comari sul sagrato. Davanti al circolo degli ex combattenti la comitiva di Primiano Paticchio gettava le mani sul tavolo per fermare le carte, soprattutto la briscola che se ne volava sempre per prima. Allora, proprio il Paticchio si alzava un momento, rivolgeva la fronte al campanile che in testa sua fungeva da azimut e sollevava un dito al cielo: «Mmh... vento da sud-est» e poi subito «*faugnu!*» precisava deluso, tornandosene al posto.

La piazza si era riempita di persone, i volti si incrociavano, si scontravano, si accavallavano, ma l'Ettore riuscì a trovarla comunque: si fece largo e la inseguì.

Ora, va precisato che la Benedetta Petrelli era un fiore di ragazza assai ligia ai comandamenti e se quella mattina era andata a messa da sola non era stato per noncuranza dei genitori o per sua spavalderia. Semplicemente la signora Nadia Pasimeni, sua madre, aveva un raffreddore tremendo ma non voleva far perdere alla figlia la benedizione della domenica. A quei tempi si ragionava così: la messa della domenica era sacra perché si pensava che anche il Signore, come tutte le persone, nel settimo giorno fosse più disponibile a illuminare la gente e con una benedizione domenicale ti sentivi protetto tutta la settimana. E poi, la Pasimeni se aveva dato alla figlia quel nome, era proprio perché aveva il tarlo delle benedizioni. Così, d'accordo col marito che era impegnato in una riunione straordinaria del fascio, aveva steso sul letto della ragazza il vestito a merletti della domenica e le aveva detto: «Vai. Tanto sai tu». Poi aveva preso per mano le due figlie più piccole, la Anita e la Giovanna, e gliele aveva piazzate a fianco. «E sapete pure voi!» aveva aggiunto minacciosa.

La Benedetta, cioè, sapeva di dover camminare come Dio voleva, con la testa rigida in avanti e lo sguardo sotto i piedi. E sapevano invece, le sorelle, di dover memorizzare ogni faccia, ogni mossa di eventuali male intenzionati che provavano ad avvicinarsi.

E quando le sbucò accanto l'Ettore Felline, difatti, alla ragazza sembrò di aver visto il diavolo. Si strinse nella mantellina di cotone come se fosse un guscio e lo fulminò: «Che vuoi?».

«Dobbiamo parlare» disse lui.

«Parlare? *Si pacciu!* Non vedi?» e indicò le sorelle.

«E che fa?»

La Benedetta allungò il passo.

«Fa, fa!»

L'Ettore si sforzò di restarle dietro. Zoppicando, evidentemente. Si lasciarono alle spalle la piazza e la folla dei fedeli. Rimasero solo le case: i prospetti dal riflesso albume se erano bianchi, carne cruda se più scuri. Ogni tanto passava un ragazzino con un secchio d'acqua riempito alla fontana. Non aveva neanche la forza per cacciarla fuori, la bestemmia, mentre si torceva le spalle. Dai vecchi portoni si affacciava la testa di un fratellino che gli chiedeva pure di fare presto: «*Mimì, mena! Lu tata se sta stizza!*».

E quello, affrettandosi: «Vengo, vengo!».

L'Ettore ci provò di nuovo, l'afferrò per un braccio e lei, questa volta, dovette fermarsi.

«Dai, Benedetta!»

«No, Ettore!»

Ricominciarono col dirsi che non era possibile e col chiedersi perché non lo era, e la storia sarebbe andata avanti a oltranza se lui non si fosse deciso, di punto in bianco, a tirar fuori il coniglio dal cilindro e a dirle: «Va bene, prendi almeno questa».

La Benedetta spalancò gli occhi.

«L'ho scritta...»

«Vedi gente in giro?» lo interruppe.

«No. Comunque io...»

«Stai zitto. E voi due non guardate!»

La ragazza trattenne il fiato, tirò il corpetto in avanti e infilò la lettera dove nessuno avrebbe potuto più vederla. L'Ettore rimase a bocca aperta. Le sorelle fecero finta di niente ma si lanciarono un'occhiata divertita.

«Ma non cambia niente» spiegò lei, mentre premeva sul seno per farla aderire meglio.

«Benedetta io...»

La ragazza lo fissò negli occhi.

«Stammi dietro almeno trenta passi. E seguimi.»

Prese le sorelle per mano e le tirò con sé: «Voi veloci, invece».

E l'Ettore, finalmente, la lasciò andare avanti e la seguì in santa pace.

L'Ettore Felline era fatto un po' a modo suo. Nel senso che a casa aveva un'abbondanza di terre e di manodopera salariata che avrebbe fatto invidia a chiunque, ma su di lui non produceva nessun effetto. Non si era spiegato ancora da dove sbucassero fuori tutte quelle terre, visto che suo padre, come già detto, era nato e cresciuto in una catapecchia nel centro di Monteroni, e suo nonno, quel compare Cosimo Felline che a dire dei suoi familiari morì felice, di mestiere non faceva il latifondista ma il cavapietre. Il fatto è che, però, non si può neanche trascurare cosa accadde quel giorno tra l'Ettore e la Benedetta. Perché, per quanto possa sembrare esagerato, senza questo passaggio l'epoca dei Felline sarebbe finita anzitempo.

L'Oronzo teneva anche altri due figli. L'Egidio, il più grande, era un tipo schivo, che parlava pochissimo, tutto l'opposto di Ciccio, il secondogenito, ragazzo dal sorriso e dalla battuta pronta. Entrambi, a differenza dell'ultimogenito, lavoravano sodo e col cuore, proprio come il padre. Perché lui, l'Oronzo, anche se era diventato ricco, era rimasto coi piedi per terra in tutti i sensi: da giovane aveva conosciuto la fame e la fatica, e la tempra delle persone non cambia dall'oggi al domani. Lui era rimasto lavoratore dentro: «Nasciamo per lavorare» diceva, e almeno i figli più grandi gli davano retta.

L'Ettore invece lavorava, se lavorava, solo per dovere e raramente lo si vedeva con gli stivali sporchi di terra. Fingeva di passare qualche ora tra le piante, poi si gettava a capofitto nelle sue passioni, finché sua madre o suo padre non lo inseguivano con una scopa o con quello che si trovavano tra le mani. «*Malecàrne, ba fatìa!*» gli urlavano. Allora lui fingeva di prendere un rastrello, ammucchiava un poco di foglie e di nuovo, alla prima occasione, si defilava e tornava a scrivere poesie, a vaneggiare su filastrocche e canzoni popolari, a fantasticare senza limiti col pensiero.

L'ultima arrivata era stata la pittura.

«Per l'amor del cielo!» gli aveva risposto la madre un giorno, scappando a prendere il rosario. L'Ettore ci aveva provato con tutti: coi fratelli, col padre e con i contadini. Si era rivolto pure a Biagio, l'assistente tutto fare che già all'occorrenza fungeva da domestico, coltivatore e chauffeur: tanto valeva farlo mettere in posa per un ritratto. Ogni volta, però, aveva ricevuto solo sguardi che impietrivano.

L'unico a dire di sì, alla fine, era stato Aristalco ma, poiché si muoveva troppo, l'Ettore aveva messo un bell'osso di bistecca sul tavolo e aveva legato il cane a un metro di distanza. Aristalco, così, era diventato una sfinge che sbavava senza misura.

«Fai il bravo che te lo faccio divorare» gli aveva promesso, passandogli lo straccio sul muso.

Il gioco era finito con l'arrivo imprevisto del padre, trasalito quando aveva visto l'animale in quelle condizioni: «Il cane non è un idiota!» aveva ruggito l'Oronzo, indeciso se dare al figlio un morso in testa o una randellata del suo bastone tra i denti, magari dalla parte del pomello dorato. Poi, slegato l'animale, aveva urlato: «Ti voglio nel campo tra due minuti. Oppure prendi un fucile e vieni con me: sono arrivate le quaglie d'aprile, era da sette mesi che aspettavo. Oppure *oce te ccìu*. Scegli, una di queste tre».

L'Oronzo si era allontanato con un fischio e l'Ettore era rimasto a fissare il ritratto, sconcertato poiché gli sarebbero bastati altri due minuti per finirlo. C'erano già le grandi orecchie da bracco, il pelo raso, chiazzato di bianco e arancio, gli occhi languidi e la mandibola cadente: mancava giusto il muso, la parte finale. Si era consolato al pensiero che lo ricordava a memoria, e aveva pensato che nella peggiore delle ipotesi il viso di suo padre non ci sarebbe stato neanche tanto male, mentre da lontano lo si sentiva ancora urlare: «*Oce lu cciu! Giuru ca lu cciu!*».

Certo, per quanto potesse avere la testa tra le nuvole, quel giorno che inseguiva la Benedetta capì anche lui che le cose si mettevano male.

«Aspettami un po' qua» disse la ragazza davanti al portone di casa. Era mezzogiorno e un quarto e dalle imposte filtrava già l'odore di aglio e di formaggio.

«Ma un po' quanto?» chiese lui.

«Un po'!» precisò lei, che da quando aveva ricevuto la lettera non era più tanto lucida.

E quel po' alla fine durò pure meno del previsto: da quando si chiuse il portone a quando si riaprì passarono cinque minuti e ricomparve la Benedetta, con gli occhi bagnati e due sfumature rosse sulla guancia: «Ettore, entra» fiatò, e gli sorrise ostinata, mentre lacrimava. Da fuori si sentivano le grida selvagge di un uomo e lo stridore delle stoviglie che rimbalzavano per terra e sui muri. Intanto piangevano pure l'Anita e la Giovanna: evidentemente, se si era arrivati a tanto, qualche castigo lo meritavano pure loro.

L'Ettore la guardò angosciato: «Entra» ripeté la ragazza «forse si è convinto».

E l'Ettore – nonostante fosse ancora in tempo e tutto gli suggerisse di girarsi e di andar via, compresa fino all'ultimo la voce di suo padre che, ovunque si trovasse a quell'ora, di sicuro ripeteva: «*Oce lu cciu, giuru ca lu cciu!*» – quella domenica di luglio dell'anno 1937 ci entrò davvero a casa della Benedetta Petrelli.

Girolamo Petrelli era un commerciante di spezie e generi alimentari che un giorno, rapito dall'epico racconto della marcia su Roma cui un suo amico millantava di aver preso parte, aveva abbracciato il fascismo come prima ragione di vita. Aveva una piccola bottega in centro, all'angolo tra via Falconieri e via Mazzini, e in paese era una figura nota non solo per le sue doti nel commercio: tutti lo conoscevano per la sua assiduità alla causa del duce.

Prendeva parte, sempre puntualissimo, alle riunioni dei suoi camerati e scriveva con frequenza sul "Moschetto", giornale curato dalla sezione locale del Partito Nazionale Fascista. Gli articoli, a dire il vero, glieli correggeva di sana pianta il professor Ubaldo Spedicato, che insegnava italiano nelle scuole elementari e a Monteroni era uno dei pochi ad aver studiato. Il professore era anche un tipo con un caratterino ispido e altezzoso, che di stare appresso ai capricci di un analfabeta improvvisatosi scrittore non aveva nessuna voglia. Così il Petrelli, ogni volta che andava a chiedergli il favore, doveva poggiargli sulla scrivania un foglio macchiato d'inchiostro con accanto una boccetta di olio di ricino: «Come al solito, professore, scelga lei» diceva, e quello sistematicamente arricciava le labbra e chinava la testa sul foglio.

Girolamo Petrelli, comunque, non era un letterato ma nel fascio locale si stava facendo strada. Lui in fondo aveva la passione, le energie vitali e l'aspirazione alla grandezza. E non c'era un'iniziativa politica che non lo vedesse coinvolto in prima linea. Era un fascista vero, tutto d'un pezzo, e da qualche mese ambiva pure alla carica di responsabile cittadino del partito, cosa che sarebbe accaduta quando quel rincoglionito dell'Aristide Rizzato, messo lì con due guerre alle spalle e tutti i malanni del mondo solo per fare contenti quelli del movimento combattentistico, avrebbe finalmente tirato le cuoia.

Queste premesse per dire che, chiaramente, quando sua figlia quel giorno gli portò dentro casa uno spaventapasseri dall'aria sommessa, il Petrelli partì con le peggiori intenzioni e sguainò per intero il suo repertorio da camerata.

Squadrò l'ospite da cima a fondo, girandogli attorno. Quell'altro, dal canto suo, si era già ammutolito e non aveva mica suo padre, nell'orecchio, a erudirlo come quando era bambino: «Attento, *ca se pecura te faci lupu te mangia*». I proverbi non sbagliavano mai, l'Oronzo lo sapeva bene. E infatti non sbagliarono neanche quella volta.

«Cosicché tu saresti il terzo figlio dei Felline» disse sprezzante Girolamo Petrelli.

Ettore annuì.

«Non ho sentito!» esclamò il camerata.

«Sì» fiatò il ragazzo.

«Ah, era un sì?! Quelli della Torre... com'è che la chiamate?»

«La Torre del Serpente».

«Ecco, appunto, del serpente. Lo sapevo:» il commerciante arcuò un sopracciglio «proprio quelli?».

Ettore annuì di nuovo, senza parlare.

«Non sento!» gridò il Petrelli.

«Sì, sì, loro» chiarì il ragazzo.

La Benedetta provò a intromettersi ma il padre la zittì sul nascere: «Tu aspettami con tua madre e chiudi la porta.» Attese che la figlia uscisse e poi, l'uomo, ricapitolò l'intero concetto: «Dunque, sei l'Ettore Felline, figlio dell'Oronzo Felline, quello della Torre del Serpente. E stai qui per mia figlia che, non riesco a spiegarmi come è successo, puttana della miseria, ma ti ha fatto entrare a casa mia».

L'Ettore sbiancò. Il Petrelli gli ruotò attorno ancora due o tre volte, sempre più torbido. Forse cominciava a sentire un lieve giramento di testa quando gli si fermò davanti e indicò una sedia: «Siediti là! Io e te dobbiamo fare un discorso».

Sull'altra sponda, a quell'ora esatta, c'era ancora un uomo seduto sul divanetto di casa: l'Oronzo Felline non era morto, anche se la moglie al ritorno da messa lo scuoteva come un ramo da cui dovevano cadere le noci e lui continuava a non darle segni di vita.

«Oronzo! Sveglia! Insomma, Oronzo!?»

Stava dormendo, sognando chissà cosa. E si svegliò solo quando la Carmela gli ricordò l'impegno che avevano preso per il pomeriggio.

«Il notaio, Oronzo. Tra un'ora apre per noi.»

Lui fece appena in tempo a raccapezzarsi e a rendersi conto che era ancora in carne e ossa, che Carmela lo incalzò: «Finalmente! Mangiamo, è pronto».

La tavola l'aveva apparecchiata *mescia* Melina Coluccia, una signora che veniva dal paese ogni domenica per guadagnarsi dieci lire e un po' di verdura fresca da portare ai suoi cari. Aveva tredici figli e, puntuale come un'Epifania, non aveva perso una classe: dal 1925 al 1937 li aveva messi tutti in coda, un successo dopo l'altro, senza mai prendersi un anno sabbatico. «Manco Binda e Girardengo ne hanno vinti tanti di fila» le diceva il marito, appassionato del Giro d'Italia. Sua moglie, a differenza dei due corridori, ce l'aveva fatta: li aveva sfornati con la stessa abilità con cui la domenica, dai Felline, puliva, cucinava, riveriva e sparecchiava. Come se niente fosse e per poche lire, perché c'era un reggimento da portare avanti.

Si sentì odore di carne arrostita e Aristalco, là fuori, premette il muso sull'uscio, sbavando come al solito. Era anche la sua ricetta preferita.

«Tale padrone, tale cane!» commentò la Carmela.

Poi arrivarono le pietanze a tavola: erano due belle lepri impallinate il giorno prima, rosolate al fuoco, condite con rametti di rosmarino, spicchi d'aglio, due cucchiaiate d'olio e qualche goccia di limone, il tutto avvolto in una fetta di lardo e contornato da patate abbrustolite con sale e pepe. A completare l'opera, al centro del tavolo, *mescia* Melina aveva messo un vino proveniente dalle migliori vigne del feudo, quelle che si trovavano alle spalle della Torre del Serpente e, checché se ne dicesse in giro, producevano uva di una tale prelibatezza che avrebbe fatto impallidire francesi, piemontesi e tutti i migliori produttori di vino al mondo.

Ma l'Oronzo non mangiò bene, quel giorno. Era inquieto. E non per il fatto che di lì a poco avrebbe dovuto cedere ai figli tutto ciò che in terra gli era riuscito di costruire, perché in fondo era giusto così, teneva sessantacinque anni e non era più l'Oronzo Felline che conoscevano in giro: sentiva che le energie gli mancavano, che tutto d'un tratto gli era arrivato il conto dei decenni di lavoro nei campi. «*La terra te strapazza*» diceva una volta sua madre mentre si arcuava al solleone a seminare o a raccogliere le verdure. E purtroppo era vero. Il momento di passare il testimone era quello: i figli avevano l'età giusta per conoscere il sapore della responsabilità e diventare i padroni della loro vita.

Quel giorno, era inquieto perché nell'aria ronzava un dannato presentimento e, più fissava la tovaglia, più la moglie lo guardava, preoccupata, perché si stava raffreddando troppo: proprio come l'arrosto.

«Che hai? Mangia» gli fece.

«Dove sta?»

«I figli tuoi sanno che l'appuntamento è alle due, e che è l'ultimo giorno, che poi il notaio parte in villeggiatura e se ne riparla il mese prossimo. Sanno tutto.»

«*Lu cciu, giuru ca lu cciu! Capu te trozza!* Mi rimane poco tempo, ma prima di andarmene *lu cciu!*»

«*Ohimmé,* per favore! Ti ho fatto preparare le lepri, mangia!»

L'Oronzo diede un morso alla selvaggina e il mondo, per un attimo, parve rischiararsi. Ultimamente era sempre la stessa storia: vedeva la morte dietro ogni angolo, oppure bastava un niente per perdere la brocca e farlo diventare come una megera incontenibile.

«Ha solo una fottuta paura di morire. Sono quelle cose cui la scienza non sa dare risposta: vuole sapere quale arcano meccanismo si scatena nella mente di un uomo, che sta meglio di me e di lei, per ridurlo in un tale stato psichico? Beh, mi creda, signora, è un mistero» dibatteva il dottor Ludovico Valenti, medico condotto del paese, quando più o meno una volta ogni dieci giorni il signor Felline lo faceva accorrere al suo capezzale. E la Carmela lo guardava attonita, perché se non lo sapeva neanche lui quale male aveva suo marito, allora stavano freschi. Nessuno, in casa, sapeva più come fronteggiarlo quando gli spuntava la fobia della morte.

«Chiamiamo il dottore?» domandavano allarmati i figli.

«E a far che?» diceva giustamente la Carmela.

Ma dall'altra stanza già si levava un grido disperato: «Chiamate il dottore! *Mena, sta mueru! Mena!*». E giù in paese a chiamare Ludovico Valenti, che poi l'Oronzo teneva inchiodato per ore, stringendolo per l'asola della giacca o, nelle peggiori ipotesi, per lo stetoscopio: «*Iùtame, almenu tie, sàlvame!*» piagnucolava.

Quel giorno, intanto, un piccolo boccone alla volta e la lepre se ne andò tutta, e più mangiava e più rinvigoriva finché, improvvisamente, l'Oronzo ebbe voglia di raccontare un episodio che gli era accaduto in piazza una volta.

«Sentiamo» lo assecondò la moglie.

«Sai, dico a un amico quello che mi combina mio figlio Ettore, e lui a un certo punto mi fa: ma non è che gli piacciono i maschi?»

La Carmela arricciò le labbra, disgustata.

«Ecco, proprio come ho fatto io. Al che mi comincia a dire che c'è *gente spustata*, in giro, maschi che si piacciono con altri maschi. E si mette a fare esempi pure con gli animali. Mi ha detto che esistono cani strani che fanno ste cose.»

«Cani?»

«Sì, lui ha visto i cani suoi, che sono due maschioni, eppure stavano uno sull'altro. E a turno.»

«Uno sull'altro?»

«*Sine.*»

«A turno?»

«Così mi ha detto.»

Si guardarono a lungo. L'Oronzo fece un ghigno bonario e per un attimo, sulle guance, gli uscirono le fossette che un giorno l'avevano fatta innamorare. La Carmela rise di gusto, stringendogli le mani, pensando finalmente a qualcosa di bello con suo marito. Il pranzo si concluse con un dolce di fichi.

Gli ritornò tutto, quel malessere, neanche un'ora dopo, quando il dottor Amilcare Miglietta aprì la porta del suo studio di via Filiberto.

All'Oronzo la faccia del notaio non piacque sin dal primo momento. E a onor del vero quella faccia non avrebbe entusiasmato nessuno. Perché non è che il notaio li avesse accolti proprio in ciabatte e costume da bagno, ci mancherebbe – benché la sua casa di Gallipoli, col balcone da cui ci si tuffava direttamente in mare e la canna da pesca che già si solleticava al vento, non attendesse altro che il suo inquilino – ma il tono indolente, quasi polemico, di chi veniva molestato e occupato proprio sul più bello ce l'aveva tutto.

Occhi spenti ed espressione rugosa, mentre diceva flemmatico: «Prego, lor signori, mi seguano».

«Saluta!» e la Carmela diede un colpetto al marito. Lui restò muto e per metterci una pezza la donna dovette fare una sorta di inchino quando raggiunsero la scrivania, e dire: «Grazie ancora della disponibilità, della gentilezza, dottore».

Il notaio spiegò che per l'atto da compiere era necessaria la presenza di due testimoni, ma che il suo studio, essendo domenica, era a corto di personale, per cui sarebbe andato a prenderli accanto dove c'erano due vicini che non disdegnavano mai di mettersi a sua disposizione. Anche perché nel frattempo i loro figli dovevano ancora arrivare, vero?

«Vero» confermò la Carmela, deferente, e l'Amilcare Miglietta si rialzò lento e si trascinò fuori dalla stanza.

Marito e moglie rimasero soli, come soli erano stati in tutti quegli anni a guidare un feudo arrivato nel più sorprendente dei modi.

«Ricordati che è domenica! Ci sta facendo un favore» rammentò la donna.

Lui di nuovo non spiaccicò parola, ma strinse i denti. E già lì la moglie avrebbe dovuto capire come sarebbe finito quel pomeriggio.

Tra le volte a stella e la carta da parati all'Oronzo iniziò a girare la testa. *Vuooohm vuooohm* gli fece: era una sensazione già vissuta, pure se erano passati quarantatré anni dall'ultima volta che si era trovato a tu per tu con un signore incravattato. A quei tempi era un giovanotto scarno, non teneva nemmeno scarpe da mettere ai piedi. Però stava per diventare ricco, paurosamente ricco. E adesso che sotto agli occhi aveva la mappa del feudo pronta per essere tramandata ai suoi tre figli, provò un brivido. Il nervoso non gli passava. *Vuooohm vuooohm* continuò a fargli la testa quando ripensò a quanta passione si era bruciata tra quelle terre: le sue terre.

La storia dei Felline era iniziata subito dopo la metà dell'Ottocento. Santino Felline, ironia del nome e della sorte, era un giovane seminarista che aveva avuto la fortuna fuori dal comune di diventare segretario particolare dell'allora vescovo di Lecce, monsignor Erminio Torsello. Sua eccellenza lo aveva notato in un raduno diocesano, dove glielo avevano descritto come un orfano proveniente da un paesino vicino che si era rinchiuso in seminario per non morir di inedia. «È la lotta per la sopravvivenza, e va affrontata con coraggio» aveva chiosato allora il vescovo, chiedendo di mandarglielo l'indomani mattina.

In realtà Santino Felline era molto più che un bel giovane. Alto centottantasette centimetri, corporatura slanciata, muscoli definiti, spalle larghe, viso d'angelo. Se non faceva la scelta di servire Cristo di donne a cui votarsi poteva averne a stuoli. «*Che sorta te lavoratore!*» esclamavano le persone nel vederlo passare, perché prima di chiudersi in seminario, per campare, andava con suo fratello Cosimo alle cave di Arnesano a spaccare massi col martello fino a ridurli in breccia minuta. Così si lavorava allora: senza tanti complimenti. E quando, la mattina seguente, sua eccellenza monsignor Torsello si era sognato di nominarlo addirittura suo segretario particolare, Santino Felline aveva aggrottato la fronte e provato a sturarsi le orecchie.

Invece era vero, ci aveva sentito benissimo. La sua ascesa era cominciata proprio quel giorno: col diventare prete prediletto di sua eccellenza sarebbe arrivato a conquistare, sommando le elargizioni ricevute nell'arco di trent'anni, un capitale di terre e denaro che a suo padre maniscalco e a sua madre massaia avrebbe fatto tremare le mani.

Che poi, per quale motivo un potente vescovo decidesse di raggirare il sacro vincolo della manomorta e ridistribuire ora ai propri familiari ed ora al suo segretario personale le sostanze provenienti dai lasciti dei fedeli, a nessuno fu mai dato saperlo. A distanza di tanto tempo non ha più senso neanche insistere in certe congetture, tutto sommato. È certo, tuttavia, che in molti nel clero si erano occupati già a quel tempo della questione e, a chi aveva arguito che si trattava di un gesto di carità cristiana derivato dalle umili e sfortunate origini del giovane prete di paese giunto a intenerire oltremodo un santo uomo dedito al Vangelo, si erano affiancati i dubbi di chi aveva nutrito, sin dall'inizio, idee ben più ambigue sulla natura di quel sodalizio.

«Sodomia!» avevano affermato le lingue più velenose. E le calunnie si erano rincorse e affastellate tra le navate, gli altari e persino i conclave, seminando oscure e raccapriccianti perplessità sulla moralità dei due religiosi.

Chiaramente, nulla era stato mai provato e il dubbio era sopravvissuto a entrambi. Sua eccellenza si era spento in una notte di inverno, dopo una malattia lenta come un verme e velenosa come un cobra che se lo era portato al camposanto pezzo per pezzo. Non diverso destino era spettato al ricco don Santino, che era diventato persona assai discussa.

«Bello, ma cattivo e traditore» dicevano di lui anche quelli che lo avevano sempre lodato e difeso. Era morto qualche anno dopo sua eccellenza, vittima di una strana infezione ai polmoni che lo aveva annichilito nel giro di una settimana. Chilometri di ricchezze erano rimasti incustoditi, poiché don Santino non aveva nessuno, e anche Cosimo, suo unico fratello, era già partito da un pezzo. Molti nel clero erano impalliditi nell'apprendere che il parente più prossimo era un nipote di neppure ventidue anni che sbarcava il lunario come meglio poteva.

Era il 15 aprile 1894 quando l'Oronzo Felline aveva saputo, per voce del notaio Amedeo Miglietta, padre dell'Amilcare, che lo aveva mandato a prelevare dalla stamberga in piazza dove viveva con sua madre, di essere appena diventato proprietario di centosettantasei ettari di terreno e una quantità di soldi che non sapeva nemmeno leggere o pronunciare. Era stata quella la prima volta che l'Oronzo aveva sentito la testa girare. Il respiro si era fatto frenetico e nel ventre gli si era accanito un miscuglio di adrenalina e paura. Lo scotto da pagare per il fatto che per la prima volta la vita gli diceva di sì.

Ma il paradosso della vicenda era un altro.

L'Oronzo Felline era figlio di Cosimo Felline, il "morto contento", e quest'ultimo con il fratello prete non s'era mai potuto soffrire. Potendo, anzi, gli avrebbe cavato gli occhi con le sue stesse mani, perché tutto ciò che il prete gli aveva concesso, nonostante le ricchezze e il potere, era stato infatti un misero impiego da bracciante nelle sue terre, pagato con un salario da fame.

Santino Felline era così: non guardava in faccia nessuno. Gli affetti, il sangue, l'amore, macché! Tutti uguali, per lui, gli uomini: proprio come davanti a Cristo. Li trattava tutti con la stessa intransigenza. «La carne è una sola» sosteneva, e nel frattempo si era fatto di un'avidità sfrenata. La cura dei santi e del Vangelo era diventata una banale consuetudine più che una missione di vita: la stessa, per intendersi, che l'impiegato di un ufficio comunale avrebbe dedicato ai timbri della sua scrivania.

Altrimenti un fratello è sempre un fratello. E non è che ce n'erano tanti, di fratelli, in quella famiglia: Santino e Cosimo erano gli unici. I loro genitori avevano provato a farne altri ma gli erano sfumati tra le braccia per ben sei volte di fila, roba che non arrivavano neanche a due anni e già il Padreterno se li richiamava indietro. Altro che *mescia* Melina e i suoi bei tredici figli avuti una cinquantina d'anni dopo. Allora si era in pieno ottocento, le malattie letali si diffondevano con la frequenza di un raffreddore e sui Felline la malasorte si era accanita in un modo spudorato. «I Felline tengono il sangue malato» trovava da sentenziare il paese, mentre a uno a uno l'Ernestino, la Rebecca, la Nunziatina, l'Antimo, l'Ada e la Luigina, chi di meningite, chi di tifo, chi di bronchite o di vaiolo spiravano via.

Sta di fatto, allora, tornando alle terre e all'Oronzo, che il problema a quel punto era uno soltanto: quei campi venivano da un prete, ma erano deragliati dai binari della manomorta per arrivare nelle mani di un giovanotto senza arte né parte. Dio aveva compiuto il miracolo, aveva pensato qualcuno.

«Ma quale miracolo e miracolo! Questo è un sacrilegio!» aveva detto subito qualcun altro.

Perché era chiaro che non tutti potevano essere dello stesso parere: per alcuni esponenti del clero che sin dal giorno della morte di don Santino avevano assediato l'unico superstite dei Felline come fosse l'ultimo infedele rimasto sulla terra, il vero Dio avrebbe voluto qualcosa di diverso.

«Quelle sono terre del Signore e tali devono rimanere» aveva proferito un certo don Enea Caricato, inviato dalla diocesi per dirimere quella che tra le stanze del vescovado era stata etichettata come la "Questione Felline". A scortarlo nella sua missione monteronese c'erano altri due sacerdoti. Messi accanto, i membri di quella santa delegazione formavano tre monete dello stesso conio: la testa stempiata, il muso affilato, gli occhi avvinti da un rossore un po' diabolico, il corpo sfilacciato sotto una lunga tonaca nera. Soltanto don Enea si distingueva un minimo grazie a un neo che gli copriva uno zigomo e conferiva almeno un briciolo di espressività al volto. Non c'è da sorprendersi se quel giorno, al loro passaggio, qualcuno aveva affondato le mani agli attributi, commentando: «*Quisti portanu spurchia!*» e via poi con uno scongiuro.

Piccola parentesi. Perché se tu sei uno che delle terre non se ne frega più di tanto, nel senso che ti servono solo a tirarne fuori soldi oppure a sapere che domini una fetta di mondo e puoi farla vivere e morire quando vuoi, allora è un conto. Ma se sei uno che in quelle terre ci è cresciuto – e per esempio sai che lì il sole spunta sempre a oriente, al di là dei viburni e si eclissa ad ovest tuffandosi dietro ai mandarini, che il merlo fa il nido sulla quercia millenaria dai rami intrecciati come lacci incrostati, che esistono tronchi così vecchi da aprirsi in due e contenere le incisioni di non si capisce quale passato popolo di briganti, che ci sono punti in cui la terra è più fertile e altri in cui le coltivazioni attecchiscono male, che c'è più argilla o più roccia, più luce o più ombra, zone umide in cui spuntano i funghi mangerecci, avvallamenti che diventano stagni con la pioggia, declivi che fanno indolenzire le gambe, e se ancora distingui il vento, la direzione, i cespugli che agita, i granelli, i semi che trasporta, le piume, gli odori e sai dove guardare per le rondini, i pettirossi, le tortore e in quali anfratti cacciarti per scovare i nidi dei ricci e delle volpi – allora è diverso.

Per non parlare della Torre, perché se magari conosci pure la Torre del Serpente – e sai che spunta all'estremità del feudo come un eremo lontano e con la particolarità che nelle giornate senza luna si diluisce nella nebbia e scompare, diventa invisibile, e sai che lì gli uccelli piantano i nidi e i serpenti banchettano felici e che ci sei andato una volta con una brunetta di nemmeno vent'anni che hai rubato al paese e hai posseduto proprio tra quelle pietre e quei sonagli, tanto che alla fine le hai detto: «*Mo' si mia pe' sempre*» e lei, guardandoti, ti ha sorriso e promesso che un giorno sarebbe diventata tua moglie – beh, se sai anche tutto questo, allora non solo è diverso, ma la partita è chiusa.

E per l'Oronzo la partita era già chiusa.

Quando qualcuno era venuto con l'intenzione di riaprirgliela: lì era cominciato tutto l'odio possibile, che sennò non avrebbe avuto motivo di esistere tutta quella voglia di ammazzare i preti. Mica era una questione di religione, in fondo. Erano capitati i preti come potevano capitare i medici, i falegnami, gli avvocati, i contadini. Ma era partito tutto da lì, da quel giorno in cui i tre sacerdoti erano venuti a recriminargli le terre. 'E come?' aveva pensato l'Oronzo, mentre si puntellava sull'uscio di casa 'io e i genitori miei abbiamo buttato sangue e sudore per bonificare i campi, che siamo quasi morti di malaria per quattro soldi, perché lo zio, pure che ci era zio, ci pagava da fame come a tutti gli altri, e mo' se ne vengono freschi freschi questi del vescovado a chiedermi di lasciarglieli?'.

Ma l'atteggiamento e il sermone dei preti era stato sferzante: «Sono questioni più grandi di lei, signor Felline. Non si mischi in vicende che non hanno nulla a che vedere con la sfera terrena ma appartengono al mondo celeste, alla legge divina. Chi è lei per opporsi alla volontà dell'Altissimo? Lei, di fronte a Dio, è quanto di più piccolo possa esistere. Compia un atto di fede e Dio gliene renderà merito».

L'Oronzo non si era fatto intimidire: era molto giovane ma c'aveva già la tempra caparbia dei Felline. Aveva parlato in un modo così lapidario da far meraviglia a se stesso, e parafrasando il concetto con un linguaggio meno colorito di quello utilizzato, aveva detto che le terre gli spettavano per giustizia, prima ancora che per diritto; che il Signore era bene che rimanesse là dov'era, ben al di là delle nuvole, visto che non meritava di essere scocciato per simili faccende; e che per loro, scomodatisi da Lecce per venire in paese, la curia poteva impegnarsi a ricercare attività più edificanti per impiegare il tempo libero. Questo, in un certo senso, aveva detto.

«Peccato mortale!» I preti gli avevano dirottato tre espressioni disgustate ed erano andati via. Non era un addio, ma un arrivederci, e da allora ci avevano riprovato in tutti i modi. Dapprima con carte che attestavano false donazioni. L'Oronzo non si era lasciato irretire e i sacerdoti erano passati alle promesse di ricompense terrene e celesti, come quella di fargli avere un lavoro redditizio o donargli la resurrezione eterna. Qualcuno aveva garantito che facendo il suo dovere avrebbe ottenuto il suo bell'orticello quotidiano, che in fondo le distese del feudo erano tante e apparteneva alla natura della chiesa la tendenza a compiere atti generosi in favore di un buon cristiano. Ma la proposta più stravagante di tutte, l'Oronzo l'aveva trovata un giorno sotto l'uscio di casa. Era una lettera scritta e firmata da un certo don Basilio, che lo invitava a farsi trovare il tale giorno alla tale ora nel confessionale della chiesa di Santa Croce, a Lecce. La contropartita per le terre, qui, diventava decisamente allettante: un matrimonio combinato con una suora mancata, fresca di convento, giovane, piacente e, soprattutto, completamente illibata. Una di quelle da leccarsi i baffi. Ma l'Oronzo aveva disertato l'appuntamento e fatto coriandoli pure di questa proposta. Per ultimo ci aveva provato il nuovo vescovo in persona, sua eccellenza Leonardo Stefanelli, che aveva convocato il dissidente Felline dietro la minaccia di una scomunica.

Ma il problema principale, ormai, era che Oronzo aveva preso a odiare i preti di un odio che non lasciava adito a speranze, tanto era viscerale. Quegli uomini con la croce in petto erano diventati creature più esecrabili dei cacciatori di frodo che entravano nelle sue terre. Solo a sentirli nominare subiva un improvviso aumento della pressione sanguigna, il nervoso gli annebbiava la ragione, la gola si seccava, le budella si contorcevano, le mani tremavano dal desiderio di strozzare qualcuno.

Qualche anno dopo, in uno di quei giorni con più rabbia in corpo del solito, aveva giurato che non sarebbe morto prima di varcare il portone della chiesa matrice del paese, magari durante la messa domenicale, quand'era stracolma di fedeli, e commettere la più terribile delle profanazioni: «Entro, punto il fucile e sparo al crocifisso che sta sull'altare!». La Carmela era scappata a tappare le orecchie al piccolo Egidio.

«E come fai, papà?» aveva chiesto il bambino, liberandosi.

«Faccio così: *pum, pum, pum!*» aveva risposto lui, mimando la scena con un fucile immaginario tra le mani.

«Con le pallottole vere?»

«E con quali allora?»

L'Egidio si era sganasciato di risate: «E dove lo prendi, papà?».

«Lo prendo qua, guarda, *rittu rittu*» l'Oronzo aveva portato l'indice sulla fronte. Carmela si era sentita svenire: suo marito sembrava fuori di testa e l'odio verso la chiesa aveva raggiunto livelli di parossismo tali da fargli assumere comportamenti da invasato. Il rancore dai preti si era esteso a tutto il resto, le tuniche, le sale del catechismo, i rintocchi dei campanili, i vangeli, le perpetue, i santi e i santini, le preghiere, i crocifissi, i calici e ogni altra suppellettile religiosa.

'Roba da manicomio' pensava la moglie. E ancora non aveva visto tutto.

Quel pomeriggio il notaio rientrò nello studio tenendo per i gomiti due stoccafissi che avanzavano ondeggiando. Alle spalle c'erano pure i figli dei Felline.

L'Oronzo e la Carmela si misero subito a contare.

Un notaio. Due testimoni. Due figli. Cinque in tutto.

Due figli?

Controllarono di nuovo. Due figli. Ne mancava uno?

La Carmela chiuse gli occhi e l'Oronzo sentì il cuore fermarsi per la seconda volta dall'inizio della giornata. Ne mancava uno.

In compenso c'erano i due testimoni Giuseppe e Michele Cristaldi – Pino e Lino per gli amici capaci di distinguerli – due gemelli che il Creatore si era divertito a progettare così uguali da essere per tutti, ufficio anagrafe a parte, la stessa persona. Alti e sottili, naso aquilino, bocca perennemente spalancata, occhi storti e riccioli neri sparsi sulla fronte come contorno a un'espressione ebete e buffa. Era difficile guardarli senza mettersi a ridere. E già che c'erano, diventava pure impossibile non tapparsi il naso, visto che avevano infestato l'aria con un odore rancido, mistura nauseante di vino e ascella sudata.

Il dottor Miglietta fece capire con un cenno che la domenica dopo pranzo non si poteva trovare di meglio, poi passò a leggere l'atto di donazione, sollevando spesso gli occhi dal foglio per confrontarli con quelli dell'Oronzo.

Quest'ultimo annuì ripetutamente, ma in realtà non sentiva più una parola. *Vuooohm vuooohm*, la testa vorticava sempre più forte e non c'era niente da fare, ormai lo aveva rapito il disincanto dei suoi momenti peggiori: restavano al massimo due minuti per tirarlo fuori di lì. Combinazione, furono gli stessi due minuti in cui a casa di Girolamo Petrelli successe il finimondo.

Pash! ed ecco il primo ceffone alla figlia.

Oltre un'ora lo aveva tenuto sotto torchio, con la Benedetta che andava avanti e indietro nel corridoio, in preda all'angoscia. Ogni tanto la ragazza si fermava e guardava atterrita verso sua madre, ma quella: «*Etcì, etcì*» starnutiva dacché si era svegliata e quel giorno non aveva saputo fare altro, a parte cucinare e coprire i piatti fumanti. L'Anita e la Giovanna, invece, se ne stavano già sedute a tavola, senza fiatare. Le botte avevano fatto passare la fantasia di andare a origliare dietro alla porta come facevano di solito.

Poi Girolamo Petrelli aveva fatto uscire quel ragazzo, che di sfuggita aveva lasciato alla Benedetta un 'ciao!' sottovuoto, senza emozione, e aveva fatto entrare sua figlia.

«Siediti là» di nuovo. E subito, come già detto, *pash!*. Perché il primo glielo diede così, in regalo, ma gli altri la Benedetta se li meritò tutti, fino all'ultimo. Il primo fu un fulmine a ciel sereno, un colpo a tradimento. E forse anche per quello la ragazza si indispose e si preparò alla guerra, che anche lei, se voleva, aveva un bel caratterino e sapeva tener testa a chiunque.

«Sai di chi è figlio?»

«Non mi interessa»

Pash! «Da quanto va avanti la storia?»

Lei zitta, la testa ricomposta in avanti, alta, ostinata.

Pash! «Ho detto: da quanto va avanti?»

«Da sempre.»

Pash! «Ma lo hai visto almeno? Tutto sciancato!»

«E beh?!»

Pash! «Come sarebbe: 'E beh'?»

«Non mi importa che è zoppo!»

Pash! «Vuoi dirmi uno così come fa a servire la patria?»

«Servirà la famiglia: fa lo stesso!»

«Fa lo stesso?» ripeté confuso il Petrelli, e poi subito *Pash!*, che si era dimenticato di darglielo.

La faccia della ragazza continuò a ruotare a destra e manca, ed era rossa come un peperone e una lacrima cominciò a rigarle il viso quando implorò: «Basta, papà, basta!». E quello si fermò per davvero.

«Io lo amo. Puoi darmene quanti ne vuoi, ma io lo amo!» esclamò la ragazza, prima di coprirsi il viso ed esplodere in un pianto.

Girolamo Petrelli provò un fremito. Perché la figlia la conosceva bene e capiva che stava piangendo non per il dolore dei ceffoni, ma per la paura che quel maledetto Felline non tornasse più.

Così la finì con gli schiaffi e le allungò la mano: «Dammi qua» le disse.

«Cosa?»

«La lettera.»

«La lettera?» fece lei, incredula.

«Lo so, dai. Sbrigati!» rispose lui categorico, facendo capire che le stava risparmiando un'altra sberla.

La Benedetta non disse nulla, perché non si trattava più di ribattere, ma di obbedire. Le caddero le braccia, si immaginò la faccia dell'Ettore che come un allocco svendeva al fascista il loro segreto ed ebbe voglia di gridargli un bel 'canaglia' dritto negli occhi. Quello che stava per succedere era tutto per colpa sua. E successe: allargò il corpetto, affondò la mano tremante nel seno e tirò fuori una busta gialla che porse al padre.

Al Petrelli, gli occhi uscirono dalle orbite. Lesse la lettera lentamente, parola per parola, e iniziò a scuotere la testa con la stessa frenesia con cui prima girava attorno all'intruso. Quando finì, la strappò in tanti minuscoli pezzi di carta e, decomposta com'era, la lasciò volare.

«Dì a tua madre che oggi non mangio: mi è passata la fame» concluse, e se ne uscì sbattendo la porta.

Ora, si dà il caso che quel giorno, per non esser da meno, l'Oronzo Felline sbattesse i pugni sulla scrivania del notaio nell'esatto momento in cui Girolamo Petrelli sbatté la porta di casa sua. E tale fu la dimostrazione che, seppure a loro insaputa, i due si erano ormai legati a doppio nodo. «*Lu cciù! Giuru ca lu cciù!*» esplose di brutto. E chi lo fermava più? Giù a imprecare rabbioso su ogni cosa che gli passava per la testa: e maledetto questo e maledetto quest'altro, e porco di un figlio qua e porco di un figlio là: «*Uastàsi ca nu bete auru!*» e subito a dire che adesso gliela faceva pagare, che lo faceva cambiare a colpi di cinghia, che fino a quel momento ne aveva presi troppo pochi.

«Oppure gli rompo il bastone *an capu!*» almeno mostrava a sua moglie che gli serviva a qualcosa, quel bastone. E poi il notaio non doveva guardarlo così, come se fosse un pazzo: «Che io c'ho tre figli, non due, dottore!» e non faceva nessuna donazione finché tutti e tre nell'ordine in cui li aveva messi al mondo non si presentavano lì.

«Piuttosto metto fuoco!» perché di vendere non se ne parlava certo, quella terra era dei Felline e doveva morire con loro. E già che c'erano, allora, perché non gli spiegava, il notaio, cosa bisognava fare con la storia del confine di Pantaleo Perrone: «Mi ha rubato un metro di confine! *Nu metru te finita m'è futtùtu dru vigliaccu!*».

Aveva presente il muretto a secco? Ecco, proprio quello: Pantaleo Perrone glielo aveva spostato di nascosto, già da vent'anni, e che non gli chiedesse come e a che ora lo aveva fatto, perché comunque era successo. «Di notte, forse!» Nessuno lo aveva visto, ma fatto sta che lo aveva derubato: «Quindi, che facciamo?». Sì, perché serviva urgentemente una soluzione. Il vicino gli aveva rubato un metro e il conto era facile: «Un metro per trecento metri di confine che ho con quel farabutto fanno trecento metri quadri».

E lo sapeva, il notaio, quanti alberi entravano in trecento metri quadrati di terra messi in fila, uno dopo l'altro? Erano sessanta alberi d'ulivo, centoventi di fico, duecentoquaranta di albicocche e ben trecento viti: «Ripeto, trecento!». Un giorno o l'altro gliele prendeva, quelle pietre e gliele faceva trovare tutte un metro indietro. Era da vent'anni che lo prometteva, ma questa volta lo giurava sulla buonanima di suo padre.

«E mo' Carmela andiamocene». Ecco come si finiva ad esser buoni, generosi, a voler sempre chiudere un occhio: «Ti fottono sempre!». Perché lì nessuno poteva sapere cosa significava portare avanti oltre centosettanta ettari di terreno: «Nessuno, dottore, tranne me!». Che se lui non stava con gli occhi aperti qualche giorno, i vicini se li ritrovava direttamente nella Torre del Serpente: «E allora stacco qualche testa!».

Carmela sapeva bene che non erano parole, ma lo avrebbe fatto davvero.

«*Su guai! Guai pe' tutti... guai!*» fiatò le ultime parole come fosse un cerino spento da cui fuoriusciva un ultimo filo di fumo, poi Francesco gli sistemò la sedia alle spalle e gli disse di lasciarsi andare. L'Oronzo si abbandonò con le braccia appese. La Carmela corse a controllargli il polso mentre l'Egidio prese un malloppo di fogli, tra i quali capitò pure l'atto di donazione, e gli fece vento.

Il dottor Miglietta era sgomento in un angolo.

«Che facciamo?» chiese Ciccio alla madre.

«Portiamolo fuori, sul calesse.»

«Ma non sta in piedi.»

Si guardarono confusi.

«Via con tutta la sedia, su!» esclamò il notaio, resoluto «Pino, Lino, aiutate i signori Felline!». Gli toccò un piede a testa. Con i figli dietro, e davanti i gemelli Cristaldi che lo fecero traballare più del dovuto su quel piccolo trono ambulante, l'Oronzo fu trasportato fuori e sistemato sul calesse. Carmela lo seguì piangendo, come una perpetua dietro la statua del santo patrono. L'Amilcare Miglietta invece rimase sulla porta, ancora incredulo. Tirò un sospiro di sollievo nel vedere il calesse dell'Oronzo Felline disperdersi in lontananza, ma poi si rabbuiò quando capì di averci rimesso, oltre al tempo, pure la sedia.

Capitolo due

Dal collasso nello studio del notaio, con annesso trasporto funebre a casa, l'Oronzo ci mise tre giorni a riprendersi. Furono oltre settanta ore di disperata agonia in cui il dottor Ludovico Valenti fece su e giù dal paese al feudo per ben cinque volte, l'ultima delle quali con la speranza che il rincoglionito potesse spirare per davvero.

«*Sàlvame, per favore, sàlvame!*» supplicava il Felline, finché non lo sedavano con qualcosa di molto potente. Allora si accartocciava su se stesso e, prima di chiudere gli occhi e sprofondare nel sonno, faceva tremare le labbra e borbogliava qualcosa del tipo: «*Lu cciu! Giuru ca lu cciu!*».

Si risvegliava sempre un'oretta dopo, di soprassalto, e ripensava alla volta in cui doveva starsene fermo al suo posto: «Un errore di vecchiaia!» si ripeteva, e giù a rivangare il giorno di ventitré anni prima, quando aveva concepito il suo terzogenito.

A quel tempo l'Oronzo aveva poco più di quarant'anni, ma era ormai vecchio. Viveva in simbiosi col suo bastone e soffriva già dell'inguaribile senso di sbigottimento dell'anima e di malessere fisico che gli ricordava più o meno ogni due settimane di dover morire.

Quel giorno lui e Carmela erano soli nel campo di tabacco. Il tramonto rosseggiava il cielo e loro finivano di strappare le erbacce che ammorbavano il terreno. Doveva starsene fermo, l'Oronzo, ma niente aveva potuto quando aveva visto sua moglie chinarsi sul campo con la veste che si scompaginava, stuzzicata dal vento. Era la sua posizione preferita e gli sembrava che la Carmela gliela stesse offrendo così, come un ultimo dono, un nido di paglia e stecchetti, un riparo primordiale dai patemi e i mali del mondo.

Nessuno poteva dire, dopo tanti anni, quanto avessero influito la tinta vermiglia del paesaggio, i profumi esotici della natura, l'aspetto rigoglioso delle piante, le forme morbide della veste che aderiva sui fianchi. Perché tutto, in quel maledetto giorno, di colpo si era coalizzato contro di lui, per corromperlo. Dove la trovava più quella prosperità che gli si stava insinuando nel ventre in un desiderio insopprimibile di possesso, un afflato di riproduzione selvaggio, genuino, incontrollato?

L'Oronzo, in poche parole, non aveva resistito. Aveva lasciato cadere il bastone e sollevato la veste della moglie. La Carmela, piegata a testa in giù, aveva avuto appena il tempo di voltarsi. Riconosciuto il marito, aveva acquietato il brivido di paura, ma a quel punto pure a lei il grembo si era infiammato di voglia.

Lui l'aveva posseduta senza ritegno, da tergo, in una danza fluttuante, avanti e indietro, senza freno alla lussuria improvvisa, alla voluttà che li aveva travolti. Forse l'alta distesa di tabacco, che rendeva visibile alla campagna appena il busto di lui e nascondeva del tutto il corpo di lei, li aveva aiutati a sopperire all'assoluta mancanza di pudore del gesto, a quel totale sottomettersi ai sensi e agli impulsi assetati, e chissà, indemoniati. Ma la verità era che lo stesso avrebbero fatto dovunque, su una distesa di erba rada o in una pozzanghera di fango. E le piante di tabacco, le cui foglie svolazzavano al cielo ed erano quasi pronte per la raccolta, servirono solo a far sembrare l'Oronzo un po' strano, perché da lontano si notava giusto un corpo che si cimentava in un balletto comico e goffo, e nient'altro che quello.

«Ho sparato la mia ultima cartuccia» aveva detto lui alla fine, col sangue ancora caldo, aiutandola a ricomporre la veste. E così era nato Ettore. Proprio come a un peccato originale, una specie di mela staccata dall'albero quando non si doveva. Che sennò, si tormentava suo padre, mica gli avrebbe dato tanti problemi.

Al quarto giorno di malattia, intanto, il dottor Valenti non venne più. L'Oronzo invece di mandarlo a chiamare si rialzò dal letto: era frastornato ma aveva capito che di morire non se ne parlava neanche stavolta, perciò si attaccò al pomello del bastone e tornò nel mondo dei vivi.

«È risorto» disse la Carmela, ritrovandoselo improvvisamente davanti, e subito a chiosare, tra sé e sé: «*Quistu tene sette vite, comu alli musci*».

Suo marito, tutto storto, si dileguò nella stanza dove passava il tempo libero.

«Dieci minuti e sta di nuovo nel letto» profetizzò Ciccio. Ma in quei dieci minuti l'Oronzo fece di tutto, tranne che tornare a letto. Accese la pipa e la mantenne ferma tra i denti. Prese la sua arma preferita, una doppietta calibro sedici del 1915 esperta in quaglie e fagiani, canne lisce e grilletto d'argento, e l'accarezzò come se fosse la testa di un bambino. Aristalco giunse a leccargli le gambe e a scodinzolare gioioso. Lui ricambiò con una pacca sul dorso e il cane gli si accucciò tra i piedi. Poi prese un pezzo di carta, lo infilò nel camino dove c'era già una piramide di legna tutta pronta, e appiccò fuoco. Si sdraiò sulla poltroncina mentre il riflesso della fiamma cominciava a baluginare sul soffitto, come nelle serate invernali.

Era il 22 luglio di quel 1937. L'Oronzo fece un lungo tiro di pipa e pensò che finalmente si poteva ragionare. Aveva il viso che si arrossava e si imperlava di sudore. Ma non gli importava: a modo suo si poteva ragionare.

«*Matonna mia iùtame!*» implorò invece la Carmela da dietro la porta, sentendo scoppiettare la legna. Poi intrecciò le mani e intonò preghiere alla Vergine Madre. L'Oronzo smise di ragionare proprio sull'ultima boccata di fumo. Decise che era giunta l'ora di uscire. La pipa aveva sprigionato nell'aria un aroma piacevole che gli fece rimpiangere di lasciare la stanza, ma doveva farlo.

«*Matonna mia iùtame!*» esclamò di nuovo la Carmela nel vedere un uomo in giacca e cappello spingersi lungo il viale di casa, verso il calesse. Aveva una camminata scardinata, a ogni passo sembrava lì lì per cadere ma poi con un colpo di reni, facendo leva sul bastone, si ritirava su. La donna non lo fermò, lo lasciò andare. Preferì maledirlo da lontano, abbandonarlo al suo destino. Corse nello stanza dove Aristalco si stiracchiava sotto la grande lingua di fuoco, tirò un calcio al cane, prese un ferretto e si accanì contro la legna che si sbriciolò senza spegnersi. L'aria si riempì di fumo e lei, tossendo imbestialita, scappò alla ricerca di un ventaglio. «*Maletetta tromba d'aria!*» gridò, perché era da quel giorno lontano – nessuno glielo toglieva dalla testa – che suo marito era diventato pazzo.

Fino ad allora, in fondo, farneticava solo di preti e di chiese. E soprattutto era ancora intero e camminava come le persone normali. Poi, nel marzo 1913, era venuta la tromba d'aria che lo aveva colto sotto l'albero di albicocca e tutto era cambiato per sempre: l'ossessione della morte non lo aveva più abbandonato un istante.

In realtà, quella volta, l'Oronzo la morte se l'era vista in faccia davvero, non a scherzo. Era stato afferrato e scaraventato via da una forza sovrumana. Durante il volo aveva dato la colpa ai bicipiti di Pantaleo Perrone, già allora suo acerrimo nemico di confine, e gli era pure sembrato di sentire la risata sguaiata di quel bastardo di suo figlio, Romeo Perrone, che all'epoca dei fatti era un moccioso perennemente appiccicato ai talloni del padre, neanche se dovesse apprendere da lui chissà quale esempio di vita.

«Mo' che mi rialzo prendo il fucile e gli sparo in fronte!» aveva già deciso il Felline tra sé e sé, sferzando l'aria. Purtroppo non ne aveva avuto il tempo, la testa gli era andata a sbattere contro il tronco di un ulivo. Quel legno aveva secoli e, quanto a consistenza, avrebbe perso il confronto con pochi alberi al mondo. L'Oronzo era svenuto sul colpo, precipitando in un torpore profondo.

A Monteroni quella tromba d'aria sarebbe rimasta alla storia non solo per i danni prodotti, ma pure perché aveva portato con sé una pioggia di quelle mai viste, che tartassava le anime. I contadini se n'erano scappati dai fondi e la Carmela, non vedendo rientrare il marito, era andata a cercarlo. Lo aveva ritrovato di fianco all'ulivo, privo di sensi, con una metà del viso illividita dal gelo e l'altra metà annegata in una pozzanghera che somigliava a un lago. La fronte era tagliata e tra i capelli aveva un ciuffo di sangue.

Per salvarlo la donna aveva attinto a forze speciali. Tutto l'amore che poteva, ci aveva messo: che sennò suo marito non si sarebbe mai risvegliato. Lo aveva tirato per gli stivali trascinandolo come una carriola sul terreno melmoso: «Male che vada moriamo insieme» farfugliava tremante, per farsi coraggio. Era riuscita a portarlo sotto la tettoia di casa. Stremata, aveva mollato la presa e si era inginocchiata di fianco all'Oronzo.

Il pergolato vicino vibrava a ogni ondata di vento e i ferri che lo sostenevano cigolavano come se potessero cedere da un momento all'altro. La Carmela gli aveva strofinato le mani e il viso, poi si era spalmata sul corpo del marito per proteggerlo dal freddo. Era rimasta in quella posizione a lungo, convinta che fosse morto. Finché non era arrivato un fulmine.

L'Oronzo, manco gli avessero fatto una scarica di adrenalina, aveva aperto gli occhi di botto. Non riusciva a muoversi, ricoperto com'era da una montagna di fango. Nelle orecchie aveva tutto un tintinnare foderato e il mondo si era colorato di grigio. Non c'era nemmeno sua moglie, ma una strana creatura che gli si era distesa sopra e tentava di soffocarlo.

«*L'Uru!*» aveva bofonchiato terrorizzato, con il respiro che gli moriva in gola «*l'Uru, iutàtime!*». Nelle leggende *l'Uru* era il folletto dispettoso che la notte intrecciava le criniere e le code dei cavalli in un modo così diabolico da non poterle più slegare. Altre volte entrava nelle case e si poggiava sul petto delle persone per non farle respirare. E l'Oronzo sentiva di avercelo addosso: «*L'Uru!*» si sgolava ancora, senza voce «*L'Uru!*».

La Carmela lo aveva lasciato farneticare e aveva tirato un sospiro: essere scambiata per una creatura magica, dopo tutto quello che aveva passato, era il male minore. Tenendo una mano sul viso del marito gli era scivolata a fianco e si era arresa anche lei al terreno, sfinita.

Era stato lì che l'Oronzo aveva cominciato a usare il bastone dello zio Santino, quello col pomello d'oro: «Portami un fucile e un bastone che voglio rialzarmi» aveva detto alla moglie quella volta, dopo qualche settimana di convalescenza.

«Quale bastone? Tu non sei zoppo» aveva osservato lei.

«Invece sì, poi vedi.»

«Ma hai provato a camminare?»

«*None*, ti ho detto che poi vedi.»

La moglie lo aveva accontentato: «E mo' che fai?».

«Vado a sparare alle anatre.»

L'Oronzo se n'era scivolato fuori in mutandoni e canotta, in una mano quello che sarebbe diventato il suo inseparabile compagno di vita e nell'altra il fucile. La Carmela lo aveva guardato poco convinta: i conti non tornavano più.

Suppergiù la stessa cosa, insomma, che successe in quel tardo pomeriggio del 22 luglio 1937 quando l'Oronzo, per completare la sua guarigione, se ne andò dritto dalla Miranda Cantelmo. Sua moglie ancora tossiva per il fumo inspirato e lui già correva col calesse sotto una luna di carta velina che galleggiava nel cielo, tra gli ulivi che si inseguivano in tanti filari paralleli disegnando un sentiero curvo e piano, attorcigliato per chilometri alla campagna salentina.

Pierino Russo, contadino della zona, smise di zappare e lanciò un fischio ai colleghi arcuati nei campi: «*Ouuuu!*» gridò a chi non aveva sentito il fischio.

Tutti rialzarono il capo e, *vruoooohm*, videro la scatola di ferro dell'Oronzo Felline scorrere tra i tronchi e le fronde dei tigli, lasciandosi dietro un polverone di terra e sassolini. I contadini si scambiarono cenni divertiti. Qualcuno si abbandonò a un gesto poco ortodosso, poi tornò a curvarsi sui campi. In trent'anni lo avevano visto passare troppe volte per non sapere dove fosse diretto, perché era un'abitudine che non lo aveva abbandonato neanche col sopraggiungere della vecchiaia. O della *zingaraccia,* come la chiamava lui.

L'Oronzo parcheggiò il calesse davanti a un vecchio cancelletto che spalancò con un colpo di bastone. Fece i rituali venti passi in un cortile senza vita. Poi bussò alla porta e sull'uscio comparve una donna alta e solida.

«Toh, quasi ti aspettavo.»

«Mirandina!».

La Miranda Cantelmo era una zitellona brutta e bionda di un metro e ottanta, dotata di un'abbondanza di carni tonde e formose che si rincorrevano dalla testa ai piedi. Abitava in un piccolo casale disperso come un cappello nella campagna, in una terra di confine tra Monteroni e la vicina San

Pietro in Lama, dove viveva sola ma con una miriade di gatti tra i piedi che accudiva con l'amore di una madre.

«Ormai non mi pensi più» fiatò, accarezzandolo.

«Sono stato poco bene, Mirandina.»

«*Bijiù, Bijiù*, lo sai che alla Mirandina tua non devi nascondere niente.» Lo fece sedere sul divano e continuò a coccolarlo massaggiandogli il collo e la pancia: «Qua stai troppo teso...» e giù a premergli delicatamente il ventre.

L'Oronzo trattenne il fiato.

«Rilassati, sei a casa tua. Li vedi loro?» attorno c'era la solita schiera di gatti che era inutile provare a contare. «Loro sono niente rispetto a te. Sei tu il mio gattino preferito, *Bijiù*. E mo' aspettami, vengo subito.»

Tornò con una tazza di brodo fresco nelle mani e addosso una veste che dondolava voluttuosamente fino alle ginocchia. Nel vederla, all'Oronzo si paralizzarono le gambe. Lei gli porse il brodo tendendo il bacino in avanti, fino a sfiorargli la fronte col seno. Slegò i capelli che ricaddero in più ciocche davanti al viso.

«Bevi» sussurrò.

L'Oronzo si immaginò tutto il corpo della Miranda e sbavò all'idea di spremere la carne spessa delle gambe, che erano l'opposto delle stecche languide di sua moglie. Diede un sorso che gli corroborò la gola.

«Ahhh. Sa come il brodo che faceva la mamma. Come fai?»

«Conosco tutti i tuoi segreti, *Bijiù*. Dai, ancora un poco.»

Lui bevve di nuovo. Poi, quando staccò gli occhi dalla tazza, rischiò un infarto: la Miranda era già tutta nuda davanti a lui. Una goccia di brodo gli scivolò dalle labbra e scese sul petto. Avvertì un impulso sessuale irrefrenabile, il cuore gli pompava a mille.

La donna gli salì a cavalcioni e lo coprì quasi per intero.

«*Me faci 'mpaccire!*» disse l'Oronzo, stringendole i fianchi.

«Mordi, mordi!» gridò la Miranda, e lui a morderle i seni, mentre quella dondolava insaziabile.

I gatti, a due passi, fissavano irrequieti la loro padrona e la Carmela, da casa, ancora tossiva furiosa, sentiva puzza di bruciato in tutte le stanze ma non riusciva a trovare cos'era che stava andando veramente a fuoco, quel giorno.

A fuoco, a dirla tutta, ci stava andando anche la testa di Girolamo Petrelli, che da tre notti non dormiva e non pensava ad altro.

Il problema non era semplicemente che quel soggetto là faceva Felline di cognome, ma era pure che sua figlia gli aveva portato a casa uno smidollato, uno che non aveva mai partecipato a un gruppo di formazione fascista, mai letto il "Moschetto", mai partecipato a un'iniziativa del partito. E dove ce lo potevi mettere, insomma, uno così? Nella famiglia sua manco morto! «Al confino va mandato! A calci nel culo!» inveiva infatti il commerciante.

Fatto sta che quell'incontro lo aveva sconvolto. Ormai non passava un minuto senza pensare a tutte le cose che si erano detti e persino non detti col giovane Felline. E ripensava, per esempio, a quando alla domanda: «Sai dirmi quali sono le qualità di una educazione fascista modello?» quello aveva storto il muso, restandosene muto. «Ho capito, te lo dico io:» aveva sospirato il commerciante con la santa pazienza «l'educazione fascista è morale, fisica, sociale e militare. Così ha detto il duce, e guai a chi se lo dimentica!».

Il Felline aveva fatto sì con la testa, e lui, a quel punto: «Bene, ripetimelo». Ma dall'altra parte di nuovo silenzio pesto, imbarazzante, duro da digerire. Che educazione poteva dare, insomma, uno del genere ai suoi nipoti? Uno scansafatiche della peggiore specie, uno che non aveva una virtù nemmeno per sbaglio, passeggiava in campagna, poi disegnava, scriveva filastrocche, giocava a carte con i debosciati come lui nella locanda dell'Ernesto Bevilacqua ed era fissato col gioco del lotto: non perdeva un'estrazione. Da un anno cercava di fare il terno con la data di nascita di sua figlia: uno, dodici, sedici. Dove lo trovavi uno peggiore?

Ma la cosa più brutta era stata la lettera, inutile negarlo.

Che lì Girolamo Petrelli si era sentito male davvero e a momenti non stramazzava a terra per lo shock. Per una lettera scritta così:

17 luglio 1937

Cara Benedetta,
bella e fulgida,
è arivato il momento di dircelo. Tanti anni
di fidanzamento sempre come a dei clandestini
come se dovesimo nasconderci. Da cosa poi?
Dalle divisioni politiche. E di chi? Neanche le
nostre, quelle delle nostre familie. Ma io ora
dico basta! E dovresti farlo anche tu.
E vero che si tratta di questioni serie, ma noi
che centriamo con loro? Quì non sono inballo le
idè e le pretese dei nostri padri ma quelle dei
nostri cuori.
E poi volevo dirti per l'appunto ch'io contro il
duce Musolini non c'ò assolutamente nulla anzi
lo rispetto e credo in lui. Diro di più: hanno
raggione quelli che dicono che Benito Musolini
è l'uomo giusto al momento giusto, l'uomo della
providensa.
Capisco che mio padre a' tanto disprezzo pei
fascisti ma paziensa lui e un tipo così. Magari
va capito che anche lui anni fa forse a' subito
qualcosa che non vuole raccontarci. A casa non
si capisce perché gli odia così tanto; mia madre
lo sa ma non lo dice a nessuno per paura forse
che si sparge la voce sui fatti nostri, ma io

*sono convinto che centrano le Terre perché tutto
a casa nostra parte dalle Terre e tutto finisce
lì sempre nelle Terre.*
*E comunque tranquilla che mio padre non farebe
mai male a nessuno. Quando è nervoso al limite
prende il fucile e spara alle bestie ma ai
fascisti e agli umani non torcerebe un capello.
Mia madre sa che il fascismo va rispettato come
a una religgione. Lei dice di lasciare stare
nostro padre, che in pubblico dobiamo sempre
fingere di sentirci fieri e orgogliosi del nostro
governo, del duce Musolini. Poi in privato
ognuno fa come vuole, che esistono cose piu
importanti da pensare, come la chiesa ad esempio
dice lei. Piutosto anche voi in famiglia non
dite niente in giro di quello che pensa mio
padre. Non ci vuole niente che ci vengono a dare
fastidio o che ci incendiano le vigne come e
già successo tre anni fa coi vicini. Bastano e
avanzano i problemi che abiamo con loro, non ne
vogliamo altri.*
*Benedetta lodata, io per te sarei disposto
anche ad andare in Etopia lì alla guerra dove
combattono i soldati nostri con fucili bombe e
cannoni per la gloria dell'Impero. Dillielo a
tuo padre. E non fa niente che c'ò un difetto
all'anca e c'ogni tanto zoppico molto perché mi
si adormenta il nervo. Il medico non sa guarirmi
ma io per il tuo amore guarirei ora all'istante.
E partirei, Benedetta, se e questo che devo
dimostrare a te e alla tua familia. Tornerei con
l'onore e la gloria per avere aiutato la nostra
Italia e alora vivremo insieme nella nostra
casa, ce la faremo proprio affianco alla Torre
del Serpente che a te piace tanto e pure a me,
sapiamo solo noi perché. E avremo fili e filie
che ci riempiranno le ore e ci daranno gioia e
contenteza ogni dì.*
*Decidi allora. Convinci tuo padre. Altrimenti
sono pronto a scappare con te.
E se è al duce Musolini che devo chiederti in*

sposa, andro anche a lui, a implorare la tua
mano, il tuo amore.
Ti amo

Ettore

A Girolamo Petrelli non era mai capitato di leggere tante schifezze messe insieme. Per non parlare degli errori di ortografia e di grammatica: che lui di sbagli ne faceva, per carità, ma questa era roba che il professor Ubaldo Spedicato, pur di non leggerla, avrebbe preferito bersi l'olio di ricino e rinchiudersi nel cesso per qualche giorno.

La verità, però, era che una soluzione andava trovata. Va bene che il camerata Petrelli non era uomo da compromessi, che era un guerriero fino al midollo e non poteva certo demordere in una battaglia così importante. Ma lo sapeva pure lui che quella situazione di stallo non poteva durare un attimo in più.

Fu grazie a sua moglie Nadia – che era poi l'unica persona, duce a parte, a cui il commerciante dava veramente retta – che si recuperò il bandolo della matassa. Della serie che la saggezza femminile ha sempre guidato il mondo, pure a quel tempo.

«Un pareggio» propose la donna, una notte, mentre suo marito si girava e rigirava insonne nel letto.

«Come sarebbe a dire?» saltò quello.

«Facile: né vincitori né vinti. Si dice così, no? Tu salvi l'onore e la famiglia e quelli si salvano la vita, che mi sembrano innamorati persi, come dire: sinceri.»

Il fascista si spazientì: «Ahhh, quali innamorati e innamorati? *Citta e duermi!*».

La Nadia lo prese alla lettera, si girò dall'altra parte e cominciò a russare. Lui, invece, rimase a riflettere fino all'alba, e gli servì. Perché il primo pensiero, la mattina dopo, fu di raggiungere la moglie in cucina e chiederle di spiegarsi meglio.

Lei gli porse una tazza di zabaione: «Possibile che ancora non l'hai capito?».

Il commerciante bevve tutto d'un sorso. Da quattro giorni aveva un viso mesto, non gli strappavi un sorriso nemmeno a solleticarlo sotto i piedi.

«Va bene» mormorò sostenendosi il capo, come se avesse appena deliberato il suo suicidio «mo' ho capito».

«È solo un trucco» postillò la Nadia.

«Un trucco...» rifletté il Petrelli.

«Un ricatto!» protestò invece l'Ettore, qualche ora dopo. Benedetta gli fece uno dei suoi sguardi magnetici e il giovane si sciolse un poco. «Se lo faccio è solo per te» precisò allora.

Per amore, insomma.

Fu così che acconsentì. Era fatto di pasta buona e poi la posta in palio era troppo alta. Già a mezzogiorno mise la firma su un pezzo di carta che gli avrebbe cambiato la vita. La notte smise di dormire anche lui. Tenne gli occhi spalancati sul soffitto, con il *chicchirichì* del gallo che gli risuonava nitido nelle orecchie e ogni volta era come se gli chiedesse: «Ettore, Ettore, che cavolo hai combinato?».

Intanto, nemmeno la Benedetta riusciva più a prendere sonno, ormai c'era un'epidemia. In camera sua, al buio, la ragazza rifletteva su suo padre e su come la firma su quel pezzo di carta rappresentasse nient'altro che una lieve amnistia. Nessuno aveva mai conquistato l'austero cuore del capofamiglia fascista: figurarsi se poteva farlo il primo Felline che passava.

Ma per i giorni che seguirono l'Ettore ebbe altro a cui badare. Immaginò cosa sarebbe accaduto se l'Oronzo Felline, 'quello della Torre del Serpente' per dirla alla Girolamo Petrelli, avesse stanato per un qualunque imprevedibile scherzo del destino una tessera fascista a casa sua. La scena ce l'aveva già in testa, perché era certo che suo padre si sarebbe voltato a destra e a manca con l'espressione acuminata di quando sparava a un volatile, pronto a scattare: «*Su binuti! La sapìa, la sapìa! Maletetti su binuti! Fascisti maletetti!*» avrebbe imprecato, confuso, sudando terrore e cercando conforto nella moglie e nei figli. Poi, però, l'avrebbe osservata meglio. Sarebbe arrivato a un dettaglio. Un nome.

Tessera n° 857006.

Ettore Felline.

Gli occhi avrebbero cominciato a dondolare su e giù, assetati.

Figlio di Oronzo Felline e di Carmela Spano.

Fascio di combattimento di Monteroni di Lecce.

Il segretario politico Aristide Paticchio. Firma.

Poi sarebbero passati a leggere altre bestemmie, cose tipo sansepolcrista, squadrista, marcia su Roma, sciarpa littorio, ferite e mutilazioni per la causa, campagne, decorazioni al valor militare, ferite e mutilazioni di guerra e via dicendo, fino all'inciso più doloroso, quello che avrebbe fatto assumere alle pupille il colore del sangue: 'Nel nome di Dio e dell'Italia giuro di eseguire senza discutere gli ordini del duce e di servire con tutte le mie forze e se è necessario col mio sangue la causa della Rivoluzione Fascista'.

Sicuramente, il buonuomo, non avrebbe finito di leggere. Sarebbe morto prima, fulminato. E allora non ci poteva essere nessun genere di dottor Ludovico Valenti che tenesse, perché non si sarebbe trattato di un offuscarsi di colori, di un giramento di testa o, nella peggiore ipotesi, di un collasso.

L'infarto, perché infarto si chiamava, sarebbe stato così micidiale da frantumargli il cuore in più cocci, a mo' di vaso schiantato per terra, contorcendogli le labbra e le mani, facendolo crepare all'istante come era accaduto un tempo a suo padre. E bisognava pure augurarsela, quella fine. Perché se poco poco l'Oronzo riusciva a superarlo, l'infarto, allora non c'era da dubitare che sarebbe andato dritto a imbracciare il fucile. L'unico dubbio dell'Ettore era se il grilletto sarebbe stato premuto o meno, ma poco contava: già a immaginarsi la scena tremava e zoppicava che era una meraviglia.

«Ma che hai? Ti fa male?» gli chiedeva Carmela.

«Lo scirocco» tagliava corto lui.

Forse bisognava scavare una buca, incartare la tessera e sotterrarla come si faceva da piccoli coi dentini appena caduti che papà Oronzo faceva piantare in un vaso, come a significare che solo la terra poteva produrre le tre lire incrostate che poi lui e i suoi fratelli, al risveglio, correvano a raccogliere. Ma sotto terra la tessera non stava al sicuro. Sterminato quanto vuoi, suo padre del feudo conosceva pure il numero di spighe che spuntavano in primavera. E poi c'era Aristalco che seppelliva e disseppelliva ossa in continuazione e rovistava ovunque col suo fiuto diabolico. No, non poteva andare.

Così finì per metterla nel posto più banale possibile, sotto il materasso. Da allora si diede un gran da fare per arruffianarsi i familiari. Lavorò con più serietà, smise di guardare i fratelli con la solita aria distratta, iniziò persino a chiedere se avevano bisogno di una mano.

All'Egidio e a Ciccio i conti non tornavano più e scrutarono l'Ettore col sopracciglio alzato.

«Chissà che sta combinando...» ragionò Ciccio. Sul fatto che non fosse una conversione ma una semplice messa in scena lui ci avrebbe giurato.

«*Ci nasce tundu nu more quadru!* O no?» fece rivolto al fratello più grande.

E l'Egidio, come al solito, si limitò a dire di sì e riprese a lavorare come se niente fosse, evidentemente nemmeno quell'argomento era buono per fargli spendere una parola di più. In realtà bastò qualche giorno per capire cosa covava sotto la cenere. E ci pensò la Carmela. Che ci sono certe rogne, d'altronde, che per natura spettano alle madri.

Fu lei a prendersi il marito in disparte per annunciargli che l'Ettore voleva sposare la figlia di un'aspirante gerarca fascista. E stavolta accadde una cosa particolare perché il Felline non sbraitò e non diede all'acido com'era successo dal notaio ma si limitò ad assentarsi coi sensi e coi pensieri, bocca schiumosa e sguardo di cristallo. Lo sopraffece la sua ricorrente inquietudine di vivere: le figure gli si deformarono di nuovo, una fitta gli torse lo stomaco, il sangue smise di circolare.

Solo dopo qualche ora ebbe un sussulto di lucidità: «Voglio che viene qua! Me lo deve dire guardandomi negli occhi. Poi posso pure morire».

La Carmela esaudì il suo desiderio. Andò a prendere il figlio e glielo piazzò di fronte: «*Dai, tinnila!* Senza paura» lo incoraggiò nell'orecchio.

«Papà, è vero,» fiatò allora l'Ettore «non mi interessa quello che pensano gli altri: mi piace e me la voglio sposare».

L'Oronzo riprese a scivolare lentamente nell'abisso.

«Sia che è fascista,» aggiunse il ragazzo «a casa sua sono brave persone, droghieri da generazioni, tu li sai meglio di me».

La madre fece intendere che così poteva bastare, ma l'Ettore, invece di congedarsi, continuò a ragionare: «E poi, in fondo, chi non è fascista al giorno d'oggi?». La Carmela si morse la mano e lui la ignorò di nuovo: «Pure la mamma mi ha detto che la incontra sempre, a messa, e che è una ragazza brava: Benedetta di nome e di fatto, che ne uscirà una famiglia per bene».

«E sia!»

Per azzittirlo, la Carmela gli diede un pizzicotto sul fianco e lo trascinò fuori. E va bene che il marito andava messo davanti alla cruda realtà, ma non bisognava neanche farlo crepare.

L'Oronzo, infatti, stavolta sprofondò più in basso del solito. Entrò in uno stato catatonico fatto di un colore solo, una sorta di grigio scuro dalle sfumature fosche e indefinite. Il rintocco dell'orologio a pendolo gli rimbombò dentro a ogni secondo come se fosse un tamburo.

Quei colpi scandivano un conto alla rovescia implacabile: pochi istanti ancora, poi la solita figura incappucciata in una lunga veste nera sarebbe venuta a falciarlo.

Come col grano, si tormentò l'Oronzo.

Ora, è evidente che servano delle precisazioni. Come detto prima, l'Oronzo ereditò il feudo dallo zio Santino Felline nel 1894 e per lungo tempo gli unici con cui dovette vedersela furono esclusivamente i signori con una croce al collo. Ci si chiederà, allora, giustamente: e l'odio per il fascismo che c'entra? Dove nacque?

La risposta è che nacque da un dettaglio. Solo che non c'è cosa peggiore di quando i dettagli diventano questioni di principio. Che le virgole, quando vogliamo, sono più importanti delle parole. E così successe, infatti.

Un bel giorno il fascismo invase l'Italia e arrivò pure a Monteroni. Ma non è che i monteronesi persero il sorriso e piansero a dirotto. In certe terre non si smette mai di ridere nemmeno con le peggiori disgrazie e in Puglia, nel Salento, le disgrazie c'erano sempre state, non le portava certo il tizio che poi avremmo chiamato duce. Quello era un popolo abituato a soffrire: si prendevano le cose con filosofia, le si commentava con l'ironia dei vinti, un po' come aveva fatto Cosimo Felline con la Peppa del forno il giorno che morì. L'ironia, quanto il folklore, faceva parte di loro, serviva a esorcizzare la sorte e a non aver paura di niente. E allora, ci si spaventava proprio del fascismo? Ma no: si faceva un sorriso e si tirava avanti. Ce lo avevano scolpito dentro da millenni, loro, il sorriso, almeno quanto il senso di sopportazione verso gli stranieri che uno a uno gli avevano messo i piedi in testa – i Messapi, i Romani, i Turchi, gli Aragonesi, i Piemontesi e mamma mia quanta gente era passata da quelle terre. Tutti accolti col sangue, ma pure col sorriso, che loro erano gente incredibile.

Per chi non sapeva cosa volesse dire gente incredibile, bastava assistere allo spettacolo dei mercanti durante la fiera della Pasquetta di Monteroni.

Il paese accoglieva il lunedì dell'Angelo con una delle feste più popolari della provincia. Non tanto per la statua della Vergine che veniva tirata fuori dalla chiesetta di *Santu Filii* e accompagnata in processione per le strade, ma perché dalla mattina alla sera il piano inclinato di via San Fili ospitava una ricca esposizione di capi di bestiame e di mercanti che non sapevano più a quale espediente ricorrere per attirare la gente. Il Corrado Petrachi, detto *Chicchirichì*, tanto per cominciare metteva ogni anno davanti alla sua baracca di galli e di galline un bambino sordomuto con una gabbietta di pulcini in mano che, se non riusciva a far vendere qualcosa, almeno riceveva una carezza dai passanti che lo conoscevano.

Il Felice Buttazzo, invece, gridava che era una meraviglia, e faceva leva sulla suggestione più che sulla compassione: «*Ccattàtibu le iaddhrine* dalle uova d'oro!» ripeteva «*le iaddhrine* dalle uova d'oro!». E c'era qualcuno, a ogni fiera, che si fermava di proposito e chiedeva di fargliele vedere, queste benedette uova. «Non davanti a tutti,» rispondeva lui con un sorriso malizioso «*quai se ne scòrnanu*. A casa, a casa poi vedi».

Un po' più avanti c'era il Giovanni *Tattarattà*, venditore tra i più astuti che aveva sopperito con il talento all'inconveniente della balbuzie che si portava dietro sin da piccolo, e per avvicinare i più grandi tirava i bambini e offriva un giro sull'asinello. Il vecchio Ercole Vetrugno, dieci passi più in là, non avendo più denti né forza per urlare posizionava il suo toro al centro della strada e invitava gli uomini a toccarne le corna e le donne i coglioni, assicurando che non esistesse al mondo antidoto migliore per combattere i malanni del matrimonio. L'Aldo Cazzetta, di fronte, vendeva pecore meglio di chiunque altro, però tutti gli mantenevano almeno i due metri di distanza, e non per la puzza degli animali, ma perché aveva l'alito perennemente in lutto. A un altro, di nome Giuseppe Verdesca e di soprannome Pippi *Cicatu* gli mancavano gli occhi, e il bello è che li aveva sostituiti con due palle di vetro colorato che ogni tanto si divertiva a cacciare dalle orbite e a buttare sul banco per dare la dimostrazione che fosse cieco. Glieli raccoglieva puntualmente la moglie, una signora scrofolosa, brutta come la peste ma buona come il pane, che in genere suggeriva allo scioccato interlocutore di non prendersela affatto, perché suo marito aveva quel caratteraccio lì, proprio non accettava le provocazioni.

C'erano persone di questo tipo, a Monteroni. E forse è lecito pure domandarsi chi, tra queste e il fascismo, doveva avere più paura dell'altro.

Che poi, il fascismo, non era partito nemmeno tanto male. Aveva fatto proprie – e per carità, non è qui che dobbiamo discutere se lo avesse fatto con sincerità o meno – tutte quelle cose riguardanti i diritti degli italiani rimasti indietro: l'onore dei poveri combattenti sacrificatisi per la patria, la questione dei territori rubati al Paese al termine della prima guerra mondiale. E non a caso ci sembra di vederli smaniare ancora di gioia tutti gli oppressi, gli scavalcati, i morti di fame, gli storpi, quelli senza un braccio e una gamba, che improvvisamente gridavano: «Finalmente qualcuno con le palle! Mo' col cazzo che ci fermano più! Rivoluzione!».

Però la rivoluzione non c'era stata. I capi di allora si erano fatti due conti e avevano precisato che effettivamente nelle presentazioni si era un po' esagerato, che in realtà non era alla rivoluzione che aspiravano, che sennò a buttare tutto all'aria si finiva come in Russia, a non avere più rispetto neanche per i santi. Che era meglio, insomma, una controrivoluzione borghese. Ed eccola, stavolta, tutta la classe media in fila dietro le aquile romane, finalmente ringagliardita dopo anni di umiliazioni, a dire a gran voce: «È il nostro momento, ripristiniamo il vero ordine delle cose! Al diavolo i ricconi e i poveracci, siamo noi che abbiamo sempre fatto grande l'Italia, riprendiamoci quello che abbiamo perduto con la guerra!».

Morale della favola, nel Salento tutto era finito a tarallucci e vino. Dopo tanti proclami non era cambiato quasi niente. Nessun ricco ci aveva perso una lira, chi nelle sue terre si faceva i fatti suoi aveva continuato a farseli senza tanto pudore. Avevano tolto mai un granello di terra ai latifondisti per distribuirlo ai poveri, ai non possidenti? Ma manco per sogno: già più o meno tutta l'Italia aveva mantenuto i suoi poteri forti, figurarsi lì, allora, dove era da secoli che imperversava la grande proprietà fondiaria. Erano rimasti tutti coi loro latifondi, a confermare il fatto che nel Salento era arrivato sì il fascismo, ma di sfuggita, un colpo di striscio: ci si faceva il saluto romano, ci si esaltava meglio che altrove con il nuovo vocabolario della patria ma poi, a conti fatti, erano sempre i soliti a dettare legge.

La questione, in fondo, è che ci sono luoghi dove la storia, quella maiuscola, ti sembra di vederla solo col binocolo. Il Salento era uno di quelli. Lì non erano mai esistite le epopee narrate nei libri moderni, le cinque giornate, la spedizione dei mille, il biennio rosso, la marcia su Roma, l'agro Pontino. Chi l'aveva viste mai, da Finibus Terrae, quelle imprese leggendarie? Il massimo con cui si veniva a contatto era una dinastia di baroni dotati di ogni immunità, senza né rosso né nero, pronti a fare buon viso a cattivo gioco con chiunque. Genti come i Palmieri, i Frassanito, i Cappello, adesso erano pronte a ossequiare e ad assecondare il fascismo senza nessuna remora. E non per paura o per minaccia – che a loro non li ribaltava nessuno – tantomeno per convinzione politica – che un governo così forte e centralizzato non è che gli garbasse più di tanto – ma per puro e semplice opportunismo. Non costava nulla fingersi amici di quei curiosi soggetti in camicia nera: era divertente ed evitava pure grattacapi.

Così, salutavi il conte Palmieri per caso: «Viva il duce» ti diceva quello, col naso che gli cresceva.

Salutavi il Marchese Frassanito: «A noi» ti faceva, sollevando il braccio, sia pure quello sbagliato.

Salutavi il Barone Cappello: «Agli ordini camerata» ti rispondeva per prenderti per il culo.

Salutavi l'Oronzo Felline: «Andate a morire ammazzati voi, la chiesa, il duce, i camerati, i chierichetti e chi più ne ha più ne metta» sbraitava.

I Felline facevano notizia proprio perché alla guida avevano un uomo di principio che, se incontrava il fascismo, gli sputava in un occhio senza doversi fare nessun calcolo. Ogni tanto gli accendevano un albero come avvertimento, ma non serviva a niente: lo ritrovavi più ostinato di prima.

«Sarà che è tarato come tutti i comunisti?» si domandavano i nemici. Ma lui i comunisti non sapeva nemmeno cos'erano, come non sapeva di che colore fossero i socialisti, i liberali, i cattolici, i democratici, i popolari. Lavorare, solo quello sapeva fare nella vita. E quindi – tornando alla domanda da cui eravamo partiti – perché odiava tanto i fascisti? Proprio per un dettaglio, come si è detto.

Undici febbraio del 1929: da lì era partito tutto, e mica è una novità che l'Oronzo ragionava in modo strano. Quel giorno,

Mussolini aveva stipulato con la Santa Sede il patto della loro lateranense e indissolubile amicizia. E per la prima volta l'odio morboso dell'Oronzo si era allargato fino a ricomprendere nuove forme di vita. Per il duce non aveva mai provato né caldo né freddo. Ma l'undici febbraio di quell'anno, dal cielo era caduta una tegola che lo aveva preso dritto in fronte. I fascisti avevano mescolato il loro sangue a quello dei vigliacchi ecclesiali e tanto era bastato, da allora, per auspicare la morte pure a ogni faccetta nera esistente sulla terra. Se mai, all'atto finale, gli fosse avanzata una pallottola, adesso avrebbe saputo come spenderla.

Come se non bastasse, l'arrivo dei nuovi nemici lo aveva svuotato dentro. La gastrite che a giorni gli mordeva lo stomaco si era fatta spietatamente cronica e quotidiana. Il consumo di sigari era aumentato a dismisura, così come erano aumentati l'ossessione della morte, la zoppia, i dispetti fatti ai vicini, le fughe d'amore e le battute solitarie di caccia. Il carattere si era inasprito, era divenuto ancora più lunatico e imprevedibile, la schizofrenia aveva fatto irruzione nelle sue giornate, l'ansia gli aveva trasmesso un preoccupante tremolio agli arti e un biancore funereo aveva iniziato a velargli il viso e i capelli. La sensazione era che lo smalto e il vigore di un tempo si fossero definitivamente dissolti. Si sentiva ostaggio di un mondo in cui i problemi non finivano mai e le disgrazie erano sempre in agguato dietro l'angolo. Tecnicamente, ora, si sentiva accerchiato. Sapeva che preti e fascisti avrebbero esultato nel vederlo capitombolare in un fosso. Il paese, inoltre, era pieno di spifferi da cui stillavano malignità sul suo conto. Erano voci che discettavano con malizia della parabola dei Felline, i quali *muerti te fame* da generazioni e generazioni si erano di colpo risvegliati, 'per opera dello spirito santo', ricchi proprietari terrieri.

«Invidiosi, malelingue, bastardi e pezzenti!» tuonava lui durante il lavoro dei campi, sputando per terra. Come se non bastassero i problemi che aveva già, i figli da crescere, la terra da portare avanti, i preti da tenere alla larga, il metro da recuperare del muretto a secco coi Perrone. Pure i fascisti dovevano mettersi.

Il matrimonio tra l'Ettore e la Benedetta fu fissato per il giorno 11 settembre 1937.

«Dobbiamo fare in fretta, qua, prima che ci scappa il morto» concordarono difatti le due madri, vere registe dell'operazione, che presero l'abitudine di riunirsi in segreto tra gli ultimi banchi della chiesa prima di ogni santa messa, per raccontarsi le reazioni dei mariti e definire i dettagli.

Al matrimonio si arrivò in un clima di tensione, una pace armata che sfibrava tutti, vittime e carnefici, facili da confondersi.

Non si capiva se fossero vittime o carnefici, per prima cosa, l'Ettore e la Benedetta che avevano violato i comandamenti delle loro famiglie per una scelta d'amore, oppure la Carmela Spano e la Nadia Pasimeni, le due madri che, pur di accontentare i figli, avevano imbastito una trama che viaggiava su equilibri sottili, profani. Né si capiva se fossero vittime o carnefici l'Oronzo Felline e il Girolamo Petrelli, i due capifamiglia che avevano avvelenato il clima ma adesso disperavano in silenzio con in gola un rospo amaro, impossibile da digerire.

Si erano entrambi ritirati in se stessi. Il Felline parlava solo con Aristalco, il cane, il Petrelli solo con i suoi camerati. Proprio di quest'ultimo, in casa, si vedeva giusto l'ombra. Non faceva in tempo a rientrare dalla bottega, a mezzogiorno, che subito pranzava, si infilava una giacca e scappava via.

«Dove stai andando?» gli chiedeva la moglie.

«Riunione.»

Stesso discorso quando rincasava la sera. Cenava in cinque minuti, in religioso silenzio, poi di nuovo si metteva la giacca e se ne usciva.

«E mo', a quest'ora?»

«Riunione straordinaria.»

A casa non ci voleva più stare. E poi, le riunioni non è che fossero tutte inventate. Era un periodo politicamente intenso e i camerati avevano di che ragionare sulle cose che stavano succedendo nel mondo. Magari la vita di un camerata di Monteroni non era niente di eccezionale, ma le notizie che arrivavano da Roma erano degne di attenzione: a volte facevano proprio venire i brividi.

L'Italia aveva appena riconquistato l'Impero. Lo aveva proclamato Mussolini da un anno a quella parte con la caduta di Addis Abeba, l'ultimo baluardo etiope. Affacciato dal suo balcone di piazza Venezia, il duce aveva annunciato pure la fine della guerra, tanto ormai faceva tutto lui, il re serviva solo a mettere corone in testa. Solo che, dopo la conquista dell'Etiopia, le ostilità non si erano interrotte. Si era passati a una guerriglia infernale e ogni settimana secchi pieni di lettere provenienti dal fronte venivano smistati tra le sedi dei Fasci di Combattimento di tutta Italia. Una di queste lettere arrivava pure al Fascio di Monteroni, puntuale come la luna piena, perché in guerra c'era capitato un tal Gaetano Macchia, giovane compaesano che sapeva leggere e scrivere. E quando a scartarla si trovava il Petrelli, gli occhi tornavano a sorridere. Pensava che, senza il duce e le sue imprese gloriose, quella vita non avrebbe più avuto consolazioni.

«Riunione! Riunione!» gridava, e subito i camerati si disponevano attorno a lui che leggeva con voce tremante, immaginandosi una per una le scene in cui il Macchia combatteva corpo a corpo con gli indigeni, si commuoveva alla morte di un commilitone, cantava *Faccetta nera* nei villaggi occupati.

All'Oronzo, invece, di consolazione non gliene era rimasta nemmeno una. Si era trincerato di nuovo nella sua stanza, da dove usciva solo quando era ora di mangiare. Stava sempre peggio ma ormai non chiedeva nemmeno aiuto, tant'è che quando la Carmela affacciava la testa a domandargli se non era il caso di chiamare il dottor Valenti, lui rispondeva che non ne aveva bisogno e voleva morire da solo.

Il giorno prima del matrimonio, mentre tutti erano alle prese con gli ultimi preparativi, prese il bastone, indossò un gilet mimetico dai taschini zeppi di munizioni e, fucile sulle spalle come ai vecchi tempi, se ne uscì all'aperto. Nessuno lo vide. Né lo sentirono quando con un fischio chiamò il cane: Aristalco balzò scodinzolando da dietro la feritoia e lo seguì.

Il pomeriggio era appena iniziato e dal grembo della natura si diffondevano sensazioni di pace: le ombre dei cipressi fluttuavano come fisarmoniche sullo specchio rosso del terreno e un umore appena percettibile di camomilla e rosmarino migrava dal confine coi Perrone alla Torre del Serpente, solleticando le narici. L'Oronzo sparò più colpi, ma, manco a dirlo, non ne indovinò uno. Ogni volta che puntava il fucile, Aristalco bloccava il respiro e arcuava le zampe posteriori, pronto a scattare, ma rimaneva interdetto perché dai rami non cadeva mai niente e guardava avvilito il padrone.

«Almeno tu... Aristalco.» Aristalco era l'unico essere sulla faccia della terra di cui l'Oronzo gradiva la compagnia in qualsiasi momento. Aveva la virtù di non dire mai una parola fuori posto e non perché non parlava, che in fin dei conti manco l'Egidio parlava, ma perché era intelligente per davvero.

«Lo so io e lo sai tu: qui non va più bene un cazzo di niente.»

Quel pomeriggio il cane continuò a seguire il padrone tra le sterpaglie, e nessuno potrà mai dire se gli piacquero o invece lo annoiarono a morte i discorsi che gli sentì fare, poiché a un padrone, comunque, gli devi obbedienza a prescindere e in certe occasioni gli stai dietro passo per passo, senza lamentarti. Così ad Aristalco toccò sentire tutte le farneticazioni dell'Oronzo, che di spine nello stomaco ce ne aveva parecchie: dalla disonestà di sua moglie, che gli aveva nascosto una storia che sicuramente durava da anni, fino all'Ettore che sposava la figlia del peggior esemplare di feccia fascista esistente al mondo e ora ci mancava solo che prendesse la tessera fascista e iscrivesse i figli all'Opera nazionale balilla; dalla sua terra, che aveva già diviso in tre parti per distribuirla ai tre figli, fino a Ciccio che era il migliore che aveva e avrebbe meritato pure la porzione del fratello minore; da Pantaleo Perrone, che era un figlio di puttana e gli aveva rubato un metro di confine, fino alla chiesa, che era un ammasso di merda perché voleva portargli via con la puzza dell'incenso tutto quello che lui aveva conquistato col sudore delle mani.

Non si fece mancare proprio nulla, l'Oronzo. Per ultimo rammentò l'episodio di quando il farabutto di suo figlio aveva legato il cane per fargli un ritratto, trattandolo come a un bastardo qualunque, un cane senza serietà: «Ma io ti ho difeso, sai che ti difendo sempre» concluse con una carezza. Poi rimise il fucile sulle spalle e imboccò il viale del ritorno col carniere vuoto. Il sole picchiava forte e produceva sul torso e sulla schiena un bollore che sapeva di ruggine. L'Oronzo non parlava più, soffriva e basta. E non c'era cosa peggiore di quando il dolore si univa alla meditazione.

«Aspetta qua» disse al cane, a pochi passi da casa. Aristalco lo guardò sgocciolare oltre lo schermo dei viburni che delimitava le gabbie delle galline. Tirò indietro le orecchie e attese. Sentì uno sparo, poi un altro ancora, e per due volte saltò sulle zampe come avrebbe fatto un quadrupede senza scorza. Nella gabbia volò qualche piuma, seguita da un indiscriminato accavallarsi di coccodè.

«Andiamo» fece l'Oronzo sbucando da dietro la vegetazione. Aveva la stessa andatura sbilenca di quando era sparito, ma ora teneva una gallina per le zampe che penzolava a un centimetro da terra. «Con le patate e un filo d'olio,» disse due minuti dopo, gettando la bestia sul tavolo «per stasera».

La Carmela arrivò di corsa. Suo marito era già sparito, ma in compenso trovò in cucina una gallina stecchita, impallinata nel petto come se fosse un tordo. Non mosse un ciglio e non disse nulla, la donna, ma fino al mattino seguente smise di pensare al matrimonio del figlio e si preoccupò solo per l'Oronzo.

Il sabato 11 settembre del 1937 l'Ettore e la Benedetta salirono sull'altare per giurarsi amore eterno. L'estate volgeva al termine ma resisteva un'afa testarda e quel giorno in giro non c'era anima viva. La gente si era rintanata nei circoli e nelle locande, mentre gli invitati in attesa degli sposi avevano già preso posto sugli scranni, dove morivano comunque di caldo.

«Ma quando arrivano?» domandava qualcuno, impaziente.

«Boh!» rispondeva qualcun altro, tutto sudato.

Nell'aria era diffuso un profumo dolce di vaniglia, eppure, quella mattina, Girolamo Petrelli sentiva sin dall'inizio una terribile puzza di merda: di merda puzzò l'acqua con cui si lavò la faccia, il vestito gessato che indossò dopo un minuto, le dita di sua figlia che accompagnò fino al sagrato, lo sguardo compiaciuto del giovane zoppo cui cedette, voltandosi sdegnoso, la mano della ragazza.

Pure l'Oronzo non fu da meno: quando don Paolo incominciò la celebrazione il Fellinc capì fino in fondo quale fottuto affronto gli stava facendo il figlio. Nelle ultime settimane aveva preferito disinteressarsi completamente della questione. "Ponzio Pilato" lo aveva ribattezzato infatti sua moglie. Ma adesso, in chiesa, con il prete che si concedeva a una commovente omelia sulla 'bellezza esemplare di quella storia d'amore', nonché sulla 'capacità che avevano avuto, i ragazzi, di sopperire alla diversità e al contrasto delle loro tradizioni, facendo sbocciare su un campo inaridito un bel fiore di primavera', l'Oronzo si pentì di non aver messo una pezza quando avrebbe dovuto. Si afflosciò sullo scranno con un turbinio di pensieri per la testa. Poi, verso la fine, fu folgorato da un dubbio.

«A casa nostra» gli sussurrò la Carmela, facendo spallucce, senza distrarsi da un rito che la faceva palpitare a ogni verso.

Il marito la guardò contrariato ma non fiatò. In fin dei conti c'era da aspettarselo.

«Diamo il tempo di farsene una» lo rassicurò la moglie «la vogliono vicino alla Torre».

Questa volta l'uomo trasalì, non se lo aspettava.

«Alla Torre?!»

Alla Carmela venne voglia di mordersi la lingua. Adesso sì che la messa rischiava di andare a farsi benedire.

«Spetta a loro, lo sai. Abbiamo estratto i lotti.»

«E perché proprio vicino alla Torre?»

«Perché la Benedetta ne va pazza.»

«E tu che ne sai?»

«Me l'ha detto l'Ettore.»

«Ma se lei non l'ha mai vista!»

La Carmela si armò del filo di pazienza che le rimaneva in corpo.

«Le femmine certe cose le capiscono al volo, hanno l'istinto» concluse sibillina «e per favore, mo' fammi sentire il prete, ci siamo quasi».

La Benedetta un istinto particolare magari ce l'aveva pure, ma il suo amore per la Torre del Serpente non nasceva certo da lì, da quell'istinto. Era, invece, che in quell'intreccio di pietre incastonate come diamanti la ragazza ci era scappata un giorno di due anni prima, di nascosto da sua madre che la credeva a messa e da suo padre che, più semplicemente, le avrebbe tagliato la testa. Era stato là dentro che la Benedetta aveva fatto l'amore con l'Ettore per la prima volta. E altro che istinto, allora. Valla a trovare tu una ragazza che non ti rimane innamorata di un simbolo così importante per la sua vita, dopo che ci è rimasta tutta nuda tra le pietre, le mosche e i serpenti, dopo che lì dentro ci ha affogato la concupiscenza più ribelle e carnale di cui sia mai stata preda. E meno male che tutto, quella volta, era filato liscio come l'olio, altrimenti al matrimonio non ci sarebbe mai arrivata.

«Vuoi tu, Ettore, prendere Benedetta come tua legittima sposa, per amarla, onorarla e rispettarla in salute e in malattia, in ricchezza e in povertà, finché morte non vi separi?» domandò don Paolo.

Ci fu un silenzio scrosciante. Poi si udì un sibilo: «Sì, lo voglio».

«E vuoi tu, Benedetta, prendere Ettore come tuo legittimo sposo, per amarlo, onorarlo e rispettarlo in salute e in malattia, in ricchezza e in povertà, finché morte non vi separi?»

Ancora un vuoto profondo: la sposa si attardò a rispondere, al punto che don Paolo dovette spronarla allungando la mandibola verso di lei.

«Sì, lo voglio» affermò infine, timidamente.

Il prete tirò un sospiro di sollievo: «*Ego conjungo vos in matrimonio, in nomine patris, filii et spiritus sancti!*». Gli sposi si concessero un bacio furtivo. Le due madri non trattennero le lacrime e i loro mariti si persero di respiro.

E così si sposarono. Ma non è che tutte le cose si risolsero come per magia, con un semplice sì. Che tu, da madre, puoi anche provare a cambiare la storia, prendere un Montecchi, fargli firmare un patto segreto, portarlo in chiesa, farlo sposare con una Capuleti. Ma non è che hai risolto il problema o creato armonia dove prima c'era soltanto odio e rancore, che quelli sempre Montecchi e Capuleti rimangono. E pure l'Ettore e la Benedetta, quel giorno, sempre Felline e Petrelli rimasero. La storia lo dimostrò subito, già al momento del rinfresco.

Per festeggiare gli sposi avevano scelto "Lo scorfano", una trattoria dove si faceva il miglior arrosto di pesce della provincia. Roba fresca e di finissima qualità: orate, triglie e sardine arrivavano ogni mattina direttamente dai pescherecci di Porto Cesareo rinchiuse in delle casse di legno in cui ancora boccheggiavano e sbattevano a vuoto le pinne. Il proprietario della trattoria, un tale Domenico Puscio, era un omone dal fisico buffo e tozzo che sfiorava il quintale e aveva perso una mano nella guerra in Libia, ai tempi di Giolitti. Era lui che dirigeva la cucina, che prendeva le ordinazioni ai tavoli, che serviva la roba nei piatti, che riscuoteva il conto. A fargli da contorno una moglie e quattro figlie, pallide e magre, che vagavano nel locale come animelle sperdute.

«Ma sei proprio sicuro?» aveva chiesto la Benedetta all'Ettore il giorno che andarono a prenotare, impressionata da quella montagna di carne sudicia e monca con addosso un tanfo di pesce appena sventrato. «C'è solo da leccarsi i baffi, vedrai» l'aveva rassicurata il suo futuro marito.

E difatti il mangiare fu l'unica cosa, durante tutto il matrimonio, in cui le due famiglie andarono d'accordo. I piatti furono ripuliti a colpi di scarpetta di pane fino a risplendere, tanto fu gradita la cucina del buon Domenico Puscio. Ma per il resto non cambiò nulla, la giornata continuò con due fazioni agli antipodi: nord e sud. Bianco e nero. Su e giù. Destra e sinistra. Quando una famiglia ruotava, prontamente l'altra si muoveva in direzione ostinata e contraria.

Già in mattinata, in piazza, le mattonelle del basolato sembravano le caselle di una scacchiera su cui i due eserciti attendevano solo il grido di guerra. E tanto si era continuato a fare sul sagrato, con i Felline a occidente e i Petrelli ad oriente: in chiesa, agli uni gli scranni di sinistra, agli altri quelli di destra; nelle foto ricordo che l'Armando Garimberto – fotografo rinomato più per la volgarità delle sue esecrazioni che per l'abilità della sua giovane arte – aveva scattato implorando gli invitati di compattarsi attorno agli sposi, ogni volta con una bestemmia diversa che faceva volare via i cappelli alle signore.

Anche nella trattoria la musica rimase la stessa: lato est e lato ovest. C'erano sempre le stesse facce da funerale. E fortuna che l'Ettore e la Benedetta, almeno, ridevano genuini e non pensavano a nient'altro che a loro stessi, anche perché a tutto il resto, in fondo, ci stavano già pensando i loro padri.

Gli sposi affondarono il coltello nella panna e gli ospiti fecero partire un breve scroscio di mani. La Carmela prese sottobraccio l'Oronzo, fermo come un baccalà davanti alla torta nuziale, e se lo trascinò in disparte.

«E ridi un po' che non è un funerale» gli bisbigliò «quelli mica vengono a farci visita».

«Chi te lo dice?»

«Lui.»

Il marito scattò sulle punte: «Gli hai parlato?!».

La moglie sorrise con l'espressione mite e premurosa di sempre: «Ma hai visto come ti guarda?».

L'Oronzo mirò dritto al volto del nemico. Gli generò un ribrezzo, qualcosa di stomachevole. Strinse il bicchiere quasi fino a frantumarlo.

«Fascista di merda!» inveì sottovoce.

«Gran figlio di puttana!» tartagliò invece Girolamo Petrelli, a venti metri di distanza.

Il copione della giornata si movimentò al taglio della torta. E sarebbe stato meglio di no, verrebbe da aggiungere. Purtroppo l'Ettore se ne uscì con una cosa che progettava da molti mesi. E la combinò grossa davvero, infatti. Si vedeva che si era messo d'impegno.

Fece tintinnare un cucchiaino sul calice.

«Propongo di brindare a mia moglie in un modo particolare. Prego, entrate» affermò compiaciuto.

La moglie del ristoratore e le sue tre figlie avanzarono nella sala più indolenti che mai, sostenendo una lastra rettangolare di un metro per due, coperta da un panno. Un sano stupore si diffuse tra i presenti.

«*Sorte noscia...*» L'Egidio e Francesco non immaginavano di cosa fosse ma capirono che bisognava prepararsi al peggio. La Carmela e l'Oronzo si azzittirono, confusi anche loro. La Benedetta si immobilizzò. Non ebbe più il coraggio di guardare suo padre.

Nella meraviglia generale, va detto che Girolamo Petrelli fu l'unico a sentirsi sollevato. Ripensò all'infame lettera strappata alla figlia un paio di mesi prima e si consolò all'idea che almeno questa volta non avrebbe assistito alla dissacrazione del loro duce. La ragazza, d'altronde, era stata avvertita: che non si sognassero lettere d'amore o altre sceneggiate romantiche durante la cerimonia, perché se stavolta quella 'testa di cazzo' di suo marito avesse pronunciato la parola Musolini così, placidamente, davanti a tutti, lui altrettanto placidamente gli si sarebbe buttato al collo per azzannarlo.

«È un dono per onorare pubblicamente la tua bellezza» declamò l'Ettore avvicinandosi alla moglie e sfiorandole il viso con le dita. «Solo per te, amore» le fiatò poi nell'orecchio.

La ragazza trattenne il fiato. Non poteva esser vero, pensò.

Lo sposo tirò via il panno che copriva la tela e il ritratto fu visibile a tutti.

La Benedetta capì allora che era tutto vero. Chiuse gli occhi e non li riaprì più fino alla conclusione della festa.

Un 'ohhh' lunghissimo rimbalzò tra le pareti della sala, mentre appariva una giovane donna, nuda e sorridente, che prendeva il sole distesa per terra. Sullo sfondo un cielo pennellato d'azzurro sventolava come a un fazzoletto e una piccola torre di pietre affabulava il paesaggio con la sua misteriosa forma piramidale.

I fratelli Felline si lanciarono a capovolgere il quadro. L'Oronzo stramazzò al suolo e, per l'ennesima volta, Girolamo Petrelli, non tardò a imitarlo. Il camerata si fece porpora e si mise a boccheggiare come se gli fosse andata una triglia di traverso. La Nadia corse a prendergli un bicchiere d'acqua, ma al ritorno vide che non serviva più. Adesso il fascista c'aveva gli occhi invasati e fissava il soffitto farfugliando parole sconnesse.

«Benito Musolini, Musolini, così, Musolini, così, Benito Musolini...» ripeteva sospeso tra un'estasi religiosa e un'ipnosi maligna.

«Mussolini, Girolamo! Mussolini!» lo corresse la moglie, ignara.

«Musolini, Benito Musolini, Benito Musolini» insisté il Petrelli, piagnucolando.

La Nadia Pasimeni si convinse che delirava e lo agitò come quando stendeva i panni.

Fu in quel momento che finì la festa.

Capitolo tre

Per un paio d'anni a casa dei Felline non successe molto. A parte l'arrivo della Benedetta, certo, che s'integrò subito molto bene.

Aveva un carattere semplice e non fece nessuna fatica a vivere con delle persone così diverse da lei, anche perché i Felline si dimostrarono ben più ospitali di quel che ci si potrebbe immaginare, la fecero sentire in famiglia e la considerarono una di loro. Quando la sera del matrimonio lei arrivò con tre valigie sull'uscio della nuova casa, erano già tutti lì a farle le feste e ad accompagnarla nella stanza che sarebbe stata sua e di suo marito. 'Benvenuta' di qua e 'benvenuta' di là, le dicevano quella sera. Tutti lì, chiaramente, tranne l'Oronzo. Lui si era già ritirato con Aristalco nella sua stanza a riflettere davanti al camino, naturalmente acceso.

Col passare del tempo il capofamiglia non si rabbonì nemmeno un po'. Ormai era più comico che altro e ognuno se ne fece una ragione. La sua fu una resistenza che la Benedetta non riuscì mai a vincere. Non le rivolgeva nemmeno la parola. Se per esempio aveva bisogno di qualcosa che stava di fianco a lei, glielo indicava col bastone e da quel gesto la nuora doveva capire che bisognava prendere l'oggetto e passarglielo. E non è che le volesse male, sia chiaro, ché cattivo l'Oronzo non era mai stato, imprecava contro tutti da una vita ma mica c'era mai riuscito a fare del male a qualcuno.

Semplicemente era una questione di principio e lui di questioni di principio se ne intendeva.

«Maleducato e scostumato!» lo rimproverava la Carmela.

«Fiero e orgoglioso!» puntualizzava invece il marito, sollevando il dito, perché era innegabile che era coerente dal momento che, anche a suo figlio Ettore, parlava giusto lo stretto indispensabile. Gli si rivolgeva solo quando c'era da offenderlo per qualche errore fatto nei campi. Così, «*Pampasciùne!*» lo alzava e «*pampasciùne!*» lo scendeva. Subito dopo aggiungeva: «*Lu ciu! Giuru ca oce lu ciu!*» che anche quest'altra cosa non aveva mai smesso di dirla.

Altre rimostranze, in realtà, non poteva fargliene. L'Ettore, dal giorno del matrimonio con la Benedetta era cambiato sul serio: l'esibizione del ritratto ai parenti era stato l'ultimo gesto infantile della sua vita. Adesso si alzava la mattina alle sei meno un quarto, pure prima dei fratelli, entrava nei campi e lavorava sodo per tutta la giornata. Di vezzi singolari ne avrebbe conservati tanti, ma nel frattempo si era dato un contegno diverso e aveva ridotto all'osso persino le visite in piazza e alla locanda dell'Ernesto Bevilacqua. L'unica uscita settimanale fissa era diventata quella della domenica, quando la moglie lo portava a pranzo dai suoceri, in casa Petrelli.

Va riconosciuto che Girolamo Petrelli sotto il profilo caratteriale non era così scorbutico come l'Oronzo. Lui il genero lo considerava forse anche troppo: ogni occasione era buona per rivolgergli i suoi monologhi interminabili. Doveva parlare soltanto lui, guai a chi lo interrompeva, e l'Ettore se ne stava zitto all'angolo per evitare complicazioni. D'altronde di cosa si poteva ragionare con uno che dava prova di essersi fritto il cervello? Ogni tanto emetteva un 'sì' e doveva pure fare attenzione a pronunciarlo col giusto vigore, altrimenti il Petrelli fingeva di non aver sentito e gli chiedeva di ripeterlo con più decisione.

«Come hai detto?»

«Sì.»

«Non sento!»

«Sì!»

«Non sento!»

«Sì!»

«E stai più composto quando parli. *Tzè!*»

Almeno una volta a settimana, una delegazione capeggiata dalla Nadia Pasimeni e composta dalle due figlie più piccole, l'Anita e la Giovanna, partiva da casa Petrelli e attraversava la periferia del paese fino al feudo dei Felline. Ad aprire la porta si trovava sempre la Carmela. Dietro di lei sbucava pure l'Oronzo, che dava uno sguardo fuori dalle imposte per accertarsi che non fosse venuto nessun altro e se ne ritornava nel suo mondo senza salutare. Dopo una chiacchierata veloce, anche la Carmela usciva dalla stanza. In fondo le Petrelli erano venute per la loro familiare emigrata, mica per lei. Che le due famiglie, come si è detto, sempre Felline e Petrelli erano rimaste: non è che il matrimonio ne aveva cancellato le storie.

E comunque, nel congedarsi la donna aveva molto più ritegno del marito. Dava una carezza all'Anita e una alla Giovanna, poggiava un vassoio pieno di caramelle al centro del tavolo e diceva: «Prendete giovanotte! Quante ne volete!». Poi si stringeva la mano con la Nadia – con la quale non c'era mai stata inimicizia ma tanta complicità quando si era trattato di far sposare i figli – e spariva.

La Benedetta da qualche tempo aveva un malessere. Il problema era chiaro: si era maritata da un pezzo e ancora non aveva dato alla luce nessuna creatura. Se a Monteroni iniziava a spargersi la voce, diventavano problemi seri: all'epoca, il disonore si appiccicava sui prospetti di casa delle persone anche per molto meno e, quando accadeva, per cancellarlo ci voleva la mano di Dio. Ultimamente lei studiava persino le fasi lunari, per individuare i momenti di ricchezza del grembo e riuscire nella tanto spasimata gravidanza. Altre volte si soffermava su unguenti e piante medicinali donate dalla campagna, che assumeva in riti deviati quasi da una sorta di gusto spiritico. Le madri dicevano di avere fede che presto le cicogne sarebbero arrivate, ma in cuor proprio iniziavano a dubitare l'una della fecondità della nuora, l'altra della fertilità del genero. I padri, chiaramente, manco a parlarne: «Satana!» blaterava Girolamo Petrelli, qualcosa di supremo che non andava sfidato stava punendo l'impostura di quei traditori. «La natura» sosteneva l'Oronzo, che associava la presunta sterilità del figlio al terribile colpo nei testicoli rimediato la volta in cui, nel cadere dal ciliegio di Pinuccio Linciano, si era spezzato la gamba.

L'Ettore e la Benedetta andarono ancora un po' avanti alla ricerca di questa gravidanza, poi, un bel giorno, smisero persino di pensarci. Perché quel giorno le cose cambiarono per tutti. A essere onesti non si trattò proprio di un fulmine a ciel sereno. Il cielo era torbido già da un pezzo e le notizie che si rincorrevano non promettevano niente di buono. Tante voci le portava Ettore, prese direttamente dalla tavola domenicale dei Petrelli, dove sentiva disquisire di guerra lampo, impero fascista, superiorità della razza italica e altre cose del genere. Altre venivano pescate qua e là, sui giornali, in piazza, in chiesa e nelle locande.

Fatto sta che scoppiò la guerra. Il primo settembre del 1939 la Germania invase la Polonia e diede inizio alle ostilità. Per l'Italia sembrava questione di mesi e infatti l'undici marzo del 1940 il governo italiano bussò alla porta dei Felline. Si presentò con due lettere destinate ai loro due figli più grandi e non si preoccupò minimamente del fatto che il feudo, quella mattina, avesse il colore dell'inverno appassito e non aspettasse nessuna visita sotto il cielo indolente: ché il governo era uno di quelli che non si formalizzava certo per queste cose. Bussò, entrò e si presentò lo stesso.

Fu la Carmela a scartare le lettere: «*Sorte mia, matonna mia iùtame!*» disse aggrappandosi al tavolo mentre leggeva lentamente, che meglio non sapeva fare. Alcune parole – Mussolini, i servigi per l'onore, l'ideale fascista, la grandezza della patria, il futuro dei nostri balilla – le rimbombarono dentro, e alla donna sembrò di rivedere suo fratello Duccio che aveva combattuto la prima guerra mondiale trincerato contro gli austriaci sul monte Ortigara, quindici giorni senza né acqua né viveri, a mangiare terra e bere neve per le promesse di gloria e il diritto alle terre da riscattare in caso di vittoria. La verità era che quelli là del governo si facevano vedere solo quando c'era bisogno di materia prima: se serviva un contributo di carni e di ossa arrivavano correndo, come agli sceriffi inglesi a pesca di monete nei villaggi di Nottingham, altrimenti potevi pure crepare.

La Carmela si inginocchiò sotto la foto dei genitori che dominava la credenza della cucina. Nelle mani avvolse il rosario, cominciò a singhiozzare: «Io vado con loro» ripeté tra una preghiera e l'altra.

L'Oronzo la sentì e giunse con tutta la fretta che poteva. Prese le lettere, le lesse, non fiatò una sola parola: per lui, uomo di campagna, qualunque frase sarebbe stata di troppo. Non imprecò, stavolta i fascisti neanche li maledì. Qualunque offesa era troppo poco. Si disse che lo sapeva, che se lo aspettava, non potevano lasciarlo vivere così, impunemente. Primo o poi i farabutti che disegnavano aquile romane sui muri gliel'avrebbero combinata grossa. Poggiò le lettere sul tavolo. Guardò sua moglie e, senza disturbarne la litania, uscì fuori a rifugiarsi nelle terre.

Erano giorni, quelli, in cui Monteroni era inondata di notizie. La propaganda si era fatta un fiume in piena. Si diceva che la Germania si fosse già presa mezza Europa e che niente poteva più bloccare il progetto di egemonia del capo dell'impero nazista, il tale Adolfo Hitler che l'Oronzo aveva visto una volta in un'immagine sul giornale, dove gli era parso un personaggio da fumetto. Centinaia di migliaia di soldati tedeschi avrebbero invaso il mondo intero e non si sarebbero fermati neanche di fronte all'inverno russo. Fortuna, allora, che l'Italia era pronta a intervenire e ad approfittare della situazione e che gli eroi della patria avrebbero reso giustizia contro chi l'aveva tradita e mutilata. La guerra sarebbe stata ancora più mondiale dell'altra, gli Stati di tutto il mondo avrebbero fatto scintillare l'aria con i mitra e i cannoni dei cacciatorpediniere e riempito gli oceani di lamiere dilaniate. Ma l'Italia avrebbe trionfato: e cavolo, se stavolta non avrebbe trionfato.

Col passare dei mesi, poi, per carità, si sarebbe saputo che la Germania iniziava a stentare, che la vittoria non era così scontata come sembrava, che El Alamein e Stalingrado non erano semplicemente i nomi di due battaglie ma pure quelli di due disfatte, un po' come era successo sull'Amba Alagi e a Cefalonia, dove gli italiani avevano rimediato bernoccoli e cerotti a non finire; e poi, che nel campo erano entrati pure gli americani, dopo la storia di Pearl Harbour e gli equilibri, di colpo, si erano ribaltati.

Però, a Monteroni tutte queste altre notizie non è che arrivarono puntuali e precise come in altri posti. Che nel Salento la storia con la "s" maiuscola la vedevi solo col binocolo, lo abbiamo già detto, e figuriamoci cosa ne stavano capendo attorno ai boccali di vino della locanda dell'Ernesto Bevilacqua, al circolo dei giocatori di tressette della piazza o tra gli scranni della chiesa matrice, durante le messe di don Paolo.

«Vincere e vinceremo» era il motto di tutti. E manco a farlo apposta un giocatore del circolo nello stesso momento ti calava un asso e raccoglieva tutte le carte da terra, dicendo: «Vedi? È facile!».

Tante cose si seppero solo alla fine della guerra; lì per lì non si capì quasi niente di quel che stava succedendo. Ci si ripeteva che il duce era grande, che l'Italia era un impero, che i nostri alleati tedeschi erano imbattibili, che insieme non ci fermava più nessuno. E il bello è che poi, dopo qualche anno, i nostalgici che andarono a leggere sui libri di storia dei propri figli come erano andate davvero le cose, si chiesero: «Ma chi è che le scrive 'ste stronzate?». E sotto sotto, però, cominciarono a porsi pure loro qualche interrogativo.

Certo, tornando ai Felline, bisogna dare atto che l'Oronzo le cose le intuì al volo, sin dal giorno dell'arrivo di quelle lettere.

A Monteroni la facevano facile facile: «Andiamo, li ammazziamo e torniamo col bottino». Ma l'Oronzo non ci credeva, capì che si era creato un casino di quelli senza fine e quando, dopo aver letto le lettere, posò i piedi sulla sua terra, fu colto da un brivido di paura. Tutto parlava placido e raccontava piano. Gli alberi sembravano antichi indovini ma scendeva pure una lenta foschia sui campi e per il Felline fu come se sul feudo stesse calando un sipario. Guardò in alto: gli uccelli si disperdevano in direzioni lontane, d'un tratto gli generarono un incredibile senso di tenerezza. Non aveva più voglia di ammazzarli ma voleva afferrarli vivi, tenerli in mano, accarezzarli fino a farseli addormentare addosso, proteggerli da ogni sparo e da ogni serpe. Arrivò senza rendersene conto sul campo dove il figlio zappava la terra e fischiettava un motivetto sconosciuto: «Ciccio».

Il giovane alzò la testa e si accorse che il padre lo fissava: «È successo qualcosa?».

«Niente, niente. Poi ti devo parlare.»

«È urgente?»

«No... perché urgente, *lu papà*? Finisci, finisci.»

Ciccio riprese a funestare la terra, con i suoi muscoli poderosi che a ogni movimento brillavano al sole, grondanti di sudore.

Approfittiamone per dire che lui, se non si è capito, era in assoluto il più bello di casa Felline. E non è che gli altri fossero da meno o che l'Ettore, per esempio, solo perché aveva quell'onta irriducibile della gamba destra, fosse da buttare via; ché proprio quest'ultimo teneva due occhi nerissimi dentro ai quali ogni volta ti perdevi, e la sua figura la faceva tutta: dalla testa ai piedi. I Felline, d'altronde, erano tutti belli, basti pensare a quello zio Santino che per anni aveva lasciato a bocca aperta l'intera curia leccese. Ma Ciccio, soprattutto per la Carmela, era qualcosa di diverso. E non vogliamo dire che era il prediletto, perché i genitori non è che i figli li mettono in fila e dicono 'Eccolo, questo è il mio preferito', ma ti fanno sempre il gioco di aprire il palmo delle mani e mostrarti le cinque dita, commentando: 'Guarda, se ti tagli l'una o l'altra ti fa male uguale, non c'è differenza'.

Ciccio era qualcosa di diverso, perché con gli altri figli la Carmela non era rimasta dodici ore sul marmo del pranzo a massacrarsi il ventre e a farsi riprendere dalla levatrice per i capelli ogni volta che rischiava di perdere i sensi.

Era servito un miracolo, quella volta. Quando tutti avevano perso le speranze e nemmeno la levatrice sapeva più come fare, la comare Pina Giancane aveva messo un'immaginetta nella mano della partoriente e le aveva sussurrato: «Tieni, è San Francesco d'Assisi nostro. *Stringilu ca te iuta*. E spingi, spingi!». Allora la Carmela aveva stretto il santo e spinto con tutte le forze che le rimanevano e nella stanza, finalmente, si era avvertito il pianto di un bambino, il suo secondogenito.

«Come si chiama?»

«Francesco, però zitte per mio marito. Del santo non deve sapere niente» aveva sospirato la donna. Poi si era abbandonata a se stessa e stavolta l'avevano lasciata fare, che ormai il grembo era libero, poteva riposare quanto voleva.

Quel secondogenito era cresciuto generoso e lavoratore, se possibile pure un po' meno strano degli altri Felline. E va bene che da ragazzino faceva cose come mordere le radici delle piante per vederne il sapore o collezionare le pietre più insignificanti che si potessero trovare e metterle in fila su una mensola, tipo farfalle. Ma a conti fatti non aveva niente a che spartire con la stravaganza del fratello maggiore – che camminava con il portamento di una gallina spennacchiata – o del fratello minore – che invece era zoppo per natura e ne combinava una al giorno.

I geni erano strani lì dai Felline, e ce ne eravamo già accorti con l'Oronzo, che tra l'altro il meglio del suo repertorio non l'aveva ancora dato. Tale padre, tali figli: tutti, chi più e chi meno, si portavano dietro le singolarità di quel marchio di fabbrica.

Intanto, il giorno in cui seppe dell'arruolamento, Ciccio andò a letto per la prima volta senza pensare al lavoro che c'era da fare la mattina dopo. Sognò un episodio vero, di quando era bambino. Suo padre li aveva portati alla fiera di San Fili durante il lunedì dell'Angelo e percorrevano in salita il lungo imbuto di bancarelle e di venditori ambulanti, diretti verso la piana della cuccagna. Lì, la folla era già numerosa attorno al palo cosparso di grasso e smaniava che lo spettacolo degli scalatori cominciasse al più presto. Ciccio aveva tirato il padre per la manica, chiedendogli per quale motivo non mettevano pure loro un banchetto con le galline della campagna per fare soldi.

«Perché i Felline comprano, non vendono figlio mio. Ricordatelo» si era affrettato a rispondere l'Oronzo. E per fare un esempio si era fermato davanti a un piccolo recinto di agnelli e aveva chiesto al figlio di sceglierne uno.

«Prendiamo quello, da mangiare domani.»

«Ci penso io?» aveva chiesto il mercante, già affilando il coltello.

«Meglio di sì» aveva ironizzato il Felline «io ho solo il bastone».

Ciccio allora si era dovuto coprire gli occhi perché qualcuno stava sgozzando un agnellino davanti a lui, mentre tante persone, al richiamo straziante dell'animale, si avvicinavano alla bancarella e sembravano appagate alla vista del sangue che colava sullo sterrato. Il bambino non aveva più emesso una parola fino al ritorno a casa. La cuccagna l'aveva vista in silenzio, senza nemmeno un sorriso o un palpito di gioia quando i protagonisti dell'impresa erano arrivati in cima e avevano raccolto i premi, tra il boato delle persone che saltavano estasiate per acciuffare i taralli e le noccioline che cadevano dal cielo, mentre il vino, i salumi e i formaggi venivano legati a una corda e calati giù poco per volta. Per tutto il tragitto del ritorno, Ciccio aveva guardato le zampe dell'agnello che fuoriuscivano dall'involucro di cartone e aveva trattenuto le lacrime, perché immaginava quell'animale ancora vivo a belare nel recinto, e tanta crudeltà verso un essere vivente non l'aveva mai vista.

Ciccio e l'Egidio partirono tre giorni dopo. E non era più un sogno, ma era l'alba del 14 marzo del 1940, appena il tempo di un saluto ai familiari, una valigia comune e via verso il comando di Bari per l'arruolamento e la destinazione finale.

Quel giorno, dacché si alzarono dal letto, la Carmela li tallonò passo per passo: «Io vado con loro, *lassàtime*, vado con loro» continuava a ripetere, e teneva i capelli in disordine e le rughe più profonde del solito, un'espressione da invasata, era diventata irriconoscibile.

«No mamma, stai qui!» la implorava l'Ettore, piangendo.

«Non ti preoccupare per noi, torniamo presto» la rincuoravano gli altri due.

L'Oronzo l'abbracciò forte, ed era una cosa che non faceva da una vita, forse non l'aveva mai fatta: «Tornano, hai visto? Hanno detto che tornano!».

A casa rimase soltanto l'Ettore. E non perché coniugato o ultimogenito, ma perché irrimediabilmente zoppo. «*Figghiu te la iaddrhina bianca!*» lo avrebbero insultato in paese le signore più rancorose, quelle che avevano visto partire in guerra tutti i maschi della famiglia. Ma almeno a una cosa quella caduta da bambino gli stava servendo. Salutò i fratelli con un abbraccio. Loro ricambiarono l'affetto con uno striminzito buffetto sul viso, neppure lontanamente riconducibile alle botte che gli davano da bambini, quando si picchiavano e lo facevano di cuore. Poi Ciccio e l'Egidio si allontanarono nella campagna ancora sonnolenta.

«*Uastàsi, uastàsi!*» frignò la Carmela, vedendoli svanire.

Dare i figli alla campagna era un conto, ma darli alla guerra no, non poteva essere. Perché quando i figli litigavano al confine e se ne tornavano a casa con i lividi in fronte, lo facevano per loro stessi, per difendere il padre e la terra dei Felline.

«Ma in guerra, per chi?» si domandava la donna, e ancora strillava: «*Uastàsi, maletetti uastàsi!*», tant'è che l'Oronzo, alla fine, le mise una mano sulla bocca e chiese all'Ettore di aiutarlo a trascinarla in casa.

Successe proprio questo.

E va bene che non tutte le madri reagirono così e che molte pur soffrendo le pene dell'inferno si dimostrarono più forti e non impazzirono affatto. Ma alla Carmela la prese nel peggior modo possibile e nessuno poté farci nulla. Che non siamo certo tutti uguali, a questo mondo: ognuno ha le sue reazioni, le sue ragioni, le sue paure. E i trascorsi contano eccome. Lei, purtroppo, con le disgrazie aveva sempre avuto un brutto legame. La guerra la conosceva bene: quel fratello che avevano spedito sul monte Ortigara, il giovane Duccio, da lassù non ci era più sceso. L'altra sciagura le era successa da piccola: suo padre stava lavorando nella cava di Arnesano quando un costone intero si era staccato e lo aveva seppellito col piccone ancora tra le mani. «Pace all'anima sua» avevano detto in paese. Senza dimenticare la tromba d'aria che nel 1913 aveva rivoltato la campagna come nell'ora dell'apocalisse, con i raccolti dispersi, le piantagioni ammazzate, i magazzini sconquassati, le galline morte affogate nelle gabbie, i muli e i cavalli traumatizzati a vita.

Una settimana dopo la partenza dei figli, l'Oronzo prese il tesoro di famiglia e andò a nasconderlo. Erano tre sacche piene di soldi che custodiva nella sua stanza, in una botola. Denari ereditati, denari guadagnati, denari risparmiati. C'erano tanti anni di Felline là dentro, ma c'era pure un senso di minaccia che arrivava da lontano e quei denari dovevano uscire e trovare una sistemazione migliore.

Passarono molte ore senza che nessuno sapesse dove l'Oronzo si era cacciato e rincasò la sera, sfinito. Gli abiti erano malconci, i pochi capelli scompaginati, il volto macerato da un sudore color pece. Entrò nella camera da letto e si fermò al centro: vedeva le spalle di sua moglie, seduta di fronte a uno specchio ovale che ne riverberava il viso.

«L'ho nascoste» fiatò.

La Carmela lo guardò con un'espressione languida, senza sangue.

«Stanno al sicuro, dove sappiamo noi» aggiunse l'Oronzo, e se ne uscì. Imboccò il corridoio di casa con una fermezza inusuale nei nervi e nel respiro. Il passo era lento ma deciso, la giornata gli aveva infuso uno strano spirito di convinzione, tipico della sconfitta più intima.

Giunse nella sua stanza, accese un cerino e lo gettò nel camino, sempre carico di carta e legname. La fiamma divampò in fretta e riscaldò l'ambiente. Si abbandonò sul divano incurante di sporcarne il tessuto, prese un cofanetto e tirò fuori la sua pipa.

Era un pezzo unico, il bene più prezioso che il nonno Nestore, falegname, avesse lasciato ai posteri. La accese e la guardò di profilo. *NF*: le iniziali del vecchio uomo erano intarsiate nel legno e culminavano in una scheggiatura sulla punta. Ripensò al giorno in cui la pipa era sul tavolo e l'Egidio, poco più che un poppante, aveva allungato la mano per prenderla, avvicinandola sempre più all'estremità, finché... *tac!*, la pipa era precipitata a terra con un rumore così doloroso che gli aveva fatto storcere il labbro. Poi chiuse gli occhi e fece una boccata di fumo. Una nuvola grigia si propagò nella stanza. Provò un senso di piacere che riconobbe come quanto di più effimero potesse esistere al mondo.

Arrivavano tempi bui, lo capiva. E ancora una volta non si sbagliava.

Successe tutto molto in fretta, nei mesi che seguirono la storia dei Felline cambiò di nuovo direzione. Ci fu una sterzata imprevedibile, un po' come era successo il giorno che l'Ettore aveva deciso di entrare in casa della Benedetta Petrelli, invece di scapparsene a gambe levate. E allora potremmo di nuovo lambiccarci il cervello su come sarebbe stato altrimenti, cosa sarebbe successo, cioè, se le tessere del domino non fossero fatte così, che ne cade una e poi tutte giù a cascata. E ancora potremmo stare giorni interi a dibattere su quale cadde per prima, quella volta, o magari disquisire sul fatto che c'è sempre una causa a tutto e, se si vuole, si può risalire all'infinito. Ma sta di fatto che caddero, le tessere. Vennero giù a catena, effetto domino, questo è ciò che sappiamo. E sappiamo pure, a dire il vero, che quella volta fu peggio delle altre, sembrarono sistemate in un modo diabolico e davvero non si fermarono più.

La Carmela crollò in una depressione senza scampo, di quelle inguaribili. Persino l'Oronzo mise da parte un po' della sua pazzia per starle vicino, giorno e notte.

«Forza» le sospirava.

Ma lei non rispondeva. Aveva smesso pure di parlare. Si esiliò nella sua prigione dove le sbarre erano fatte di apatia e i muri tappezzati di passato. Sul volto portava adesso la malinconia della vita, i capelli finirono di imbiancarsi, le carni di prosciugarsi.

Mescia Melina – che nel frattempo con i figli aveva fatto quattordici e quindici, e teneva pure la pancia un po' gonfia, chissà che non stesse per fare sedici – frequentò la casa dei Felline praticamente ogni giorno per badare alla cucina, la pulizia, il rammendo dei vestiti e ogni altra faccenda rimasta incustodita.

«Sorte mia!» diceva tra sé e sé quando vedeva passare la signora col solito abito lungo e nero.

«*Na monica te clausura*» commentavano invece i contadini nel ritrovarsela sul viale vicino casa.

La Carmela aveva tirato via dagli armadi i vestiti e i cappelli a colori per nasconderli nel vecchio baule in soffitta, dove aveva seppellito pure l'abito nero da *Quaremma* che un tempo, quando i figli erano piccoli, indossava davanti al camino nella sera della pentolaccia, tenendo in una mano un fuso di lana e nell'altra un'arancia infilzata da sette piume di gallina pari alle domeniche mancanti alla festa di resurrezione del Cristo. Era una tradizione vecchia come il pane: il giorno dopo prendeva l'abito, lo modellava sopra un fantoccio di paglia e chiedeva a Biagio, il fattore, di appenderlo sul prospetto di casa. La *Quaremma* restava lì per un po', come una vecchietta brutta e magra in lutto per la morte del Carnevale. Ogni domenica le veniva tolta una piuma, ma non faceva mai in tempo a vedere la Pasqua perché l'Oronzo, dopo aver resistito con tanta buona volontà a quella macabra tradizione cattolica che si appiccicava addirittura sul suo muro di casa, alla fine la tirava giù con un rastrello e la lasciava morire per terra, avendo giusto il riguardo di non bruciarla.

«Dai mamma, non fare così» pure l'Ettore provò a confortarla, dalla mattina alla sera, ma la Carmela niente.

Frshhh aveva solo un fruscio nelle orecchie, come se qualcuno attraversando i cespugli si stesse avvicinando a lei: *frshhh, frshhh*.

Un giorno, in un momento di pausa da tutti quei fruscii, la donna prese l'Ettore per mano e se lo avvicinò agli occhi: «Ricordati, figlio mio, che tutto cambia: niente è per sempre» gli disse. Poi si girò impaurita e riprese a vagare dentro casa come se qualcuno la stesse inseguendo.

Quel giorno l'Oronzo mandò a chiamare il dottor Ludovico Valenti dal paese. Quando il medico arrivò vide che il Felline lo aspettava sull'uscio e rimase interdetto.

«No, oggi non è per me» chiarì l'Oronzo.

«E per chi allora?»

«Vieni dottore, guarda» e lo portò davanti alla Carmela, che stringeva il rosario sotto il ritratto dei suoi genitori e tremava.

Ludovico Valenti la visitò da capo a piedi e le consigliò di riposare a lungo. Poi, prima di andarsene, all'Oronzo che fremeva per sapere cose avesse la moglie, disse: «È qualcosa che sta in testa, parte tutto da lì. Non ho mai capito di cosa soffrite in questa famiglia. L'unico che ho potuto curare molti anni fa è stato vostro figlio, quello che cadde dall'albero. E ricordo che me lo portaste tardi, altrimenti sarebbe guarito meglio. Però, ripeto, lui si era spezzato la gamba. Voi invece no, non so cosa vi siete fatti, che vi succede, perché fate così. Non lo so». Se ne andò dicendo di non voler nulla.

La Carmela, intanto, quella sera si distese nel letto con il solito fruscio nelle orecchie.

Le cose più brutte vennero proprio alla fine di quel 1940 ché, non a caso, quello fu per parere unanime uno degli anni peggiori non solo per i Felline ma per la storia dell'umanità.

Ci basti dire che il 10 giugno di quell'anno Benito Mussolini dichiarò guerra agli Alleati e che nello stesso giorno Girolamo Petrelli stappò una bottiglia di nero di malvasia nella sede cittadina del movimento combattentistico monteronese, dove brindò alla nascita di un nuovo ordine mondiale.

«A noi!» risposero in coro i camerati, con la mano destra protesa al cielo.

Il 28 ottobre le truppe italiane guidate dal generale Badoglio sferrarono l'attacco nella penisola ellenica. Nello stesso giorno, i fratelli Egidio e Francesco Felline partirono da una base albanese, pronti a scontrarsi con le forze greche già stanziate al confine come se li attendessero al varco.

Poco meno di un mese dopo, era il 22 novembre, le truppe italiane caddero miseramente a Coriza, in una disfatta memorabile e dolorosa. Quel giorno Ciccio Felline morì sul campo di battaglia, trafitto da una raffica di mitra che gli spappolò i polmoni e lo staccò per un metro dal suolo, su cui ricadde esanime.

Il 2 dicembre, appena dieci giorni dopo, la Carmela scartò una lettera recante l'intestazione dell'Alto comando italiano. La lesse con la solita lentezza, soffermandosi sui paroloni tipo il duce, il sacrificio degli eroi, la conquista della gloria eterna, finché non si accorse che, al netto di ogni formalità, qualcuno voleva semplicemente avvertirla che il suo secondogenito era morto. Era sola quando lesse la lettera e sola quando se ne uscì all'aperto, perché la prima cosa che fece fu di trascinarsi nella campagna e procedere verso un luogo che le suggeriva l'istinto. Che l'istinto, è chiaro, domina in certe situazioni.

Il lungo vestito nero strisciava per terra e raccoglieva le foglie e gli steli. La mattina ormai era in piena, un sole autunnale sfocava appena il cielo da dietro alle nuvole.

La Carmela entrò nella Torre del Serpente che sembrava lì ad attenderla già da parecchi giorni. S'inginocchiò al centro e strinse il grembo più forte che poteva. La accompagnava uno stormire di rami e di foglie che non andava via un momento e ormai era diventato un tutt'uno col respiro. Tutto il mondo si era trasformato in un unico grande fruscio che adesso fluiva senza interruzioni.

Restò solo lo spazio per un ricordo: c'era l'Oronzo, allora giovanissimo, che in quel riparo di pietre le sollevava la veste e la stringeva forte a sé, baciandole il collo e le guance. E cosa avrebbe dato, lei, per poter riprovare la gioia di quel momento, i brividi sul collo e sulla schiena, la voce profonda del ragazzotto che le diceva: «*Mo' si mia pe' sempre!*» e la possedeva di nascosto da tutti.

Uscì dalla Torre e andò a fare ciò che doveva. Nel terreno, a pochi passi da lì, c'era una corona di fiori divorati dall'incuria e sbiaditi dal freddo. Circondavano una bocca di pietra alta un metro e larga due, coperta da una griglia rettangolare bucata al centro e sormontata da un baldacchino di ferro arrugginito. Dal vertice della cavità pendeva una carrucola di legno collegata a un mulinello, che risaliva il lungo esofago del feudo cigolando, oppure piombava veloce nel vuoto fino alla falda che nutriva i campi. C'era profumo di erba bagnata e farfalle, tante farfalle, col loro scampanellio di colori.

La Carmela salì sul muretto del pozzo senza pensare a niente. Ormai sentiva il vuoto dentro di sé, il corpo non rispondeva ai movimenti, capiva che non sarebbe mai riuscita a tornare indietro. Sbottonò la veste nera e la lasciò scivolare ai suoi piedi. Sentì freddo dietro la schiena. Era nuda come la terra e cominciò a tremare di una paura acuta.

Ricordò, prima di lasciarsi cadere, di voltarsi ad ammirare lo scorcio della Torre del Serpente che la fissava da lontano, in una mattina incantata dal freddo umido della pianura. Poi chiuse gli occhi e fece un passo in avanti. Il cuore le risalì in gola e il suo corpo sprofondò tra le fauci del feudo che la inghiottì per sempre.

L'Oronzo fu il primo a scoprire che fine aveva fatto la moglie. Lesse il foglio sul tavolo che comunicava la caduta del loro figlio e per prima cosa gridò: «Carmela!».

Continuò a gridare quel nome zoppicando tra i campi. La moglie non c'era, ma sui mattoni del pozzo trovò la sua veste accartocciata e s'immobilizzò.

Furono quelli per lui gli attimi più lunghi di sempre. Gli sembrò che tutto era stato spazzato via da un colpo di vento, che ogni cosa era volata via per sempre. Lo prese un brivido lungo la schiena. Non era più terrore, ma era un brivido d'amore, una di quelle forze che ti rivoltano l'anima. E pure lui – e lì si vide che in quella vita si erano amati a fondo – ripiombò col pensiero sull'emozione più bella, esattamente la stessa della Carmela, quella del giorno dell'amore nella Torre del Serpente.

Salì sul calesse e abbandonò le terre. Giunse a casa della Miranda Cantelmo quando il crepuscolo tingeva i campi, l'orario di tutta una vita. Nel cortile la luce era pigra e coagulava l'immagine dell'erba secca al profilo spento degli alberi. Bussò e la Miranda gli aprì meravigliata.

Lui la fissò stravolto.

«Non entri?».

«Sono venuto a salutarti.»

«E rimani là, impalato? *Bijiù*, con quella faccia... lo sai che mi fai preoccupare.» Provò a scioglierlo con un po' di parole e tentò di accarezzargli il petto. L'Oronzo la respinse ed entrò in casa senza guardarla, lasciandosela alle spalle.

«Sono venuto a dirti grazie.»

La Miranda lo guardò senza capire a cosa si riferisse. Lo sapeva solo l'Oronzo, in fondo, cos'era stata per lui in tutti quegli anni.

Era soprattutto grazie a lei se c'erano stati quegli intervalli di lucidità virile, di fanciullezza postuma, di esorcismo contro la paura e la morte che sentiva alle calcagna da troppo tempo. I debosciati andavano nei bordelli in città, nei posti senza energia dove tutto aveva un prezzo. Lui invece andava dalla Miranda, da quella donna compatta senza durezza, nuda senza volgarità, gioviale senza fronzoli.

«Siediti *Bijiù*» sussurrò la Miranda provando ad allentargli la camicia.

Lui le bloccò le mani con una morsa ferma, ma priva di rancore. La donna non si arrese. Si liberò e sbottonò la gonna che scivolò in basso con l'oscillazione dei fianchi. Allora l'Oronzo parlò lapidario: «Davvero non vedi che sto morendo?».

La Miranda si affannò a risollevare l'indumento. Il viso le divenne rosso di pudore, si strinse il grembo.

«Morire?» biascicò appena. E rimase là, a guardarlo fuggire lento col bastone in mano.

Tornato al feudo, rientrò in casa. Da un mobile della sua stanza tirò fuori una busta ingiallita. Ruppe il sigillo di cera lacca e la aprì. Dentro c'erano due fogli che sembravano pergamene. Il primo con un'intestazione a lettere maiuscole: *Testamento*.

C'era la calligrafia di tanti anni prima, quando la mano destra ancora non tremava. Scarabocchiò ovunque il nome di Francesco, poi cancellò la vecchia data, 20 gennaio 1919, e ci mise la nuova, 2 dicembre 1940. Lo stesso fece col secondo foglio, su cui era raffigurata una pianta illustrativa del feudo. Tracciò due grosse linee che tagliarono e cancellarono la planimetria del suo regno e disegnò, più sotto, un rettangolo che divise a metà. Mise un puntino in corrispondenza della Torre del Serpente e ci scrisse sotto il nome dell'Ettore. Nell'altra metà scrisse il nome dell'Egidio: ancora una volta cambiò la data.

Accarezzò la scrivania come se fosse la testa di suo figlio, quello che non c'era più. Guardò con gli occhi spaesati tutto ciò che si trovava in quella stanza e gli era appartenuto per una vita intera.

Poi prese il fucile e si avviò.

Non ci fu bisogno di chiamarlo. Aristalco lo aspettava dietro la porta. Gli si appiccicò alle calcagna e lo seguì passo per passo. La sera era arrivata con la sua fumosità bigia e indistinta, l'umidità strisciava nel buio. L'Oronzo non vedeva il cane ma ne sentiva il rumore, il fragore degli stecchi sotto le zampe. La luna era velata da un lenzuolo di nubi e lui vagava secondo la conoscenza cieca della sua terra.

Fu tra quei passi che fece l'ultimo discorso della sua vita: «Lo so che te l'avevo promesso, Aristalco, ma non lo faremo. È solo per la Carmela se cambio idea, solo per lei. È che non meritano nemmeno di pronunciarlo il nostro nome, quei farabutti. Perché già me lo immagino il prete che sale sul trono, là, come si chiama, l'altare, e con la faccia triste recita un *Pater Noster* seguito dal nome nostro, di noi che con un colpo di fucile abbiamo disonorato il Cristo in croce. Poi mi immagino pure quel pezzente di Pantaleo Perrone, eccome se non me lo immagino, in prima fila, che fa finta di dispiacersi. E mettiamoci qualche fascista, giacché, nelle file dietro, che quelli non mancano mai. Ci hanno fatto soffrire, Aristalco. Ci hanno rovinato la vita. Tutti contro di noi sono stati a questo mondo. Volevano rubarci una terra che ho alimentato col sudore mio da quando avevo cinque anni. Venivo qua con mio padre e mia madre, qua dove c'era solo un deserto di pietre, a bonificare i campi metro per metro, ettaro dopo ettaro, per poterli coltivare. Poi non ce l'hanno fatta a rubarcela, e ci hanno rubato i figli. Si sono vendicati così quei farabutti. Dopo tutti questi anni. Però ti dico che tutto sommato è meglio di no, Aristalco: lo so che l'avevo promesso, ma il crocifisso non lo spariamo più. Non diamogli pure quest'altro motivo per sparlare di noi. Dimentichiamoceli. Che Dio, se davvero esiste, è grande e sa cosa deve fare con loro. Non doveva andare così ma è stato bello lo stesso, Aristalco. Io ho sempre fatto il bene di queste terre, lo sanno tutti, sanno che ho vissuto per questo. E mo' sbrighiamoci. Dai, siamo quasi arrivati».

Erano davvero arrivati. L'Oronzo riconobbe *Lu disgraziatu* dal suo scheletro, inconfondibile pure al buio. Lo chiamavano così, era un albero di fico rimasto nano i cui rami sembravano puzzare di marcio.

«Va bene qui, Aristalco. Tocca a te.»

L'Oronzo diede un fischio. Il cane tirò indietro le orecchie e si mise sull'attenti.

«Tu non sai spararti, so che lo vuoi fare, ma non puoi. Seduto, Aristalco.» Il cane ubbidì.

Si guardarono negli occhi. L'Oronzo impugnò il fucile e lo puntò contro il cranio dell'animale. Gli fece una carezza sul muso, poi sparò un colpo a bruciapelo. Aristalco emise un guaito e stramazzò al suolo. Il padrone se lo prese in braccio stringendolo come un bambino e andò a seppellirlo di fianco a *Lu disgraziatu*. Quando finì ci conficcò sopra un bastone.

Si trascinò avanti stremato, dando l'impressione di crollare da un momento all'altro. Gli passarono vicini il confine coi Perrone e il muretto a secco fatto di pietre contese, il bordo seghettato delle foglie infreddolite dalla sera, i bubboni delle malattie che mangiavano i tronchi degli ulivi.

Non vide niente.

L'oscurità gli si impigliò tra i piedi. Inciampò e cadde in ginocchio. Le gambe gli facevano male, non fu capace di rialzarsi. Tentò di sfilare il fucile dalla spalla. Quando ci riuscì lo puntò al petto.

Da lontano si udì uno sparo. Stavolta non ci furono sterpi spezzati, dai rami non caddero animali ignari. Il gufo fermò il suo verso, poi lo riprese più forte di prima, avido e lamentoso, come a voler comunicare l'evento al resto della campagna.

L'Oronzo si afflosciò sulla terra dove morì lentamente. Il fucile gli rimase sotto il grembo e un rivolo di sangue si fece strada tra i granelli e le pietre. Il volto si adagiò sul profilo e il feudo lo avvolse in un abbraccio di seta per consolarlo dell'ultima, beffarda consapevolezza, dell'ultimo pensiero che gli era rimasto scolpito nell'attimo finale prima di partire.

Era morto, sì, ma aveva dimenticato la cosa più importante.

Capitolo quattro

«Cose dell'altro mondo!» avrebbero esclamato a Monteroni pure a distanza di anni. E vai a trovarlo, in giro, qualcuno che non sapesse cosa aveva combinato l'Oronzo Felline. Roba che pure i forestieri appena entravano in paese chiedevano: «Ma era di qua quello che si è sparato al cuore?» e subito il monteronese di turno se li prendeva sottobraccio e rispondeva compiaciuto: «Certo che era di qua, lui e la moglie si sono ammazzati nello stesso giorno».

Sembrerà strano, allora, ma pure quando la guerra finì – perché prima o poi doveva finire, è chiaro – e l'Italia cominciò a stiracchiarsi sulla neonata Repubblica, della vicenda del suicidio dell'Oronzo Felline e di sua moglie continuò a discutersene dappertutto.

Succedeva tra una raccolta e l'altra di ortaggi autunnali, oppure nel furore agonistico delle partite di tressette o mentre ci si versava il vino nei bicchieri e lo si buttava giù per la gola. Se ne parlava anche in piazza, nelle cave, nelle botteghe dei calzolai, dei droghieri, dei falegnami e via discorrendo. Persino la Lori Rubacuori, avvenente e procace quarantenne in servizio al bordello di Porta Rudiae, a Lecce, sfruttava il racconto del singolare fatto capitato a un signore di Monteroni, per mettere a proprio agio i clienti. E la storia aveva fatto irruzione pure nei raduni parrocchiali, dove i bambini chiedevano alle catechiste se davvero un tizio che viveva in campagna si era sparato in petto, dimenticando di dire alla famiglia dove aveva nascosto i soldi. Il silenzio delle catechiste valeva più di qualunque gesto di assenso, così i bambini ridevano a crepapelle e sbattevano i piedi per terra, indemoniati: «Che scemo!» gridavano, ansiosi di tornare a casa per raccontare la storia ai genitori.

Eppure i genitori la sapevano già. Eccome se non la sapevano. Perché la notizia era così eclatante che sin dal fatidico giorno aveva fatto il giro dell'intero paese e si era diffusa "a scalare" dall'entroterra alla costa salentina, proprio come i tagli che faceva l'Antonino Bardoscia nella sua bottega di capelli, dove si vantava di proporre acconciature sempre all'avanguardia.

«E per questi tempi che taglio ci vuole?» gli domandavano spesso i clienti.

«Moderno, a scalare!» rispondeva lui, alzando il pugno sinistro «Non lo senti il vento del progresso?». Sempre, però, che di fronte a lui non capitasse il Mimino Benenati che, come tutti i maschi della sua famiglia, aveva lo scorno della calvizie scolpito in testa sin dai vent'anni e serbava giusto qualche filo raggrinzito ai lati del capo.

«Per te *lu solitu, Miminu, lu solitu*» diceva il Bardoscia in quel caso, mentre il Benenati si domandava amareggiato se veramente, coi tempi moderni, non esistesse un rimedio anche per lui.

Ma, digressioni a parte, la sostanza era che l'argomento del suicidio dell'Oronzo Felline e di sua moglie rimaneva sulla bocca di tutti. Ed ecco, allora, ognuno a dare la propria versione dei fatti, a prospettare ipotesi e azzardare teorie, a dissentire fino a dirsi parolacce e venire alle mani, al punto che al Rodolfo Gabellone – vecchio fascista che il giorno 25 aprile 1945 in quattro e quattr'otto si era fatto democristiano – nel sentire quei discorsi gli veniva naturale di chiedersi:

«Ma questi qua, quanto cazzo hanno studiato col fascismo che mo' ognuno vuole dire la sua?».

Da quando c'era la Repubblica, in effetti, si era sviluppata una parlantina da far paura. I Felline, chiaramente, erano e restavano l'argomento preferito dai più, e qualcuno era pronto a scommettere che dei loro suicidi si era parlato persino nei giorni fatidici dell'armistizio o dell'assassinio di Mussolini.

«Gentaglia stupida e morbosa: questa è Monteroni» chiosava l'Ettore, mortificato, mentre raccontava alla moglie le attenzioni maniacali che gli destinavano in paese. Senza ignorare che, nelle settimane immediatamente successive alla morte dell'Oronzo e della Carmela, don Paolo si era messo a fare menzione dell'incredibile vicenda persino nel confessionale. La rivelazione veniva dall'Assunta Scalise, fornaia di via Vittorio Emanuele, che era rimasta esterrefatta dalla domanda a bruciapelo che il parroco le aveva posto mentre le concedeva l'assoluzione dai peccati, interrompendo pure il rituale segno della croce: «*Ego te absolvo in nomine patriis, et... et...* a proposito, hai sentito cosa ha combinato quel rimbambito dell'Oronzo Felline?».

La circostanza, a onor del vero, era stata smentita da *mescia* Rosa Pachino, sarta di finissima qualità e soprattutto perpetua della primissima ora che, dall'alto della sua pluridecennale esperienza da timorata di Dio, si vantava di conoscere don Paolo meglio dei merletti che ricamava e aveva affermato, sdegnata, che quelle che circolavano sul conto del prelato erano solo perfide dicerie: «Le solite malelingue che offendono il Signore e i sacramenti: questi comunisti hanno rovinato il mondo!».

Fatto sta che, confessionali a parte, don Paolo si era appassionato al suicidio dei coniugi Felline, almeno quanto i suoi compaesani. Ai più non era dato sapere se lo facesse per una fatale attrazione verso l'intrigo della storia, piuttosto che per un senso di partecipazione cristiana o un reale turbamento emotivo. Ma di certo, lo ripetiamo per dovere di cronaca, nei tempi successivi all'episodio il suo era diventato un continuo andirivieni tra una comitiva e l'altra della piazza, alla ricerca di nuovi dettagli sull'accaduto. E sempre rigorosamente con la tunica: come se la questione fosse anche un affare religioso e, in quanto ministro del culto, lui avesse tutto il diritto di stare là a saperne di più.

Intanto, cosa non trascurabile, il fascismo era finito per sempre, ed era una sorpresa pure questa, sebbene non così ghiotta quanto il suicidio dei Felline.

In realtà, che il fascismo fosse ormai agli sgoccioli lo si sarebbe dovuto capire già dal comportamento del camerata Girolamo Petrelli quando, pochi giorni prima della liberazione dell'Italia, era andato dal professore Ubaldo Spedicato a farsi correggere l'ultimo articolo della sua vita (il "Moschetto" avrebbe chiuso di lì a pochi giorni). Quella volta, piccolo particolare, ci era andato senza olio di ricino: aveva solo il foglio e la penna, tant'è che il professore, stupito, gli aveva chiesto: «E la bottiglia?».

«Non c'è,» gli aveva risposto il camerata, placido.

«E come mai non c'è?» di nuovo il professore.

«Perché questo è l'ultimo, questo è bontà sua» aveva chiarito il Petrelli.

E il professore, bontà sua, per la prima volta glielo aveva corretto senza fare smorfie. Quel giorno, prima di andarsene, Girolamo Petrelli si era fermato sull'uscio e si era voltato indietro: «Professo', ancora non ho nipoti ma mi piacerebbe che un domani, se arrivano, sia uno come lei a spiegargli l'italiano. Lei è bravo a scrivere, a me sarebbe piaciuto avere le scuole ma a casa mia non hanno potuto. Speriamo almeno per loro, per i miei nipoti». E se n'era andato.

Ora, è facile fare pronostici quando sai già come andrà a finire, ma è evidente che quelle parole lasciavano presagire qualcosa di diverso dal solito, perché il Petrelli andava rinomato nell'intera provincia per com'era fatto: un tipo tutto d'un pezzo, con addosso il marchio del fascista che non deve chiedere mai, il padrone degli eventi, il guerriero ostinato e tutte queste cose qua. Ed è chiaro, quindi, che a mostrarsi così arrendevole e tenero quel giorno c'era qualcosa che non funzionava più.

A casa sua se ne sarebbero accorti presto, il tempo di arrivare ai tragici giorni dell'esecuzione del duce che Girolamo Petrelli svanì senza lasciare tracce. Passarono i mesi ma sulla scomparsa del fascista monteronese non giunsero mai versioni ufficiali: poteva trattarsi di una volontaria uscita di scena come di un regolamento di conti di matrice politica, visto che con la sua libidine nera di "inimicizie" se n'era create eccome. Sta di fatto che le indagini dei carabinieri non davano esiti: tutto si arenava nello stringato verbale con cui il maresciallo Anselmo Ciullo raccoglieva la testimonianza della signora Nadia Pasimeni, coniuge del Petrelli, che raccontava di aver visto il marito 'prendere un caffè il giorno 30 aprile 1945, ore quattro meno un quarto, e poi uscire di casa senza salutare né dire dove stava andando per mai più farvi ritorno'. E chissà se, data la mancanza di indizi, nella mente degli inquirenti non balenasse già l'idea di archiviare l'oscura pratica e accettare la scomparsa della camicia nera monteronese per quello che effettivamente sembrava: uno dei tanti, terribili, effetti collaterali di una guerra finita male.

Che d'altra parte, come i monteronesi stavano vedendo, di cenere in giro la guerra ne aveva lasciata pure troppa: chi aveva perso un figlio, chi un braccio, chi un lavoro, chi un marito. Lì dai Felline c'era uno sbigottimento che tramortiva i campi e adesso le stagioni sembravano trascinarsi pallide tra i viali ricoperti di fogliame, con lo stesso cigolio delle ruote dei carri durante il trasporto del grano. Tra le tante cose era cambiata persino la Torre del Serpente. Non era crollata, per fortuna, ma teneva un buco in testa di quelli visibili a occhio nudo per colpa di tre disertori tedeschi che, negli ultimi giorni del conflitto, avevano raggiunto il Salento per barattare armi e divise con abiti civili e imbarcarsi dal porto di Brindisi ma che, nella monotona continuità della pianura salentina, avevano perso l'orientamento e si erano ritrovati al confine tra il feudo dei Felline e quello dei Perrone. La frittata, in realtà, non l'avevano fatta loro ma un aereo Alleato che li aveva avvistati e, per farli secchi, aveva esploso un colpo che era roba seria, visto che non montava fucili da caccia ma pezzi di artiglieria da novanta. La bomba aveva preso di striscio la Torre del Serpente, sgretolandone la parte alta del prospetto che era ricaduta come una pioggia di massi davanti all'ingresso.

'Diroccata dal tempo e dalla guerra' avrebbe sostenuto, da quel giorno, qualche poeta locale imbattutosi per curiosità nell'antico faro dei Felline, gongolando all'idea che fosse diventata meno invincibile, sì, ma più romantica. Per i Felline – o per quello che era rimasto di loro – era stato invece un colpo al cuore. Un dispiacere che aggravava i tanti problemi già esistenti, che poi erano rogne grosse, di quelle che non si risolvevano mica dall'oggi al domani.

La cosa che non abbiamo ancora detto è che l'Ettore e la Benedetta furono bravi davvero. Presero il timone in mano e consentirono ai Felline di andare avanti nonostante le disgrazie, nel momento più difficile di tutta la loro storia.

La guerra era stata totale, aveva alterato i sistemi di produzione, disperso la manodopera, annullato i guadagni. Aveva indebitato lo stomaco, il cuore e le tasche senza pudore. E tre sacche piene di banconote, tanto per intenderci, avrebbero fatto comodo a chiunque, pure a persone già benestanti, anche se si può essere d'accordo che i soldi non sempre fanno la felicità e ci sono uomini che hanno tutto e poi sono tristi e perduti nell'anima. Ma qui stiamo parlando d'altro: con la guerra, a chi viveva del superfluo era rimasto il necessario, e a chi viveva del necessario manco quello. E portali avanti tu, insomma, centosettantasei ettari di terreno senza una lira.

I soldi erano un problema serio e il problema dei Felline era che improvvisamente non ce n'erano più. O meglio, c'erano, ma si erano persi, erano svaniti nel nulla perché qualcuno se n'era andato via dimenticandosi di dire dove li aveva nascosti.

«Possibile che non hai nemmeno un'idea?! Possibile?» la Benedetta non si dava pace e aveva iniziato a tormentare il marito da subito.

Ma quello: «*Nt!*» diceva, sbattendo la lingua sui denti e allungando il mento in avanti. Da quando era successa la disgrazia dei genitori aveva preso le orme dell'Egidio: se si poteva esprimere a monosillabi lo faceva senza esitare, anche perché non gli andava di rispondere che aveva percorso la campagna in lungo e in largo senza trovare una moneta neanche per sbaglio.

«Possibile che non ti ricordi dov'è andato tuo padre quel giorno?» insisteva la donna, imperterrita.

E l'Ettore, di nuovo: «*Nt*», più ostinato di lei.

«Non so... tua madre nemmeno... dico: non te ne ha mai parlato?»

«*Nt!*»

«Proprio niente?»

«*Nt!*»

«Niente!»

«*Nt!*»

La Benedetta si allontanava innervosita e l'Ettore tirava il fiato ma già sentiva dentro una sensazione brutta: le viscere compresse, come annodate, e un bruciore dietro la schiena.

Correva fuori e lavorava per non pensare a niente, rientrando la sera, per cenare in silenzio e andare a letto con l'illusione di riposare. Ma nemmeno la notte gli dava tregua: i sogni non servivano più a portare conforto ma soltanto a cospargere il sale sulle ferite ancora aperte.

L'Oronzo e la Carmela gli comparivano praticamente ogni notte, e l'Ettore aveva il sospetto che ci provassero gusto a intrufolarsi nella sua testa, per farlo rincretinire più di quanto già non lo fosse di suo. L'affresco onirico era sempre lo stesso: c'era lui che camminava dentro la vecchia casa e veniva attirato dai rumori in soggiorno. Provava ad aprire la porta ma la trovava bloccata, quindi spingeva con tutta la forza che aveva, dava qualche spallata, tirava calci e pugni. Finalmente la porta cedeva per pochi centimetri. Era uno spiraglio da cui passava appena una dito, ma bastava per spiare oltre.

In quella stanza c'erano suo padre e sua madre, uno di fronte all'altra. Sembravano tornati in carne e ossa: sembrava di poterli toccare.

L'Ettore acuiva l'udito. I genitori discutevano: «Io contavo su di te» diceva la Carmela.

«Ah, su di me!?»

«Sì, su di te! Che ne sapevo che ti ammazzavi senza dire dove stavano i soldi?»

«E no, *beddhra mia!* Troppo facile! Te ne vai quando vuoi e pretendi pure che gli altri ti risolvano i problemi. Un'altra volta resti e dai una mano fino all'ultimo.»

«Beh, sì... *Ba spiccia ca è curpa mia!*»

«Tu sei scappata e io ti ho dovuto inseguire.»

«E non piangere sempre. L'ho fatto perché bisognava farlo. Comunque pensiamo alle cose serie. Le sacche, i soldi: a casa stanno impazzendo.»

«E allora?»

«E allora fatti venire un'idea, risolvi l'errore.»

«Ancora sta storia dell'errore?!»

«Eri rimasto tu e quindi toccava a te! Lo capisce pure un bambino.»

«E puttana della miseria!»

«Che dici?»

«*None,* niente. Comunque io un rimedio ce l'ho già. Così almeno ti stai zitta!»

«E quale sarebbe?»

«Mostriamoci in sogno a qualcuno.»

«Ah, almeno un'idea...!»

«L'Ettore sogna molto, in questo ha preso da me. Mostriamoci a lui.»

«Va bene per me. E poi?»

«E poi, e poi... secondo te cosa?»

«Calma, non ti agitare! Mostriamoci e diciamogli dove stanno le sacche, no!?»

«Ecco, ci sei arrivata! Gli diciamo che stanno sempre là, dove le ho messe io, nel...» Di colpo la porta gli sbatteva in faccia e il sogno si faceva tutto nero. Un istante dopo l'Ettore sobbalzava nel letto, aveva i capelli sottosopra, il viso trasfigurato dal sudore, il cuore che gli impazzava nel petto come se stesse per esplodere: tirava un respiro profondo e si abbandonava di nuovo sul materasso.

Pure la Benedetta si svegliava: lei quel malessere lo conosceva bene e infatti compativa il marito in silenzio, consapevole che la mattina dopo le avrebbe raccontato di nuovo quella solita, incredibile, beffa. Era da settimane che faceva lo stesso sogno e da settimane, ogni volta che i genitori stavano per rivelare il luogo in cui erano nascosti i soldi, *pam!*: si ritrovava con gli occhi spalancati sul soffitto, un gozzo in gola e il rimpianto che invadeva la sua testa. E avanti, così, con un'altra giornata di nervi tesi e frustrazione, in lotta contro un nemico senza volto.

Per la Benedetta, a dire il vero, un volto quel nemico ce l'aveva eccome, e pure molto familiare. Perché ancora non si è detto che, da quella guerra dove Ciccio ci aveva rimesso le penne, l'Egidio invece era ritornato addirittura in anticipo.

Erano gli sgoccioli di quel fatale 1940, una mattinata nuvolosa, l'Ettore stava lavorando e d'un tratto si era ritrovato il fratello di fronte, in una di quelle immagini che tolgono il fiato e ti lasciano sospeso nel nulla a non capire se devi parlare o tacere, muoverti avanti o indietro, sentirti bene o male. All'Egidio tremavano le mani e il torace si contraeva sotto una camicia sudicia e sporca di fango, che indossava da chissà quanti giorni.

«È vero quello che mi hanno appena detto?» aveva domandato. C'era stato un lungo silenzio, poi l'Ettore si era deciso a raccontare: un figlio aveva il diritto di sapere, in fondo, della madre che si era spogliata nuda e buttata nel pozzo o del padre che dopo aver nascosto i soldi aveva preso il testamento e cancellato il nome di Ciccio dappertutto, per poi andare a spararsi nel cuore della campagna ed essere ritrovato cadavere all'alba, da un contadino.

L'Egidio se n'era andato nelle sue terre, dove una casa ce l'aveva già, l'aveva fatta costruire prima della guerra e attendeva solo il suo inquilino. L'Ettore invece era corso a cercare la moglie per raccontarle cos'era successo. E se n'era pentito subito, a dire il vero.

«*Li cunti nu tornanu!*» aveva commentato la Benedetta, a caldo. Poi, però, aveva ricominciato a mettere il marito sotto torchio.

«È già tornato dalla guerra. Ma non ti puzza?»

«Mah!»

«Quello ha disertato, te lo dico io.»

«Boh?!»

«Solo che i disertori li fucilano, lui invece non so come ha fatto.»

«Eh...»

«Non ti ha detto niente?»

«*Nt!*»

«E se in realtà i soldi se li è già presi lui?»

«Bah?!»

«Come bah?»

«Boh!»

«Ma non sai dire nient'altro?»

«*Nt!*»

«*Sine*, ho capito *meh*: lasciamo perdere.» La Benedetta se n'era andata sbuffando e l'Ettore era rimasto a riflettere. Aveva pensato che un giorno o l'altro il fratello sarebbe venuto ad abbracciarlo e a raccontargli tutto quello che gli era successo. Gli serviva solo il tempo di calmarsi, in fondo.

Intanto, però: «*Li cunti nu tornanu!*» aveva continuato a dire la Benedetta. Che lei, pur non sapendo che pesci prendere, almeno una cosa l'aveva capita. E se lo ripeteva mattina e sera, giorno dopo giorno, fino all'esaurimento di se stessa e della guerra, e pure oltre.

«*Li cunti nu tornanu!*» rammentava inquieta.

L'unica nota positiva di quei tempi fu che col finire della guerra la famiglia dei Felline tornò finalmente a crescere.

Era un giorno di maggio del 1945 quando la Benedetta si accorse di essere incinta. E avvenne per caso, nel senso che lei a quelle storie del sangue da perdere o non perdere ogni mese, ormai non prestava più attenzione. Anni e anni di tentativi falliti l'avevano scoraggiata a tal punto che, per rendersi conto di avere in grembo un bambino, dovette ringraziare una buccia di patata. Il ritardo di tre mesi che si portava dietro, infatti, era passato del tutto inosservato. Ma non la scorza della patata che pelava quel giorno: le cadde sul grembiule e quando andò a raccoglierla si ritrovò tra le mani un gonfiore che non le era mai appartenuto. Tastò il ventre con una meraviglia crescente, poi gettò tutto a terra e corse a cercare il marito tra i campi.

Sebastiano – lo chiamarono così – nacque circa sei mesi dopo, in pieno novembre. Era il mese più grigio dell'anno ma lui portò almeno un po' di luce tra gli orizzonti foschi della sua famiglia.

«Dio ha voluto così» pontificò la Nadia Pasimeni, l'unica tra i nonni a essere rimasta in gioco, perché ora si capiva che quella lunga attesa non si era verificata, come si credeva un tempo, per colpa degli sposi – Satana, il tradimento, la natura, il colpo nei testicoli e tutte quelle cose là – ma semplicemente per la volontà di Dio di non far nascere il bambino durante le tragedie della guerra. E si poteva dire che era stato meglio così, che l'Ettore e la Benedetta, d'altro canto, erano ancora giovani e avevano tutta una vita davanti per goderselo a fondo, quel figlio.

Dopo la morte dei genitori l'Ettore non aveva più il coraggio di camminare negli stanzoni vuoti della casa, così aveva preso tutti i risparmi racimolati col matrimonio e si era fatto una casa nuova. Era un puntino nel mare terrestre dei Felline, tanto era piccola e, per rispettare una vecchia promessa, l'aveva collocata nelle vicinanze della Torre del Serpente, protetta su un lato da uno schermo di cipressi e aperta, sugli altri fronti, al resto della campagna. Una casa dove ancora non si poteva vivere felici perché, dopo tutto quello che era successo, era una pretesa esagerata. Quantomeno si poteva stare in pace, se non fosse che col tempo spuntavano sempre nuove gatte da palare, e proprio la fine della guerra ne aveva portata una davvero singolare, forse la più inaspettata di tutte.

Si trattava di una sorta di visita a domicilio: c'era un manipolo di mascalzoni che invadeva le terre dei Felline, più o meno una volta a settimana, armato fino al midollo. Lo comandava un tipo alto e bruno che tutti chiamavano *il Basco* per via del suo inseparabile copricapo di panno rosso. I mascalzoni si avvicinavano alla casa e, quando *il Basco* urlava: «Attenti!», tutti si disponevano a ventaglio davanti al portone.

«Pronti,» e subito gli uomini si armavano e tiravano indietro le braccia come molle pronte a scattare. «Fuoco!» e una tempesta di uova e arance marce colpiva il prospetto di casa Felline, rendendolo un nauseante guazzabuglio di odori e colori. Gliene si potevano dire di tutti i colori, ma non che fossero proprio dei criminali perché non avevano fucili e granate con sé.

Ebbene, una domenica d'ottobre del 1946, la Benedetta non ne poté più. Era di prima mattina e stava preparando il caffelatte in cucina. Sentì i colpi contro il muro di casa e, come al solito, ebbe un sussulto: un giorno o l'altro l'avrebbero fatta crepare. Poi, però, la rabbia le montò in testa con una potenza che non aveva mai provato: prese la scopa e si lanciò all'inseguimento dei mascalzoni, che già si disperdevano tra gli alberi.

L'Ettore in quel momento nel era a letto con il bambino tra le braccia. Lo poggiò nella culla e, con tutta la malavoglia del mondo, andò a vedere cosa stava succedendo. La questione non l'aveva interessato mai più di tanto ma, quando vide la moglie aggrappata all'uscio di casa, con le vene pulsanti nelle tempie e gli occhi furiosi, capì che forse era giunto il momento di fare qualcosa.

«Hai ragione, stai tranquilla. Stavolta hanno proprio esagerato, vado a parlare col prete» disse, sforzandosi di apparire determinato come proprio non sapeva essere, mentre un lerciume disgustoso scivolava sul prospetto di casa e ancora si sentivano, in lontananza, i fischi e le risate di scherno dei mascalzoni.

«Animali!» gridò la Benedetta, premendosi il cuore.

«Dai, ci penso io, mo' rientra a casa.»

«Animali!» gridò ancora la moglie.

Nel pomeriggio l'Ettore andò da don Paolo. Giunse in paese con una bici dal mozzo cantilenante che a ogni *crig crig crig* gli faceva sfuggire le parole del discorso, che teneva in mente. Il succo era che quegli episodi non erano più tollerabili. Il prete, dal canto suo, sarebbe dovuto intervenire con la forza e il carisma del suo religioso uffizio, bollando, durante l'omelia, gli aggressori come dei farabutti, intimando di smetterla e chiedendo di redimersi.

Ma era davvero convinto, l'Ettore, che don Paolo avrebbe fatto tutto questo?

A dire il vero, non tanto. Ed era l'unica cosa che riusciva a pensare compiutamente, mentre il mozzo – *crig, crig, crig* – continuava a non dargli tregua.

La verità era che a lui quegli attacchi non risultavano così insopportabili. Goliardate, scherzi un po' spinti e fastidiosi, ma perché farne una malattia e prendersela così? Vai a spiegare alla moglie che la colpa non era loro: né di lui, l'Ettore, né di lei, la Benedetta, tantomeno degli autori di quelle ridicole malefatte a base di uova e frutta marcia.

'Che poi, fossero tutte così, le vendette!' l'Ettore non aveva il coraggio di dirlo, ma lo pensava eccome. Pensava che c'era da prendersela solo con l'illustre camerata Girolamo Petrelli, che non si capiva dove fosse finito ma di sicuro non era morto, anzi, a quell'ora stava meglio di loro, magari appartato su qualche monte in un finto esilio, come si diceva avessero fatto buona parte dei gerarchi del duce, a spassarsela tra locande, vino e pollastrelle, quelle vere, in carne e ossa, senza becco. Perché la pianura era limpida e solare ma la montagna era aspra e ricca di cavità. E lassù, insomma, chi lo avrebbe più trovato?

Morale della favola: lui, il gran fascista, in congedo, e loro, gli involontari subalterni, esposti ai turbini delle incursioni nemiche. Bell'idea farsi riconoscere come il primo fascista del paese, rivestirsi di autorità meglio di un podestà, lottare allo strenuo per diventare segretario cittadino del PNF e infine fare formale istanza per l'arrivo del duce in paese.

Il duce a Monteroni? Ma non si rendeva conto, suo padre, delle cazzate che faceva? Che non ci veniva nessuno, a Monteroni: il vescovo erano anni che non si vedeva, politici e ministri manco a parlarne, il re non sapeva neppure che esistesse, in Italia, un paese con quel nome. E va bene che il Cosimino Saloia, ardito cantastorie, raccontava di un pernottamento a Monteroni di Vittorio Emanuele III e della sua famiglia, in occasione della fuga a Brindisi nella notte successiva all'armistizio con gli Alleati, ma un conto erano le storielle che si raccontavano sugli usci e un conto la cruda realtà. La realtà era che alle volte sembrava che neppure il Padreterno, che pure aveva fama di controllare il mondo e regolare le stagioni, si ricordasse del loro paese, abbandonandoli a intere settimane di scirocco umido che abbassava i battiti, la pressione sanguigna, la vista e soprattutto la voglia, e faceva sentire sporchi e inutili.

«Faùgnu!» dicevano in giro quando arrivavano quei giorni lì. E, nonostante tutto, Girolamo Petrelli voleva il duce. Il capo assoluto, l'uomo acclamato da tutta l'Italia doveva venire a Monteroni, per parlare a chi, poi? Ai quattro debosciati della piazza? Al Carmine Delli Noci, macellaio, detto *Polifemo* perché ci vedeva da un occhio solo, alla Miranda Patù detta *Pecura zzoppa* per via della poliomelite che a cinque anni le aveva ridotto una gamba alle dimensioni di una stecca da biliardo, o peggio ancora al Giovanni Bernozzi, meglio noto come *Giovanni senza terra*, nullatenente che alle dieci in punto di ogni mattina, senza motivo, affacciava la testa oltre il portone del palazzo comunale, cacciava un urlo lancinante, come se gli stessero stritolando i coglioni, e scappava via inseguito dalla guardie. Non esistevano tre metri quadri di piazza da percorrere senza incappare in personaggi del genere; e lui ci voleva portare il duce, l'uomo più importante d'Italia.

Ma allora, vuoi fare il fascista? Eccoti servito. Arriva la guerra. E poi, dopo la guerra? Hanno vinto i partigiani, avrebbe tanto voluto spiegare l'Ettore a suo suocero, a quell'uomo che aveva aggiunto problemi ad altri problemi.

Come se non bastassero tutti i casini che erano già successi: Ciccio, la Carmela, l'Egidio, l'Oronzo e il denaro, tutto quel denaro.

No. Pure quello ci mancava.

Don Paolo Nicolì era una delle pochissime cose, tra il prima e il dopo la guerra, a essere rimasta tale e quale a come il paese l'aveva lasciata.

«Solo due cose qua a Monteroni non cambiano mai» commentava Carmelo Giannaccari, segretario della neonata sezione della Democrazia Cristiana «la prima è don Paolo, la seconda gli insulti a don Paolo».

Continuava a circolare un grezzo repertorio di volgarità tipo "pezzo di lardo", "maiale", "puttaniere", appannaggio esclusivo del prete. Offese indirizzate senza pudore, che se mai fossero arrivate a Lecce avrebbero, seduta stante, indotto sua eccellenza a chiudere la parrocchia della Santissima Maria Assunta e a trasferirla al vescovado, gettando una tale scomunica su quei blasfemi dei monteronesi che non sarebbero bastate piogge di acqua santa a redimerli.

Certo era, però, che comunque lo si chiamasse o lo si insultasse, a quel tempo il prete contava più del sindaco e di chiunque altro: era un po' il prolungamento di Cristo in terra. Tenevi un problema col vicino, non arrivavi a fine mese, avevi scoperto di essere malato, sospettavi che la moglie ti tradisse? Andavi nel confessionale e prendevi nota: «Poi Dio vede e provvede!» dicevano le massime, d'altronde.

E da don Paolo, a dire il vero, qualcuno ci andava pure per discutere di questioni che non avevano nessuna attinenza con la religione, anzi erano profane nel vero senso della parola.

Quel giorno, prima dell'arrivo dell'Ettore, il prete era sul sagrato con un certo Anselmo Vitartale, detto *il Sovietico*, operaio tessile che figurava tra i fondatori del Partito dei comunisti italiani monteronesi ed era meglio conosciuto come il folle che aveva verniciato il prospetto della sezione cittadina intitolata a Palmiro Togliatti, con una falce e martello rossa di fianco al volto stilizzato di Vladimiro Lenin. Perché lo chiamavano così, là a Monteroni, il Lenin: Vladimiro, come se fosse un loro parente.

E ogni volta Giampiero Bonuso, il segretario della sezione, a spiegare seccato: «Si chiama Vladimir, non Vladimiro!».

E i compagni, in coro, a replicare: «E allora Togliatti?».

«Ma come ve lo devo dire che Togliatti è italiano e Lenin è russo?!» si dannava il Bonomi, che ormai davanti vedeva solo tante zucche dissennate e si chiedeva se davvero si fossero messi di impegno a farlo disperare così. Infine decideva di lasciar perdere, che in fondo c'erano questioni più serie a cui pensare.

A proposito di questioni serie, non possiamo dire se fu tale o meno quella che *il Sovietico*, quel pomeriggio, sottopose a don Paolo. Fatto sta che al prete le parole sembrarono trascendentali, tanto da fargli storcere il labbro: «Ti senti bene, signor Vitartale?».

L'Anselmo Vitartale rispose limpidamente che sì, si sentiva benissimo e, per quanto potesse sembrare strano, le cose stavano proprio in quel modo. Lui, che era ateo non tanto perché non credeva in Dio quanto per il fatto che ai preti avrebbe sparato e alle chiese appiccato fuoco, la processione della Via crucis, che prevedeva una tappa del calvario proprio sotto la persiana di casa sua, non la voleva vedere mai più. E non era il solo: sulla sua strada abitavano altri sei comunisti, due dei quali atei almeno quanto lui. Quindi, che rispettassero anche chi non credeva, come loro lasciavano il diritto di credere a chi voleva.

Don Paolo si fece il segno della croce. L'Anselmo Vitartale prese il gesto come un guanto di sfida e cominciò a sbracciarsi.

«Non ti agitare. La tappa della processione è quella, è lì che Gesù cade per la terza volta. Punto!»

«Punto?!» L'operaio si guardò in giro come a dire: ce l'ha con me? Poi rilanciò: «E vuol dire che l'anno prossimo lo facciamo rialzare prima del tempo, il Gesù».

Il viso di don Paolo si fece torbido.

«Lo risvegliamo a colpi di pifferi e tamburi» riprese *il Sovietico* «e mettiamo pure qualche mortaretto. E punto lo diciamo noi, stavolta!».

«Eh no, punto lo dico io!»

«No, no! Lo diciamo noi!»

Fu durante il dibattito su quel benedetto punto finale che il prete si sentì tirare per un gomito. Si voltò e si ritrovò davanti l'Ettore Felline. Non si sapeva che ci facesse lì ma, vista l'espressione che portava adesso, sembravano in tre a non voler sentire ragioni.

Don Paolo ascoltò pensieroso, guardando di sottecchi l'Anselmo Vitartale che si finse tra le nuvole.

«Faccia qualcosa, don Paolo. Siamo disperati» disse l'Ettore alla fine del racconto, stringendosi al prete, poi si voltò senza attendere risposta, inforcò la bici e – *crig crig crig* – se ne andò da dove era venuto, che in fin dei conti il suo dovere l'aveva fatto: mo' toccava agli altri fare il proprio.

Don Paolo rimase a mani giunte: l'Anselmo Vitartale fece un passo in avanti. Se il prete aveva perso tempo a sentire le idiozie dette dal Felline, adesso poteva ascoltare pure la sua versione.

Il Sovietico esordì dicendo di avere le narici stracolme, infestate da un fetore tremendo.

«Le narici?»

«Sì, a me si riempiono le narici. E allora?»

Don Paolo non approfondì. Si azzittì e ascoltò. Il comunista non la portò nemmeno tanto alle lunghe. Il succo era che loro, i "Cacciatori della libertà" – così si chiamava la frangia più estremista del partito – davano all'Ettore Felline e alla sua famiglia ciò che meritavano, perché imparentati con il boia numero uno, quel farabutto fascista che, per sua stessa fortuna, in paese non c'era più. E nessuno doveva immischiarsi nella faccenda, anzi, dovevano lasciarli continuare a giocare e a deridere chi volevano che, se non era col sangue delle vecchie canaglie che avrebbero avuto giustizia, si accontentavano almeno del sudore e della disperazione dei loro discendenti.

Il prete strinse la croce come se avesse bisogno di aggrapparsi a un palo. Avvertì una piccola colica, la gatta da pelare era più grossa del solito. D'un tratto arcuò le sopracciglia e si grattò il mento. Significava che era disposto a trattare.

L'Anselmo Vitartale glielo lesse negli occhi: «E va bene, veniamoci incontro» gli fece.

«Quindi?»

«Quindi va bene, ci siamo capiti.»

«Ci siamo capiti?»

«Sì, così può andare.»

Ci fu un vuoto di parole.

«Così come?» don Paolo si asciugò la fronte. Il sole picchiava forte e generava sul sagrato un riflesso color ocra che a lui non piaceva per niente, perché sapeva di sporco. Analizzò *il Sovietico*: la criptica convinzione dell'operaio lo scombussolava ancora di più. Poteva aver capito tutto e niente. Ma tra il tutto e il niente c'era un abisso, era un po' come tra il cielo e l'inferno.

«Questo è l'ultimo anno della processione. Poi la pacchia è finita, scegliete un'altra strada. Ecco come» disse il Vitartale.

Il prete colse la palla al balzo: «E voi la smettete per sempre con questi scherzi stupidi. Capito?».

«Capito.»

«Lo giuri?»

«Sulla tomba di Lenin!»

Don Paolo rabbrividì, ma in fondo se l'era cercata. Si strinsero persino la mano.

«Lo scherzo è bello finché dura poco» sentenziò il prete.

«Proprio come il Cristo» bestemmiò il Vitartale.

Si squadrarono ancora, a denti stretti. Poi don Paolo svanì oltre il portone della dimora del Signore e il *Sovietico* si perse nella direzione opposta.

Capitolo cinque

La Benedetta andò avanti col tormentone dei conti che non tornavano, ancora per un po' di anni. Non si capacitava di molte cose che vedeva attorno, a partire dall'uomo che ogni tanto percorreva il confine e spiava nelle loro terre dando la sensazione di volerci entrare ma non averne il coraggio. L'Egidio da quando era tornato dalla guerra non era più lui.

«Chissà che ha visto in Africa» commentavano i contadini tra un colpo di zappa e l'altro.

«Ma quale Africa? L'Egidio in Grecia è stato!»

«Vabbè: Africa, Grecia, Olanda. Sempre guerra è!» E avevano ragione, in effetti. Che la guerra era sempre guerra e tanti giovani li aveva strapazzati senza ammazzarli, riportandoli a casa interi da un lato ma completamente andati dall'altro. In paese si sentivano storie di ex soldati che, al tonfo di una scodella, si mettevano le mani in testa e correvano a nascondersi. Certi non parlavano, ti fissavano, capivano quello che gli dicevi ma non sapevano risponderti, avevano perso tutte le lettere dell'alfabeto. Altri ancora non chiudevano più le palpebre. Al limite, se riuscivano a prendere sonno lo facevano con gli occhi aperti, che il nemico era sempre in agguato.

L'Egidio, gira e rigira, quei sintomi poteva averceli tutti, ma nessuno sapeva dirlo con precisione. La sola cosa che la Benedetta sapeva dire con precisione era: «*Li cunti nu tor-*

nanu!» e lo ripeteva sempre, tanto che l'Ettore ultimamente aveva preso l'abitudine di risponderle a tono: «*A mie till*a*!*».

«Tuo fratello, chi lo capisce?»

«La guerra, Benedetta.»

«La guerra...» la donna si faceva pensierosa, perché quello che davvero non le tornava, più dei comportamenti strani, era il fatto che nelle proprietà del cognato non si muovesse un granello di terra, che i contadini fossero stati mandati via in blocco e che tutto, ormai, ristagnasse al sole. Allora veniva da chiedersi: ma di cosa si campa questo Egidio Felline? E un dubbio ne tirava subito un altro, chiaramente, perché a pensar male si fa peccato, per carità, ma spesso ci si azzecca. E se era vero che quelle sacche potevano stare ovunque, poteva essere che stessero nella metà sbagliata e poteva essere, pure, che l'Egidio nel frattempo le avesse trovate e se le stesse tenendo tutte per sé.

Niente di più banale: tutto poteva essere, in una situazione così fuori dall'ordinario.

Lo sapeva pure l'Ettore, che però preferiva pensare al fratello il meno possibile. Sapeva che se ti avvicinavi al confine quello se ne scappava, che se lo chiamavi fingeva di non esserci e se entravi, addirittura, si nascondeva. Di tanto in tanto, da lontano, lo vedeva percorrere i campi con a fianco persone sconosciute. E alla fine si chiedeva se qualche errore non lo avesse fatto anche lui, se non fosse tutta colpa sua.

«Devi parlare a tuo fratello. Anche se è pazzo, devi andargli a chiedere quella cosa una volta per tutte» gli disse la Benedetta un bel giorno.

L'Ettore, col passare del tempo, stava un po' meglio. Te ne accorgevi quando lo sentivi parlare: aveva abbandonato la via dei monosillabi per tornare ad articolare frasi compiute: «Lasciamo stare, tanto non risolviamo nulla» rispose quel giorno alla moglie.

«Se non vuoi farlo per te fallo almeno per tuo figlio, ha quasi cinque anni, ricordatelo».

«Ma come faccio? Non si fa avvicinare.»

«Trovi un modo.»

La Benedetta si voltò e uscì dalla stanza, riaffacciandosi un momento dopo: «E pensa a tuo figlio».

Il modo lo trovò, l'Ettore, pochi giorno dopo, in una placida mattinata di fine maggio. Entrò nelle terre del fratello e si nascose dietro il tronco di un ulivo che, a vederlo, poteva stare lì da due secoli. Quando l'Egidio uscì di casa e si mise a passeggiare, lui sbucò da là dietro e gli si gettò addosso. Rotolarono per terra e, per sua fortuna, si ritrovò di sopra. Strinse il fratello per il bavero. Doveva fargli la domanda sui soldi ma lì per lì – e non poté farci nulla – gli partì un: «Perché fai così? Perché?».

L'Egidio era trafelato, paonazzo in viso: «*Làssame stare, làssame!*» fiatò. Respirava male, le parole gli uscirono strozzate.

Si guardarono dritti negli occhi e l'Ettore allentò un po' la presa, quasi inconsapevolmente: in quelli del fratello c'era una malinconia insopportabile, non li teneva così vicini dal giorno in cui lo avevano salutato per andarsene in guerra.

«Dove stanno i soldi di papà?»

«Non lo so.»

«E come vivi allora?»

«Non so niente. Non so e non mi interessa. E mo' lasciami!»

«Giuramelo!»

L'Egidio non parlò. L'Ettore lo strinse più forte: «Ho detto giuramelo!».

«Lo giuro su mia madre e su mio padre.»

E lì accusò il colpo. L'Ettore lasciò il bavero, il fratello gli diede una spinta e se lo tolse di dosso.

«E pure su Ciccio lo giuro! Sei contento mo'?!» disse l'Egidio rialzandosi e scappando via.

Lui, zoppo com'era, non ci pensò nemmeno a inseguirlo.

«Egidio, Egidio, non scappare! Aspetta!» gridò, ma quello svanì in fretta e chissà quando sarebbe ricapitato più di trovarselo a un palmo di mano.

A casa, mezzora dopo, la Benedetta stava preparando una torta. Il marito si sedette accanto e iniziò a spazzolarsi i pantaloni.

«Ma che hai fatto?» gli chiese la moglie.

«I soldi non ce li ha lui. Stanno ancora nascosti.»

«Sei caduto?».

«Sono inciampato.»

«E tuo fratello?».

«Ci ho parlato. Dice che non sa niente.»

Lei lo guardò con un'espressione sospesa tra l'ironia e la commiserazione: «E gli hai creduto, no?».

«Era la verità.»

«Sì, la verità...»

«L'ha giurato sulla famiglia mia.»

La moglie sbuffò e riprese a mescolare gli ingredienti. Era un dolce con la panna e le fragole, il preferito di Sebastiano. Le fragole venivano dalle piantine selvatiche al confine coi Donzelli ed erano di quelle che per raccoglierle ci voleva la mano di Dio. Bisognava andarci la sera, quando i suoni e le luci tacevano del tutto e il vecchio Duccio Donzelli, discendente da una famiglia di vassalli di Roma trapiantati nel Salento, stava già al letto. Sennò erano dolori: quello, nel vederti, cacciava un urlo disumano e iniziava a sparare colpi di scacciacani alla "'*ndo cojo cojo*". E mica a scherzo. Che gli potevi toccare tutto, al Donzelli, tranne due cose: le fragole pregiate al confine coi Felline, dolci come lo zucchero, e le galline miracolose comprate alla fiera di San Fili, che facevano uova mai viste, non con uno, non con due, ma con ben tre tuorli.

L'Ettore si incamminò verso la porta, non prima di aver messo un dito nella panna ed essersi beccato un'occhiataccia dalla moglie. Appesa alla sedia c'era una collana di fiori. La sollevò sempre con lo stesso dito e se la avvicinò agli occhi: «Me l'ha fatta oggi» disse la Benedetta, senza nemmeno girarsi.

Da quando un contadino gli aveva insegnato a farle, Sebastiano rapiva tutti i fiori che trovava in campagna e riempiva la madre di collane che erano una più colorata e profumata dell'altra.

«Bella» disse l'Ettore rimettendola a posto.

Fece per uscire ma la moglie lo inchiodò all'uscio: «Se è la verità... se davvero vuoi crederci... se quei soldi non stanno da tuo fratello... allora vuol dire che devi cercare per conto tuo».

«Ho già guardato. Non ci sono»

«E forse non hai guardato bene, distratto come sei.»

L'Ettore se ne andò con un cenno affermativo, ma non ci pensò nemmeno. Di cercare un tesoro perduto non ne aveva nessuna voglia: provò a farsi scivolare la richiesta addosso, a trascinarsi la patata bollente il più a lungo possibile, a farla raffreddare con lo scorrere del tempo. E ci sarebbe quasi riuscito, a dirla tutta, se non fosse che un giorno gli eventi di punto in bianco lo presero per i capelli e lo costrinsero a fare ciò che non voleva fare. Accontentare la moglie.

Sebastiano, nel frattempo, stava crescendo in fretta. Non aveva nemmeno cinque anni ma sapeva già tanto.

«Pure troppo!» lamentava anzi la madre, che perdeva facilmente le staffe quando il bambino la seguiva dentro casa, per farle domande sul nonno Girolamo.

«Ha la curiosità dei Felline» spiegava l'Ettore, in teoria per consolarla, in pratica per darle il colpo di grazia.

Ci pensava lui, tanto, a colmare la sete di conoscenza del figlio. Lo faceva sedere nell'erba e gli raccontava le storie della loro terra. In quei momenti le nuvole diventavano mucchi di lana sparsi nel cielo, l'aria si infestava del profumo degli agrumi o dell'uva pendente dai pergolati e Sebastiano sgranava gli occhi e ascoltava i racconti che portavano già impresso il marchio della leggenda.

Sapeva, così, che dieci anni prima giù a Monteroni c'era stata un'epidemia di braccia e caviglie spezzate, e che i suoi zii avevano provato a darsi l'uno all'altro un colpo di martello sul piede, ma non ce l'avevano fatta ed erano partiti in guerra come quasi tutti i giovani di allora. Sapeva che nella casa disabitata al centro della campagna, tra i lunghi corridoi dove i passi e le parole rimbombavano nella penombra, c'era una stanza con le pareti profumate di tabacco e un camino spento da nemmeno troppo tempo, sulla cui trave era sistemata una collezione di dodici fucili da caccia patinati dalla polvere, poggiati là come si metterebbero le posate a scolare su una mensola. Sapeva del muretto a secco verso i Perrone, spostato di un metro chissà in quale tempo o in quale sogno, degli uccelli dal becco lungo che arrivavano a novembre e sembravano i padroni del bosco o di quelli piccolini che si vedevano quasi tutto l'anno.

Suo padre scriveva ancora poesie e nel tempo libero recitava filastrocche in dialetto: «*Arri, arri, cavallucciu, sciamu a Lecce lu papà, ni ccattamu nu bellu ciucciu, arri, arri, cavallucciu*». Le ascoltava senza più battere le mani o sbavare sulla bavetta, ma ridendo sempre come se qualcuno gli solleticasse la pancia. La madre, invece, a volte si ritirava nello sgabuzzino della cucina e piangeva in silenzio, nascosta da tutti. Suo padre gli aveva spiegato che faceva così perché il nonno Girolamo era sparito nei giorni successivi alla notizia della morte di Mussolini e da allora non era più tornato. Cinque anni senza far sapere dove era finito, vivo o morto che fosse.

Sebastiano la spiava da dietro la porta, senza farsi sentire: quando i singhiozzi finivano, andava a guardare il nonno Girolamo in una delle fotografie in soggiorno. Lo intimoriva quel viso in primo piano con le grandi occhiaie, i lineamenti duri, il baffo che sembrava di fil di ferro. Niente a che vedere con l'espressione schietta e rotonda dell'altro nonno, che se ne stava tranquillo nel portaritratti a fianco e non andava nemmeno cercato in giro, perché a quanto sembrava lui, il creatore, l'artefice di tutto quello che esisteva nelle terre, ormai non c'era più.

La nonna Carmela stava in un altro ritratto ancora e teneva, in assoluto, il volto più rassicurante di tutti. Lei era l'unica che accennava a un sorriso, e quando Sebastiano salutava le fotografie – perché gli avevano insegnato a fare così ogni volta che andava a vederle, un po' come faceva col Gesù Bambino la notte di Natale prima di poggiarlo nel presepe – l'ultimo bacio lo riservava proprio alla nonna, per chiudere in bellezza. Poi scappava all'aperto, dove trascorreva la gran parte della sua giornata.

Conosceva già perfettamente i nomi della natura: gli ulivi, le viti, i pini, i fichi, gli agrumi, i pitosfori, i carrubi, la rucola, i funghi, le ciliegie, le cicorie, le spighe. Sapeva distinguere i frutti acerbi da quelli maturi, gli arbusti giovani da quelli secolari, le foglie accartocciate dal freddo da quelle bruciate dal sole. Era un bambino iperattivo, non riusciva a stare fermo. Se non spiava la madre le faceva collane di fiori, se non correva qua e là per le terre si fermava a rovistare nei tronchi degli alberi, se non tormentava un animale a caso si metteva a contare uno a uno gli alberi della campagna.

Quella del contare era la sua ultima passione: l'Ettore la accolse con tutta l'incredulità che poteva, peggio della volta in cui aveva trovato il figlio che prendeva i semi di frumento conservati nelle sacche di canapa, pronti per la molitura, e li gettava per terra nella speranza di far nascere dei floridi arbusti.

«Ma dove ha imparato a contare?» domandò una volta alla moglie.

«Devono averci pensato i contadini, tra una collana e l'altra.»

«E perché ce l'ha proprio con gli alberi?»

«Perché è geloso. Controlla se ne manca qualcuno, almeno non ha preso dal padre» ironizzò la Benedetta.

Fatto sta che Sebastiano, a nemmeno cinque anni, aveva già imparato il meccanismo che dalle unità porta alle decine, dalle decine alle centinaia e dalle centinaia alle migliaia. E non è che era arrivato alle cifre con tre zeri per un semplice sfizio, ma perché gli alberi della sua terra – come certificato dai suoi conteggi – erano la bellezza di milleottocentotrentuno.

«Sono tutti!» esclamava alla fine della conta, gioioso come se gli avessero fatto un regalo.

Non gli interessavano i giochi o le caramelle, era un bambino assetato di certezze e voleva soltanto che tutto, in campagna, rientrasse sotto il suo controllo. A volte arrivava al confine, fino a dove sapeva di non potersi spingere oltre, perché la campagna diventava dello zio Egidio e rimaneva a fissare quegli alberi che erano identici ai loro ma appartenevano a un'altra persona.

«*Sebastiano fatte arrètu!*» gli intimavano il padre o il contadino di turno, nel vederlo indeciso al confine. Il bambino faceva finta di non sentire e rimaneva là, sospeso tra la diserzione e l'obbedienza.

«*Sebastiano. Arrètu! Dai.*»

Dopo qualche altro richiamo, chinava il capo e tornava indietro. Non era una resa, ma solo un rinvio. Perché il fuoco della conquista gli rimaneva sempre vivo e la voglia di correre oltre quel confine invisibile continuava comunque a covargli dentro, non si spegneva di fronte a niente.

L'unico momento in cui riassumeva le sembianze di un bambino era quando il padre lo prendeva per mano e lo portava a vedere i serpenti alla Torre. Erano tubi neri e sottili che strisciavano tra le pietre e si rintanavano nelle cavità della costruzione. Il bambino non si sedeva mai sui massi diroccati davanti all'ingresso, dove l'Ettore gli chiedeva di aspettare. Sapeva che i serpenti stavano pure lì dentro e che facevano male come era successo un giorno agli uccelli nel nido. Così rimaneva in piedi e aspettava.

«Perché è un po' caduta, papà?» chiedeva quando il serpente tardava a uscire.

«Per la cattiveria della gente» rispondeva evasivo l'Ettore. «Eccone uno, guarda là, in alto!»

Il bambino guardava un attimo, poi si copriva gli occhi e gridava forte. C'era una parte del mondo che sbirciava di nascosto, un po' come quando allargava le dita per spiare il serpente, mentre fluiva tra i massi della Torre. La curiosità lo vinceva sempre e le cose che non poteva vedere direttamente Sebastiano le cercava in silenzio.

Ora, tornando alla premessa da cui scaturirono i nuovi, ingovernabili eventi in casa Felline, va detto che nel dicembre del 1950, a cavallo tra un anno con l'altro, si verificò nel Salento un fenomeno di ribellione contadina, che avrebbe preso il nome di occupazione dei campi d'Arneo e scosso tutti i proprietari terrieri della zona.

«Qua riscoppia la guerra» disse infatti Duccio Donzelli all'Ettore, un bel giorno.

Il vecchio a Monteroni e dintorni rappresentava per i latifondisti un po' quello che Girolamo Petrelli a suo tempo aveva rappresentato per i fascisti, cioè una sorta di riferimento. E appena fiutò che la situazione si faceva più grave del previsto si mise a spargere l'allarme, partendo proprio dai confinanti: «Mi raccomando: occhi aperti!».

L'Ettore lo fissò preoccupato. Lui era uno che viveva di presentimenti e ultimamente al posto dei genitori, che discutevano dei soldi persi, sognava di camminare nelle sue terre e di inciampare su delle carcasse di animali che, man mano, assumevano delle forme sempre più umane.

«Stavolta vengono coi forconi, ve lo sto dicendo» continuò il Donzelli «stavolta quei *malecarne* barbari ci massacrano e ci rubano tutto, tutto!». E c'era da scommetterci, conoscendolo, che il "tutto" non significasse tanto la terra, le case, i soldi, le vacche, le piante e i raccolti, ma soprattutto le inestimabili fragole al confine e le galline dai tre tuorli di cui andava pazzo. «Qua non avete nemmeno idea di dove ci stiamo cacciando, qua stavolta arriva il finimondo, poi vedete, qua finisce a...»

L'Ettore, d'un tratto, lo afferrò e lo avvicinò agli occhi. Era stufo di sentirsi annunciare catastrofi senza nemmeno sapere di cosa si stesse parlando, e così, papale papale, gli domandò: «Insomma, Donzelli, *se po' sapire ce cazzu sta a succede?*».

E il vecchio finalmente smise di evocare fantasmi e si spiegò meglio: stava succedendo che i contadini del Salento avevano dichiarato guerra ai latifondisti. A dire il vero non proprio a tutti, essenzialmente a quelli con territori incolti e abbandonati a se stessi. Nell'Arneo, per esempio, che era un bel pezzo di terra sull'incrocio tra le tre provincie del Salento, c'erano distese sconfinate di terra sassosa che non conoscevano i passi dell'uomo ma solo quelli degli animali selvatici.

«Stavolta non li ferma più nessuno» aggiunse il Donzelli, affranto.

Lui la conosceva bene la storia dell'anno prima, quando gli stessi contadini avevano invaso l'Arneo e i proprietari erano riusciti a fermarli solo per il rotto della cuffia, con la promessa di settemila ettari da concedere in enfiteusi.

«In "enfi" che?» avevano domandato quella volta i capibanda.

«Enfiteusi, come dire: in affitto.»

«E dobbiamo pure pagare di sopra?»

«Solo un prezzo simbolico, niente di che.»

I contadini si erano guardati increduli, avevano occhi da indemoniati e facevano paura per quanto erano neri: «Simbolico!? *Forse nu be chiaru!*» e si stavano già sollevando le maniche, quando in mezzo si era messo il prefetto per un tentativo disperato di farli ragionare.

«Calma, calma» aveva detto sua eccellenza «l'idea non è malvagia, fatevi spiegare. Per prima cosa vi prendete le terre con tutto quello che c'è dentro» e non c'era praticamente niente di importante, solo pietre e macchia mediterranea, ma è chiaro che detta così la frase faceva comunque un certo effetto «per seconda cosa vi hanno detto settemila ettari, ma io vi assicuro che ne distribuiamo molti di più. Mo' calmatevi però!».

I contadini si erano improvvisamente fatti più docili: «Sì, ma cos'è *st'erficeusi*?».

«L'enfiteusi non è niente di male. Pagate quattro lire all'anno e il fondo è come se fosse completamente vostro.»

«E se non abbiamo nemmeno le quattro lire?»

«Non c'è problema: pagate in zucchine, melanzane, patate. Fate voi.»

«E poi, per quanto tempo è nostro?»

«Minimo per vent'anni.»

«E dopo i vent'anni?»

«Dopo i vent'anni, se volete, mettete quattro lire altre e ve lo riscattate, cioè lo rendete vostro per sempre e glielo passate ai figli e ai figli dei vostri figli»

I contadini si erano guardati e uno di loro aveva sorriso e allungato una mano al prefetto: «Caspita dotto', bella *st'enfuteisi*!» aveva detto. Poi tutti se n'erano tornati a casa certi di aver concluso un buon affare.

E che ne sapevano, in fondo, che non ci si poteva fidare nemmeno di un prefetto e che di quei settemila ettari promessi ne avrebbero distribuito giusto qualche briciola.

I proprietari stessi si erano rimangiati la parola: «Noi a regalare le terre? Ma quando mai?».

E il prefetto si era trincerato nella sua stanza: «Se chiedono di me dite che non ci sono per nessuno».

E i contadini: «*Cazzu, nanu futtuti 'ntorna!*» e avevano già deciso che la storia non finiva lì.

A un anno di distanza esatta erano tornati più agguerriti di prima.

«Non sanno che la legge proibisce l'invasione dei campi. Non lo sanno, Cristo!» si adirò Duccio Donzelli. E che poteva saperne, lui, invece, di quale forza spingesse i contadini ad avventurarsi nella campagna più incontaminata; che se hai subito un'ingiustizia e non hai niente da perder, le cose vai e te le prendi da solo: della legge non te ne freghi un bel corno, funziona così. La disperazione, dacché mondo è mondo, non si cura con le parole.

«Noi comunque stiamo apposto,» osservò l'Ettore «qua è tutto coltivato, no?».

Duccio Donzelli lo guardò con un'espressione di commiserazione, come a chiedersi se era davvero così scemo: «Qua sì» disse «ma là no» e indicò un poco più in fondo, dove c'erano le terre dell'Egidio.

«Se arrivano là, gli manca solo un passo: e non teniamo mica la muraglia cinese, noi!» se ne andò senza aggiungere altro, lasciando l'Ettore raggelato al suo posto.

Non si poteva rimanere con le mani in mano, qualcosa bisognava pur farla.

«Non mi interessa. Tanto se arrivano qua non trovano una lira» disse la Benedetta quando le sottopose il problema.

«Forse non stai capendo...» obiettò lui.

«Sei tu che non capisci» rispose lei, girandogli le spalle e andandosene via.

L'Ettore capì che toccava a lui: una buona idea poteva essere quella di recuperare i fucili da casa dei suoi genitori e pattugliare i confini fino all'arrivo di un disperato qualunque, ma le terre erano grandi e da solo non poteva farcela, specie con la gamba che si ritrovava. Tantomeno poteva chiedere il favore ai contadini, che in questa contesa non si sapeva nemmeno da quale parte stavano.

Fu così che decise di sfruttare, per la prima volta, l'amore di Sebastiano per i suoi campi. E fu un gioco sporco, lo riconobbe lui stesso, perché coi sentimenti delle persone non si gioca, figurarsi con quelli dei bambini. Sapeva che il figlio aveva una passione sfrenata per gli alberi e perlustrava la terra in continuazione per paura che gliene rubassero qualcuno. Al che gli bastò fare due più due: lo prese, se lo sedette accanto e gli spiegò la situazione.

«Quando stai in giro per la campagna, se da lontano vedi degli sconosciuti che si avvicinano agli alberi nostri, corri da papà più veloce che puoi che dobbiamo difenderli. È chiaro?»

Il bambino non se lo fece ripetere. Niente di più chiaro: «Ma posso andare pure di fianco, allo zio Egidio?».

L'Ettore ci pensò un po': «*Mmmh*, va bene. Però attento a non farti vedere».

Sebastiano prese l'incarico alla lettera, da vero servitore del feudo. Schizzò fuori e corse all'impazzata finché non fece buio. Ma il problema non fu quanto corse, ma che erano i primi giorni del nuovo anno, tornata 1951, e fuori faceva un freddo cane, era arrivata una tramontana di quelle che tagliavano il viso e penetravano come lame nelle ossa. Quando alle cinque e mezzo del pomeriggio il bambino rientrò a casa, ormai era una pezza sbrindellata e aveva una faccia rosso peperone e, anche se nessuno poté dirlo, sembrava il nonno Oronzo dopo aver nascosto le banconote.

«*Matonna mia beddhra!*» esclamò la Benedetta nel vederlo.

Lo tirò per i capelli, lo spogliò, lo pulì e lo coricò che già tremava. La febbre arrivò di lì a poco e lo inchiodò al letto per una settimana, sospeso tra i trentanove e i quaranta gradi. L'Ettore iniziò a camminare dentro casa con la testa abbassata. Aveva paura di incrociare gli occhi rancorosi della moglie e aspettava che la donna si allontanasse dall'ammalato per andare di nascosto ad accarezzarlo e a cambiargli i bagnoli sulla fronte: il rimorso non lo fece più dormire fino alla completa guarigione del figlio.

«È colpa mia» disse una notte, nel letto «ma l'ho fatto a fin di bene. L'ho fatto per difendere la terra».

Ormai preferiva parlare al buio, quando sapeva di non dover guardare la moglie. La Benedetta in quel momento era sveglia e vigile accanto a lui: «Tanto non succede niente. È tutto un fuoco di paglia, poi vedi».

«No, poi vedi tu: qua succede una rivoluzione, ci prendono e ci fanno fuori pure a noi che quasi quasi siamo più poveri di loro. E tutto per colpa di questo scemo che sta a fianco, me lo sento.»

La moglie sbuffò e si girò dall'altra parte. L'Ettore restò in silenzio, in attesa di sentirla dormire.

«Fammi una promessa» disse invece lei, d'un tratto.

Lui si voltò per cercarla nel buio: «Che promessa?».

«Tanto non ti costa niente.»

L'Ettore tacque e la Benedetta finalmente si spiegò: disse che se i fatti stavano come credeva lui, allora pazienza: una mandria di assatanati avrebbe invaso i campi e loro avrebbero detto addio a tutto, passato, presente e futuro in un solo istante.

«A voi Felline, insomma, non rimane che inventarvi un'altra storia» chiosò pure con un cinismo innaturale.

Ma se per caso non era così, se quei contadini che chiedevano le terre non erano un manipolo di criminali incalliti ma solo dei poveri cristi che non immaginavano nemmeno loro in quale impervia missione si stessero cacciando, se andava a finire che nei loro campi non arrivava nessuno e che si erano soltanto lasciati suggestionare dalle voci che spargeva quel lunatico del Donzelli, allora lui doveva mettersi l'anima in pace e cominciare a cercare una volta per tutte i soldi perduti di suo padre.

«E stavolta facciamo come dico io. Che non devi mica pensare che me n'ero dimenticata.»

«Va bene» la liquidò Ettore, con sufficienza. Quella del lieto fine era un'eventualità che non aveva mai preso in considerazione.

«Va bene cosa? Hai accettato o no?»

«*Sine*, ho accettato» e stavolta fu il marito a girarsi dall'altra parte e provare a dormire.

Trascorse ancora qualche settimana, poi i fatti diedero ragione alla Benedetta.

Sulle terre dei Felline, come in tutto l'agro di Monteroni, non si affacciò mai anima viva. Il grosso della partita si giocò in quel benedetto Arneo, che stava lì, certo, a pochissimi passi, ma era sempre che qualcuno avrebbe dovuto farli, quei passi, e non li fece. Anche perché, nel frattempo, era cominciata la repressione. Nell'Arneo arrivarono le forze dell'ordine e, a dire di alcuni testimoni, si portarono dietro persino un elicottero per sorvolare i campi. Molti contadini furono bastonati per bene, messi nelle camionette e trasportati al carcere di Lecce. Andò a finire che li processarono per l'occupazione abusiva di terreni altrui, articolo seicentotrentatré del codice penale, o almeno così disse il giudice agli imputati che lo fissavano sgomenti e ancora non capivano il motivo per cui erano stati picchiati, quello per cui erano stati arrestati e portati in tribunale e quello, soprattutto, per cui dovessero a tutti i costi morire di fame. E poco conta che poi, più in là, gli occupanti sarebbero stati assolti e persino, in parte, immessi in quelle terre contese. Quello che importa a noi, infatti, è che ormai la promessa dell'Ettore era stata fatta e andava onorata.

Non erano scoppiate rivoluzioni, nessuno aveva violato i confini dei Felline. Sebastiano era guarito da un pezzo e aveva ripreso a correre più veloce di prima. Tutte le febbri, le angosce, le invocazioni all'apocalisse si erano rivelate solo un grande bluff, e a giugno – perché si attese comunque l'arrivo della bella stagione, forse ritenendola più propizia per la missione da compiere – la Benedetta andò dal marito a riscuotere il conto.

«È l'ora di risolvere la questione di tuo padre» gli rammentò.

«Quale questione?»

«Quella dei soldi.»

«Ah... i soldi...» l'Ettore provò a destreggiarsi ma ormai sapeva di essere all'angolo «il destino, Benedetta. Non possiamo farci niente».

«Ricordati che hai un figlio» gli rispose lei, annientandolo con lo sguardo. Poi gli chiese di mettersi comodo – in realtà fu un perentorio: '*Sèttate ddhrai*' – e di aprire bene le orecchie: «*Sentime quài!*».

Per filo e per segno, con un rigore degno del vecchio camerata Girolamo Petrelli, la Benedetta spiegò all'Ettore cosa doveva fare.

Se l'occupazione dei campi d'Arneo fu la premessa, la Titina De Rau non poté che essere la più degna conclusione al malefico sillogismo in cui l'Ettore, suo malgrado, si era trovato invischiato. Nel mezzo c'era stata la promessa fatta alla moglie, che onorò controvoglia perché quella Titina la conosceva fin troppo bene e a lei ricollegava il ricordo di uno degli eventi più traumatici della sua vita.

«Devi, punto e basta! Me l'hai promesso» le parole della Benedetta continuavano a ronzargli in testa quando, a pomeriggio, percorse col calesse il labirinto sterrato che ricamava i poderi della campagna e conduceva in paese. La giornata era una delle più lunghe dell'anno e sui sentieri le ombre degli alberi ricadevano dense, rincorrendosi in un gioco visivo che generava sollievo all'anima e agli occhi. Un po' più in là il paese respirava ancora come se fosse mattina. C'erano calzamaglie e mutandoni stesi a scolare sulle tende tese tra un capo e l'altro delle strade, muli e traini che si trascinavano verso casa, bambini che andavano alla fontana per riempire secchi più grandi di loro e saltellavano nelle pozze d'acqua.

L'Ettore raggiunse la strada della Titina e fu colto, solo allora, da un dubbio. Ricordava benissimo dove abitava la donna, la porta ormai ce l'aveva di fronte. Ma quanto tempo era passato dalla prima e unica volta che l'aveva vista davvero? Era successo tutto nel giorno in cui, per la caduta dall'albero di ciliegie, il suo corpo era stato marchiato a fuoco per sempre. Dalla Titina ci era arrivato disteso su una balla di fieno e a bordo di un carro guidato dal padre, con i fratelli che gli asciugavano le lacrime. Già a quel tempo la donna sembrava un rudere ambulante, e figurarsi adesso, che anziché in superficie poteva benissimo stare in due metri di terreno.

Preferì chiedere informazioni: bisognava capire, prima di tutto, se la Titina De Rau era ancora viva e, già che c'era, pure se era mai esistita.

Bussò alla porta accanto e iniziò ad agitarsi.

La Lucia Stagnino sollevò la tendina e si presentò con in mano una scopa e addosso la veste quadrettata che usava durante i lavori domestici. Rimase attonita di fronte al signore che le parlava incespicando sulle parole.

«La Titina?» si domandò la donna, incredula.

Ma certo che abitava a fianco. Dove poteva andare?

«Quindi è ancora viva?» sospirò l'Ettore, sgranando gli occhi.

«Altroché!» esclamò la Lucia Stagnino «viva e vegeta, *figghiu miu*. E pure più vipera che mai!» concluse sfumando l'espressione con uno spruzzo di acrimonia.

Lui abbassò la testa e smise di pensare, perché non c'era più niente da pensare ma solo dati certi di cui prendere atto.

Uno: la Titina era ancora viva.

Due: la Titina non era una sua suggestione infantile, esisteva eccome.

Tre: la missione poteva essere portata a termine.

Ringraziò la donna e arrancò come un granchio sulla destra.

Davanti si ritrovò una casa color calcare collegata al mondo da una porta scarnificata dal tempo e dalle tarme. Partì convinto, ma si fermò subito. Dondolò gli occhi sul legno, una sensazione che veniva da lontano gli fermò il braccio a metà. Quando si decise a bussare, i tonfi della porta gli rimbombarono dentro, insieme al brivido e al panico di quella sera in cui il destino gli aveva messo la leggendaria Titina di fronte, pronta e agguerrita come non mai, per fargli la *stumpata*.

Per quello ce l'avevano portato, l'Ettore, tanti anni prima, quando era ancora un bambino. Per quel procedimento demoniaco di cui, a Monteroni, la Titina era maestra. A dire la verità all'inizio era sembrato che la vecchia stesse preparando un dolce. Manipolava con cura stoviglie e ingredienti e l'Ettore non le staccava gli occhi di dosso, stravolto dal dolore e dalla paura di non sapere cosa stava per succedergli.

«Gliel'ho raddrizzata io:» raccontava intanto l'Oronzo, inorgoglito «è un bambino forte, sa che deve essere coraggioso perché la vita non è fatta per i fifoni» suggellava poi con un pizzico di filosofia terrena.

L'Ettore aveva ripensato allora all'urlo gettato al cielo, quando suo padre gli aveva ordinato di chiudere gli occhi e, con un colpo secco, *tac*, aveva rimesso l'osso al suo posto. E a quel pensiero sarebbe svenuto di nuovo se non ci fosse stato di mezzo l'incantesimo della Titina che preparava intanto il suo misterioso intruglio di roba, con tanto di ricetta. Prendeva le uova, le rompeva sullo spigolo del tavolo, isolava gli albumi dai tuorli, metteva i primi in un recipiente e sbatteva con una forchetta. Poi aggiungeva un liquido strano e sbatteva ancora, con un rigore spartano. Alla fine versava una parte del composto sul punto della frattura e chiedeva al bambino di non muoversi: «*Moi statte sotu!*».

L'Ettore aveva avuto un sussulto quando le mani scheletriche della vecchia si erano posate sulla sua gamba e avevano preso a massaggiargli la pelle gonfia e arrossata, esasperandola con unghie affilate come artigli che gli facevano provare un male boia.

«Con questo se ne va *l'infiammo*» aveva spiegato la Titina, avvolgendo una fascia sottile sulla gamba del bambino.

Si era voltata a prendere una manciata di zucchero e l'aveva usata per velare la miscela rimasta nel recipiente. Aveva sbattuto un altro po', versato il tutto sulla fascia e ripreso a frizionare con le dita. Il bambino aveva sentito qualcosa che cresceva e si induriva sulla sua gamba, e aveva chiuso gli occhi. Era la reazione del terrore, che un minuto dopo, nel riaprirli, si era tramutato in sbigottimento. Sulla gamba c'era adesso una fasciatura rigida che lo avvolgeva dalla caviglia al ginocchio. Una magia, aveva pensato. Anzi, una stregoneria, si era corretto subito guardandone l'autrice.

«È la scienza:» gli aveva spiegato Ciccio dopo una settimana intera di osservazione e analisi morbosa di quella enigmatica fasciatura «lo zucchero, l'albume e l'alcol messi insieme fanno diventare la garza dura come a un tronco, è semplice».

Lì si era esaurito ogni incanto, mentre il dolore imperversava senza la fatata dolcificazione dei giorni precedenti e l'osso non voleva saperne di tornare come prima.

Sta di fatto che quel pomeriggio di tanti anni dopo, quando la porta cigolò e la Titina comparve sull'uscio, l'Ettore, che zoppo lo era ancora ma bambino non più, rimase a fissarla trasognato, quasi impaurito.

La Giuseppina De Rau, detta Titina, era una vecchia striminzita e decrepita, una figura disseccata dal tempo ridottasi al peso specifico di un moscerino e, se possibile, pure meno. In quel momento poteva avere tutte le età del mondo ma l'Ettore si convinse che non doveva essere inferiore ai cent'anni. Un secolo di vita suppergiù, e a ogni giro di ruota un'impresa memorabile, di quelle da custodire negli annali del paese.

La sua era stata una carriera invidiabile sotto il profilo dei vaticini e delle diavolerie, con un repertorio di prodezze in ogni salsa. Leggenda narrava che fosse proprio lei, tanto per cominciare, ad aver predetto nel 1908 la morte violenta di Aldo Serracchiani, avvocato del paese trovato nudo, con la gola tagliata e il borsello svuotato in una vicenda oscura e raccapricciante di cui i monteronesi avrebbero disquisito per decenni. Poi, ancora, aveva previsto la tromba d'aria del 1913, quella che aveva terrificato e messo in ginocchio un paese intero. E la caduta del sindaco Adolfo Carlà nel 1916, che la caduta l'aveva fatta nel vero senso della parola, da cinque metri, mentre potava un ulivo e ci aveva pure rimesso le penne. E ancora, l'elezione, l'anno dopo, del suo successore Gaspare Buscicchio, con un passato da brigante ma soprattutto nemico storico del Carlà di cui si sospettava fosse persino l'aguzzino, accusato dagli avversari politici, di aver manomesso la scala da cui era caduto il vecchio sindaco. Come ancora, l'elevazione di don Anselmo sull'altare nel 1927, come un santo miracoloso, anche se a causa di un tremendo temporale i presenti alla messa, quel giorno, erano soltanto in cinque e, per giunta, essendo tempo di carestia, c'avevano le orbite fuori dagli occhi per la fame: come a dire che le premesse per una visione di gruppo c'erano tutte.

Quel pomeriggio l'Ettore spiegò l'accaduto tutto d'un fiato. Raccontò di suo padre e di sua madre, delle sacche, del fratello, parlò finanche della moglie che ultimamente gli rompeva le p... – 'Ehm, cioè...' si corresse in tempo – lo assillava di brutto. L'unico episodio a cui non accennò fu quello traumatico della sua infanzia, ma poco importò in fondo, visto che la Titina lo fissava senza battere ciglio, dando l'idea di avvertire soltanto il vuoto e di essersi ormai perduta del tutto.

«Si sente bene, signora?» domandò lui alla fine del discorso, senza avere il coraggio di smuoverla.

Ma niente.

«Riesce a sentirmi? Posso aiutarla?».

La vecchia rientrò dentro casa. Ettore la vide svanire nella penombra e rimase in attesa. Stava per andarsene quando se la vide sbucare accanto con una sfera avvolta in un panno di velluto, muta e vaporosa, senza fare rumore. Poi andò a infilarsi dritta nel calesse come se lo aspettasse da anni. Lui scosse il capo, ormai non ci capiva più nulla. Salì al posto di guida e prese le briglie in mano. Avrebbe voluto chiederle almeno quali fossero i programmi, ma...

«Andiamo» gracchiò la vecchia alle spalle. I cavalli nitrirono e partirono al trotto. L'Ettore fece ricadere le briglie sulle gambe e rise amaro.

Fu quando arrivarono in campagna e la Titina scese dal calesse che capì di averla combinata grossa, nel senso che aveva fatto proprio un'enorme cazzata. Perché il problema non fu tanto che quella maledettissima vecchia, dopo averlo fissato in paese con una demoralizzante penuria di espressioni, all'aria aperta si era rinvigorita ed era straripata in un vortice di parole propositive. Perchè la Titina aveva pur sempre cent'anni e mica era colpa sua se qualcuno era andato a bussarle alla porta, in fondo.

Il problema, invece, fu di chi aveva deciso di dare retta, alla Titina, e qui, manco a dirlo, entrò in ballo sua moglie, la quale rimase persino ammirata quando la vecchia appiattì la faccia sulla sfera, per farsela frantumare in una miriade di piccoli triangoli, mettendosi di traverso per impedire agli altri di guardarci dentro.

«Si sa niente?» domandò ingenuamente la Benedetta, alla fine dell'osservazione.

La Titina conservò la sfera nel panno di velluto e poi rialzò la testa e puntò il dito: «Quella» disse.

Marito e moglie sussultarono insieme: «Quale?».

«La quercia. Va tirata: è maledetta» spiegò la vecchia.

L'Ettore sussultò di nuovo. Qualcuno aveva appena detto che la soluzione al loro problema era estirpare la quercia secolare posta vicino al viale, epicentro dell'intero fondo; un albero che emozionava solo a guardarlo per l'impressionante numero di rami che avvoltolava in lungo e in largo per metri e metri di terra e di cielo ma che a quanto pareva, aveva qualcosa di malefico.

«Quindi stanno sotto le radici della quercia?» domandò la Benedetta, facendo capire fino a che punto si fosse lasciata suggestionare.

«No,» rispose la Titina «tirata la quercia, le essenze positive tornano a fluire sulla terra e a generare il sinodo della verità. A quel punto si può capire dove stanno le sacche».

Le essenze positive? Il sinodo della verità? L'Ettore si sentì preso per il culo come raramente gli era successo. Guardò la Titina con due occhi da invasato, iniettati di sangue. Gli sembrò brutta come la malattia, gli venne da spolparla viva. Anzi, di scorticarla, che di polpa non ce ne stava, era già morta con tutto il veleno che le scorreva nelle vene.

«Vado a prendere la zappa. Lascio alla vecchia l'onore di tirare l'albero. Dite che funziona lo stesso?» commentò sarcastico.

La Titina disse di non sapere se con la quercia estirpata le sacche sarebbero riemerse, ma di certo i fluidi avrebbero ricominciato a scorrere meravigliosamente e le possibilità di ritrovare il denaro, quindi, sarebbero cresciute a dismisura.

Ormai parlava così: da quando era arrivata in campagna sembrava avesse la laurea.

«E almeno, che sono 'sti fluidi si può sapere?» s'incaponì l'Ettore.

«Speriamo bene» disse la Titina «sento che la soluzione è vicina».

«Ma si può sapere perché chiedo una cosa e ne risponde un'altra?!»

«Ettore, Ettore,» lo calmò la Benedetta «ma non vedi che è quasi tutta sorda?».

Lui si voltò di nuovo a squadrare la vecchia. Arcuò un sopracciglio, le labbra gli si arricciarono per il disgusto e gli sembrava che prima, alla moglie, avesse risposto eccome, ma ormai non era più sicuro di niente.

«Pazza, non sorda!» brontolò.

«Sono centotrenta lire per il fastidio» si intromise la Titina «un prezzo di fiducia. Poi riaccompagnami a casa. Tirate l'albero domani, prima del mezzogiorno. Se le forze sono favorevoli ve lo faccio sapere».

Ci pensò la Benedetta a cacciare il portamonete dalle tasche del marito. La Titina prese i soldi e li mise a tacere nel suo borsello. Se ne andò così come era venuta: salì da sola sul calesse e aspettò in silenzio il suo cocchiere, mentre i cavalli già cominciavano ad agitarsi.

Il sole tramontava quando l'Ettore tornò a casa. Il problema era sua moglie: la grana stava tutta lì. La Benedetta, infatti, lo attendeva impaziente dietro la porta e la prima domanda che gli fece fu: «Allora, a che ora lo tiriamo?».

Lui la guardò incredulo e lei reagì sollevandosi sulle punte come a una bambina capricciosa. Poi lo ricattò, offrendogli lo scenario delle peggiori disavventure domestiche possibili e immaginabili: «Scordati i maccheroni al sugo, la parmigiana di melanzane, *gli cecamariti* e i polpettoni... le robe da domani te le lavi da solo, e ti lavi pure i piatti e le posate che usi... Di querce centenarie in campagna ce ne abbiamo un mare... E comunque me l'avevi promesso, traditore!».

L'Ettore provò a tener duro, un po' alla disperata. Fosse stato *Lu disgraziatu*, il fico mai cresciuto che per essere così brutto e deforme qualche maleficio addosso doveva avercelo per davvero, avrebbe potuto pure acconsentire. Ma una quercia, e poi quella quercia, no.

«No, no e no!»

Sfortuna aveva voluto che di fronte si ritrovasse la Benedetta, che si era accanita come se la Titina le avesse fatto una fattura: «Sì, sì e sì!».

Marito e moglie non si parlarono più e trascorsero il resto della giornata a meditare sulle contromisure. La questione era complicatissima e l'Ettore passò la notte senza chiudere occhio, tormentato dall'idea del crudele pegno da pagare. Vide alitare nel buio della stanza una serie interminabile di nuovi assilli, un rosario di implorazioni, un calderone di sinapsi tritate, un'odissea di rotture di scatole e tanto altro ancora. Ogni tanto sul soffitto si affacciavano l'Oronzo e la Carmela, che non parlavano più delle sacche perdute ma si domandavano: «Hai sentito che vogliono tirare la quercia secolare?» e si mettevano le mani nei capelli. Era la dimostrazione che il guaio era completo e forse, nella fossa da scavare, ci si sarebbe buttato dentro volentieri.

Manco a dirlo prevalse la Benedetta. L'Ettore non disse né sì né no. Però lasciò fare, e se è vero, come si dice talvolta, che l'indifferenza al male è di per sé un male, allora non c'è dubbio che quel giorno si macchiò di un crimine. E non fu per paura di non mangiare più i maccheroni al sugo o di doversi lavare i pantaloni da solo, fu semplicemente perché proprio non ne poteva più di questa storia.

A dire il vero un ultimissimo tentativo lo azzardò, ma molto timido: «Mettiamola ai voti» propose la mattina.

«E come si vota uno contro l'altro?» gli chiese la moglie, giustamente.

«Facciamo votare pure Sebastiano.»

«Ma non farmi ridere» tagliò corto lei.

Lui non replicò nemmeno e la moglie fu scaltra nell'interpretare il suo silenzio come un segno di assenso. Fu lei stessa a chiamare due contadini dai campi e a spiegargli cosa dovevano fare. La guardarono come se si fosse bevuta il cervello, e lei gli impose di non fare commenti: era una questione che non potevano capire.

La quercia venne giù come una stecca di legno senza sapore. Dritta, stecchita appunto. Senza scomporsi, annaspare un po' coi rami, tentare di resistere, gridare aiuto. Non lo fece perché era già morta prima, quando due tizi brutti e villosi l'avevano straziata arandola tutta intorno e maciullandone le radici. Poi, completato il fossato, l'avevano impigliata a una fune e spinta verso il basso.

Dalla terra umida, appena rivoltata, adesso fuoriusciva calore. Era il calore della morte appena consumata, Sebastiano se ne accorse subito. Al bambino, l'atto parve di una crudeltà inaudita. Raimondo Caramuscio e Ferruccio Cirmiento non erano più due contadini, ma due boia che avevano appena giustiziato un innocente sul patibolo. Morte della peggior specie, staccare quell'albero come se gli avessero tagliuzzato le vene per sfilargliele una a una da sotto i piedi. Perché questa fu la scena che si rappresentò il bambino, questa la crudeltà che gli fece ribollire il sangue.

S'insinuò in Sebastiano una rabbia silenziosa che gli fece nascere uno spirito di rivalsa impetuoso. La Benedetta e l'Ettore affacciarono la testa sulla fossa, lei avvinta dalla speranza, lui dalla disperazione. La reazione che ebbero invece fu la stessa: si tapparono la bocca di fronte alla valanga di vermi nel cratere scoperto. Poi lui si voltò indietro e lei scappò via in preda a un conato. Poco distante da loro, il bambino tramava la sua vendetta.

Non parlò ai genitori per cinque giorni di fila. E andò avanti a oltranza, senza sapere nemmeno lui cosa volesse ottenere. La Benedetta si sgolò per convincerlo che erano momenti difficili per l'intera umanità, che le sciagure della guerra pesavano ancora sulle spalle, che loro, in particolare, avevano pagato ogni schifezza a carissimo prezzo e per un tesoro perduto c'era da provarle tutte.

«Anche votarsi al diavolo» affermò e l'Ettore, in quel momento, ebbe voglia di strangolarla perché gli sembrò un primo velato tentativo di chiedere scusa per quella stupidaggine.

Ma il bambino, niente. La fissava con un'espressione glaciale e un'ostinazione tanto misteriosa quanto spaventosa: i denti stretti, il muso duro, gli occhi affusolati, la faccia da schiaffeggiare fino all'indomani mattina. E mica non capiva la gravità del momento, che anzi non se ne trovavano bambini acuti come lui. Ma il fatto era che la decapitazione dell'albero gli suonava come un affronto personale. Su quella quercia maestosa si era arrampicato tante volte, e tutti sapevano che un giorno ci avrebbe costruito una casa di legno, giusto il tempo di essere autorizzato a usare chiodi e martello.

Fu per quel motivo che varò lo sciopero della parola e si rinchiuse in un silenzio profondo, senza soluzioni.

«*Testardu e urrusu* come a tutti i Felline!» sentenziò la Benedetta.

Ettore la guardò risentito.

«Beh, almeno come a suo nonno. Non dirmi che non è vero» precisò la moglie.

Il marito non polemizzò. Bisognava dare una svolta a una situazione disdicevole e sebbene la tentazione di soffocare la moglie sotto il cuscino, la notte, fosse ancora tanta, per amor di patria le prestò il fianco nella dura lotta contro il bambino.

Al primo tentativo di farlo parlare non fece in tempo nemmeno a esprimere una frase di senso compiuto. Sebastiano si girò e sgattaiolò fuori di casa, mimetizzandosi tra le fronde.

Al secondo riuscì almeno a concludere il ragionamento: gli disse che non doveva più preoccuparsi della quercia estirpata perché il suo papà gli prometteva lì, seduta stante, che ne avrebbero piantata un'altra più grande di prima. Sebastiano stavolta lo spintonò per cacciarlo via e rimediò un ceffone che gli fece diventare la guancia scarlatta. Il dolore fu forte e gli occhi si arrossarono, ma il bambino ebbe uno scatto d'orgoglio e trattenne le lacrime. Non voleva cedere neppure un millimetro al nemico.

Anche se, al terzo tentativo, dovette farlo: questa volta, l'Ettore giocò d'astuzia e ricorse all'arte della millanteria: «Non vuoi parlare? Va bene, non parlare. Io ti dico solo che invece è meglio se ti fai sentire, visto che la mamma vuole chiamare di nuovo la vecchia. E c'è il rischio, io non voglio dirlo, ma c'è il rischio che ne tirano pure un'altra, di quercia».

Capì di aver piazzato il colpo giusto dal contegno di Sebastiano che non sapeva più come tener ferma la lingua. E fu così che per la prima volta, dopo giorni di caparbio mutismo, il bambino parlò: «No» proferì con una voce proveniente dall'oltretomba «la strega mai più!». Non fu molto loquace, certo, ma per avere la bocca impastata da tanto tempo bastava e avanzava. L'Ettore lo lasciò ancora una volta scappare nella campagna. Il tabù ormai era sfatato, solo che non poteva immaginare quale novità stesse per fare capolinea nella loro casa.

Lo scoprì più tardi, mentre si pavoneggiava davanti alla moglie sull'espediente che aveva usato per farlo parlare. La Benedetta era seduta a pelare patate e dal finestrone vista giardino della cucina entrava un filo d'aria che sembrava fatto apposta per attirare l'attenzione verso l'esterno. I glicini penzolavano ai lati del vetro e incorniciavano il paesaggio, i rami si arcuavano al vento, i petali delle viole cadevano dai vasi e fluttuavano fino a terra, le api estraevano il nettare dai fiori di un'acacia e filavano all'alveare, nascosto sotto la cascata dei gelsomini, e poi... aveva visto bene?

L'Ettore corse a stampare le mani e la fronte sul finestrone: «E adesso che sta facendo?» domandò confuso.

La Benedetta sbuffò con aria di sufficienza. Suo marito, come al solito, scopriva le cose in ritardo: «Sta lì da un'ora».

«E che vuole fare?»

Il bambino picchiava al suolo con una zappa. La terra si sollevava pochi granelli alla volta e il solco che ne veniva fuori era stretto ma sempre più profondo, a forma di imbuto.

«Non lo vedi? Sta cercando» affermò lei.

«Cercando?»

«Sì.»

«Cercando cosa?» si spazientì lui.

La Benedetta smise di pelare patate e lo guardò dritto negli occhi: «La ricchezza del nonno: di tuo padre».

Il bambino continuava a vangare il terreno. Le mani dell'Ettore scivolarono lentamente sul vetro, la testa prese a oscillare.

Fu in quel giorno che Sebastiano intraprese la sua personale ricerca delle sacche perdute ai tempi del nonno Oronzo, immaginando che contenessero una tale quantità di oro da fare impallidire i sultani d'Oriente.

Non aveva nemmeno sei anni, il bambino, eppure Ettore, che lo guardava da dietro il finestrone, quadrò il cerchio e si convinse di aver già capito tutto di lui.

Capitolo sei

Per Sebastiano, quella ricerca durò a lungo. E capitava di vederlo ancora come se fosse la prima volta, quando si sforzava come un dannato di ficcare nel terreno una zappa che era più grande di lui, mentre il sole gli imperlava la fronte di un sudore innocente. Eppure si era fatto grande, gli erano spuntati i muscoli, i peli, aveva cambiato la voce e la forma della mascella, assunto un tono da uomo vero. Tutto era avvenuto molto in fretta, poiché quelli successivi alla guerra furono per i Felline gli anni trascorsi più veloci di ogni altra epoca: l'Ettore e la Benedetta se li videro sfilare davanti senza gli intoppi di un tempo, forse anche perché non c'erano più da affrontare guerre tra Stati, partiti o famiglie, ma c'era soltanto da ridare un senso alla storia, riscoprire il motivo per cui la loro famiglia era stata messa in quel lembo di terra governato dallo scirocco.

Sebastiano si fece grande e una cosa che non si tolse mai dalla testa furono quelle sacche. Il tempo camminò, ma il giorno in cui i contadini avevano giustiziato la quercia vicino al viale gli sembrò di averlo sempre a portata di mano, distante una girata di spalle. Che lì era nato tutto, in fondo: lo spirito di conquista, l'istinto di difesa, la voglia di riscatto. Ciò che era diventato lo doveva soprattutto a quel giorno.

Furono anni di cambiamenti miti ma profondi, e per tutti: non solo per i Felline. Non si procedeva più per scossoni violenti che, gira e rigira, ti riportavano al punto iniziale, ma adesso si scivolava su un piano inclinato che lievemente ti apriva davanti un mondo sempre diverso.

«*Sta crisce comu all'Italia*» disse un giorno la Benedetta alle comari che le chiedevano del figlio. E non c'era paragone più azzeccato perché, da quanto si diceva in giro, l'Italia cambiava e, cambiando, cresceva come non era mai successo prima e diventava giorno dopo giorno più nuova, moderna, industriale. Vennero gli anni del boom economico e fu bello accorgersi che, per la prima volta, la gente sentiva quel "boom" senza tapparsi le orecchie o nascondersi sotto il tavolo, anzi: dritta e serena, di fronte al mondo che si risollevava e riesplodeva nella gioia di vivere. E non è che di colpo si diventò ricchi o sommersi dal benessere, sia ben chiaro, ma cambiarono gli occhi delle persone e gli oggetti, anche quando erano cupi, sembravano di un altro colore e, cosa mai vista, adesso ci si poteva azzardare a essere felici con le piccole cose.

A raccontare il nuovo mondo arrivò persino la televisione, che lasciò tutti a bocca aperta e diede la libertà di estraniarsi da una realtà fino ad allora fatta soltanto di carne e di ossa. Ai Felline quella strana scatola di plastica, ripiena di ingranaggi e dotata di una faccia di vetro trasparente, mancò a lungo. Roba che Sebastiano diventò maggiorenne e ancora non sapeva cambiare un canale. E non era tanto il fatto che non potevano permettersela, ma era proprio che a casa loro una cosa del genere non ci doveva essere: punto e basta.

«Noi Felline siamo per le cose serie, non per le porcherie. *Nui simu lavoratori*» catechizzava l'Ettore.

Fu solo per colpa sua se loro, i Felline, furono una della ultime famiglie in assoluto, tra Monteroni e dintorni, a comprare una televisione. La qual cosa, se su Sebastiano non fece alcun effetto – lui era nato e cresciuto in campagna, lo svago sapeva bene dove andarselo a trovare, se voleva – su Benedetta pesò come un fardello, per non dire come un'ignominia vera e propria. Che lei aveva pur sempre un animo sensibile e femminile, e non c'era niente di male se desiderava, dopo un'intera giornata di lavoro, combattere la monotonia della sera con una compagnia più originale del solito.

«*Nui simu lavoratori*» ripeteva invece il marito con il tono fintamente austero, e per la Benedetta c'era da mettersi la mano sulla bocca e contare fino a dieci, perché uno come lui, con un passato da giullare, da *malecàrne* di prima categoria, andava solamente preso a schiaffi quando provava ad atteggiarsi a persona seria. Certo, di mezzo c'era stato il matrimonio e il giuramento che l'Ettore aveva fatto a sua madre Carmela: la Benedetta sapeva anche questo. Sapeva cioè che quel giorno si era creato un sacramento speciale e che suo marito la testa l'aveva messa davvero sulle spalle, altrimenti non avrebbe saputo affrontare i dispiaceri con tanto coraggio, né si sarebbe preso cura della campagna come un vero Felline.

Morale della favola: la televisione no. E poteva farsene una ragione, anche perché l'avevano visto tutti com'era andata a finire l'ultima volta che lei si era messa in punta di piedi per rivendicare un diritto. Era andata a finire che peggio non poteva, in fondo.

Per aggiornarsi non le restava che aspettare la mattina, quando andava in paese a sbrigare faccende. E allora vai dal fornaio e compra il pane, passa dal fioraio e prendi i ciclamini da portare al cimitero – nel frattempo se n'era andata pure la Nadia, l'ultima nonna – gira dalla chiesa e fatti il segno della croce, vai di qua e vai di là, fai questo e fai quest'altro, vuoi o non vuoi, quando attaccava bottone con qualche amica il discorso finiva sempre lì: «A casa ce l'avete la televisione?».

«Chi, noi? No... magari!»

La televisione era un lusso e in genere le rispondevano che soldi da buttare non ce n'erano. Così la Benedetta tirava un sospiro: mal comune mezzo gaudio, pensava. Poi, però, non faceva in tempo a salutare che quelle la guardavano già con un'espressione sognante.

«Però ce l'ha compare Pici, dirimpetto a me» diceva una.

«Ce l'ha la Nunzia di via Vittorio Emanuele, quella che fa angolo» diceva l'altra.

«Ce l'ha il bar di fianco, che sta aperto fino a tardi» l'altra ancora.

Guarda caso, qualcuno con la televisione si trovava sempre, in pratica a Monteroni ce n'era almeno una per ogni strada, manco si fossero messi d'accordo, ed era una gioia vedere il vicinato che si riuniva dal compaesano di turno e s'incantava davanti a Carosello, ai mondiali di calcio, alle prime pubblicità, al Festival della canzone italiana.

«A proposito: ieri hanno fatto Sanremo, ha vinto Domenico Modugno. Hai sentito che canzone?»

La Benedetta scuoteva la testa, no che non poteva saperlo.

«Come no? Fa così: *volare oh oh, cantare oh oh oh oh...*» e cantando l'amica si allontanava, salutandola con la mano «*nel blu, dipinto di blu, felice di stare lassù*».

Era quando sentiva cantare melodie sconosciute, ma seducenti e delicate come il vento, che la Benedetta fremeva di una rabbia viscerale. Le veniva voglia di prendere il marito a pizzicotti, mentre nelle orecchie le risuonavano ancora quei versi dell'uomo che volava felice più in alto del sole e ancora più su.

Sebastiano, intanto, ogni volta che lo guardavi sembrava cresciuto di un altro centimetro. E quando diventò alto arrivò a saper fare molte più cose di suo padre e di sua madre, per non dire dei contadini che lavoravano da loro. Perché tra chi si occupava e si era occupato in passato della terra dei Felline c'era sempre stato chi sapeva mungere le vacche, chi coltivare gli ortaggi, chi raccogliere le olive, chi potare gli alberi, chi allevare i conigli e i tacchini, chi fare il vino, chi trebbiare il grano, chi piantare il tabacco e così via. Lui, invece, come i migliori antenati, sapeva fare tutto.

«Questo da dove è uscito?» si chiedevano i contadini. Conoscevano la laboriosità composta e moderata dell'Ettore, e quando vedevano lavorare il figlio, che invece era una forza della natura e al suo passaggio rivoltava la terra come un aratro, si strofinavano gli occhi dallo stupore.

"Attila" iniziarono a chiamarlo. E con quel soprannome andarono avanti a lungo: di mezzo ci passarono Einaudi Presidente della Repubblica, la morte di De Gasperi e di Togliatti, Coppi e Bartali eroi del Tour de France, papa Giovanni XXIII e il suo Concilio vaticano II, il primo governo di centrosinistra, la riorganizzazione dell'MSI, il sogno e la tragedia di Enrico Mattei, e quelli ancora a chiamare: «Attila, Attila: flagello di Dio!».

Vennero pure il Sessantotto e i moti studenteschi, ma allora i contadini si fermarono: forse d'un tratto si accorsero che ormai Sebastiano era diventato un uomo e meritava di essere chiamato per nome, o più semplicemente si stancarono di vederlo allontanarsi sgarbatamente, quando abbozzando un sorrisetto evasivo, quando sbuffando con insofferenza.

Smisero di chiamarlo in quel modo che Sebastiano aveva poco più di vent'anni e ancora nessun interesse per il mondo, all'infuori dai campi coltivati dei Felline. Nemmeno la notizia più sensazionale di quel periodo lo appassionò un minimo.

«Dice che ieri l'uomo è arrivato sulla luna» gli disse un giorno un contadino, mentre zappavano la terra.

Lui sollevò la testa, guardò in cielo, vide che la luna non era ancora comparsa e, senza dire una parola, riprese a zappare.

E meno male che una sera di agosto del 1970 gli amici decisero di prenderlo con le cattive e portarlo in spiaggia a festeggiare il San Lorenzo, che altrimenti c'è da ritenere che sarebbe rimasto "zitello" per sempre, proprio come "lo zio Egidio" che in famiglia l'Ettore e la Benedetta ergevano a esempio di tutto ciò che non bisognava essere nella vita.

Fu quella notte, sulla spiaggia di Porto Cesareo, dove lo portarono gli amici, tra le scie delle stelle cadenti, la baldoria delle chitarre, i sapori del vino e dell'arrosto, che Sebastiano conobbe la Anna Rosa Maiorano. Ed è inutile, adesso, soffermarsi su come andò precisamente: chi si avvicinò a parlare, cosa si dissero, chi ammiccò per primo o per ultimo. La storia ormai era cambiata, mica vogliamo pensare che pure Sebastiano e l'Anna Rosa patirono gli stessi tormenti dell'Ettore e della Benedetta, come se tutte le storie d'amore, per essere raccontate, debbano per forza essere fatte di segreti, rincorse appassionate, lettere romantiche, brame incallite e ostinazioni misteriose. Ogni amore nasce a modo suo e qua, per esempio, quello che possiamo dire è che si giocò tutto in uno sguardo iniziale: Sebastiano aveva gli occhi profondi, in questo aveva preso tutto dal nonno Oronzo.

Lui e l'Anna Rosa si guardarono a fondo e già in pochi istanti si dissero qualcosa che sarebbe bastato per tutta la vita. Poi cominciarono a ballare, la musica e il vino li trasportò lungo la notte, si divertirono così tanto che Sebastiano per qualche ora rimosse dalla testa la questione delle sacche perdute del nonno Oronzo e non pensò a nient'altro che all'Anna Rosa, che in confronto a lui era una ragazzina, esile di corporatura, con un viso grazioso e dei ricci voluminosi, che la facevano assomigliare alle bambole di porcellana che si mettevano sul letto delle bambine.

Solo alla fine della nottata, un momento prima che il sole risalisse l'orizzonte, lui le chiese: «Di dove sei?».

E lei, come se dicesse un'ovvietà, gli rispose: «Di Monteroni».

Sebastiano tirò un sospiro di sollievo, perché nelle orecchie aveva sempre la voce della madre che gli diceva: 'Ricorda: moglie e buoi dei paesi tuoi', e decise che a quel punto era fatta, nessuno avrebbe avuto niente da ridire.

Passarono i mesi. Per andarsi a prendere l'Anna Rosa dal paese il ragazzo rinunciò a qualche ora di lavoro, ma nemmeno a troppe. Semplicemente, per compensare, invece che alle sei cominciò ad alzarsi alle cinque. Poi, il primo dicembre di quello stesso 1970, in casa Felline successe una cosa incredibile, che nessuno avrebbe mai più dimenticato.

Quel giorno, la Benedetta compiva cinquantaquattro anni: un'età come le altre, certo. Ma stavolta l'Ettore – e non si capì mai cosa gli prese, visto che lì a casa non avevano festeggiato né i trenta, né i quaranta, né i cinquant'anni, anzi i compleanni non sapevano proprio cosa fossero – la bendò, la portò in cucina e le poggiò le mani su uno scatolone: «Apri» le disse.

Quella scartò il regalo come meglio poteva.

«E mo' togli la benda.»

La Benedetta si scoprì gli occhi e si mise a piangere come una bambina. Ancora non ci credeva, quanto l'aveva desiderata lo sapeva soltanto Dio: «Perché?» gli chiese solamente, mentre le lacrime le avvolgevano il mento.

«Ho pensato che era passato un po' di tempo dall'ultimo regalo» disse l'Ettore.

Lei non fiatò, ma pensò a quegli orecchini di argento ricevuti prima che scoppiasse la guerra, all'ultimo fiocchetto che aveva sciolto in vita sua, e pianse più forte.

«E poi ho pensato che se invitiamo a pranzo i suoceri di Sebastiano mo' non ci manca niente. O no!?» aggiunse l'Ettore, rivolto al figlio, che intanto girava attorno al televisore per capirne di più. «Anzi» concluse «digli di venire domenica, a pranzo, così ci presentiamo».

Sebastiano non rispose: improvvisamente era un pilota senza brevetto, teneva il telecomando in mano ma neanche la minima idea di cosa si dovesse fare per comandare la televisione. Capiva a pieno soltanto che il momento di far incontrare i suoi genitori con quelli dell'Anna Rosa era venuto, che i tempi stavano maturando in fretta e presto qualcosa di nuovo avrebbe fatto irruzione anche nella sua vita.

Il pranzo si tenne la domenica e non fu che un normale incontro tra due famiglie che stavano per apparentarsi per sempre. Tutto procedette secondo i rituali: i Felline furono colpiti dalla ragazzina carina ed educata dei Maiorano, i Maiorano dal ragazzotto serio e taciturno dei Felline. Per metterli a proprio agio, appena arrivarono, l'Ettore portò i consuoceri in giro per le terre. A tavola offrì tutti i prodotti agricoli della stagione e, cosa mai accaduta prima, pure il telegiornale della Rai, che commentarono insieme.

Il pranzo si concluse con i bicchieri al cielo: «Un brindisi per i nostri ragazzi» esclamò il Felline, gioioso.

E i Maiorano risposero: «Cin cin» facendo tintinnare il vetro.

La giornata proseguì immersa in un'aurea di beatitudine e i Maiorano l'avrebbero conclusa così come l'avevano cominciata, se non fosse che d'un tratto, sul più bello, proprio mentre si salutavano e si davano appuntamento a casa della futura sposa per la domenica successiva, la Benedetta se ne uscì dal nulla con un: «Devo solo avvertirvi di una cosa».

I futuri consuoceri la guardarono sorridenti, si aspettavano un'altra sviolinata.

«Mio figlio è un po' strano, come a tutti i Felline,» disse invece la Benedetta «ma penso che ve ne accorgerete da soli, è inutile dire altro».

Ora, non c'è dubbio che nell'esprimersi in quel modo la donna non volesse terrorizzare nessuno ma semplicemente dire quello che c'era da sapere sul figlio. Però sta di fatto che fece calare il gelo. I coniugi Maiorano ammutolirono insieme, guardarono la figlia come se fosse colpa sua, poi si voltarono e domandarono, quasi all'unisono: «In che senso, strano?».

«C'è tempo,» tagliò corto la Benedetta, ancora più oscura «c'è tempo».

I Maiorano si fissarono imbarazzati, poi fecero un ghigno di circostanza e decisero che era il caso di andare.

Quelle parole, a dire il vero, provocarono il vuoto pure in casa Felline. Non come il vuoto di quando la Benedetta aveva fatto tirare la quercia secolare, certo, ma sempre vuoto fu, nel senso che l'Ettore il colpo lo subì comunque e, se quella volta della quercia voleva strozzarla per il nervoso, stavolta sentì l'esigenza quantomeno di chiarire alcuni concetti di base. Lo fece la sera, mentre lei vedeva un film in cucina, si avvicinò alla televisione, la spense e la guardò in faccia: «La devi smettere con questa storia dei Felline».

«Quale storia?»

«La frase sul portone, da dove ti è uscita?»

«Mi è venuto di dire la verità.»

«E mo' devi dire tutto quello che ti passa in testa?»

«Sono cose che pensava tua madre. Ricordati che quel giorno pure io ho fatto una promessa.»

L'Ettore rimase titubante: «Quale promessa?» mormorò.

«Oggi, con tua madre a pranzo, ti dico io quante cose uscivano su di voi. Io mi sono tenuta calma» spiegò lei.

«E mo' che c'entra mia madre?»

«Tua madre, tua madre. Ti devo ricordare di quando ci siamo sposati? C'eri pure tu, no? Se oggi ho parlato è stato per tua madre. Per quel giorno.»

L'Ettore rimase muto per un po'. Si sedette di fianco alla moglie e fissò lo schermo nero. Poi riaccese la televisione e finse di concentrarsi sul film che trasmetteva la Rai, i cui attori, benché famosi, avevano dei volti a lui completamente sconosciuti. La Benedetta lo lasciò stare, tanto sapeva che era già andato altrove col pensiero.

Passarono due minuti e lui sentì un bisbiglio nell'aria, come se qualcuno lo stesse chiamando. La Benedetta era stata di nuovo rapita dal film, ma lui continuò ad avvertire quel soffio che si faceva sempre più assillante e non si capiva da dove arrivasse. Finito il film la moglie spense la televisione: «Vado a coricarmi, non vieni?» gli chiese.

«Mo' vengo» rispose lui, elusivo.

Rimase solo, e fu senza i rumori di sottofondo che finalmente afferrò ogni cosa alla perfezione: si ricordò di sua madre nascosta nella sagrestia, degli invitati che aspettavano sotto il sole, dell'amen con cui don Paolo aveva chiuso la celebrazione e invitato gli sposi a prendersi per mano e seguirlo all'uscita. Provò un brivido: anche se non c'era abituato, lo sentì risalire lungo la spina dorsale quando rivide la Carmela che chiamava a sé gli sposi per dirgli qualcosa che non avrebbero più dimenticato. Ricordò tutto come se stesse succedendo di nuovo.

«*Ps ps.*»

In chiesa non c'era più nessuno, a parte don Paolo che apriva la strada agli sposi e l'Armando Garimberto, il fotografo che invece la chiudeva, braccandoli con un treppiedi in mano.

«*Ps ps... ps ps.*»

L'Ettore e la Benedetta non si voltavano e la Carmela proseguiva imperterrita: «*Ps ps... ps ps... ps ps*».

Ad accorgersi di lei fu il fotografo, che indicò agli sposi la porta della sagrestia. Il prete si fermò al centro della navata, mentre marito e moglie, come ipnotizzati, tornarono indietro, verso la Carmela. L'Armando Garimberto, manco a dirlo, si mise a tallonarli.

«*Mena, intra!*» fece la Carmela spingendo gli sposi nella sagrestia «*Tie none!*» aggiunse sbattendo la porta in faccia al fotografo.

Quello, che come si sa era un tipo dall'imprecazione facile, sfoderò una delle sue bestemmie preferite, e allora: «Vergogna, nella casa di Dio!» lo sgridò la Carmela riaprendo indignata la porta «queste son cose da andare all'inferno!». Poi provò ad attirare l'attenzione di don Paolo, che era ancora incredulo in mezzo alla navata e gli indicò il fotografo come per accusarglielo. Per completare, sbatté la porta in faccia all'Armando Garimberto per la seconda volta: «E mo' zitto!».

Le servì qualche secondo per ricomporsi. Finalmente si trovava sola con gli sposi ma non attaccò subito col discorso che aveva in mente. Prima fece un'altra cosa, e per capirla meglio dobbiamo aggiungere che quel giorno la Benedetta era bellissima. Aveva il viso che brillava sotto l'effetto di un trucco vivace, boccoli e onde morbide per capelli, in mano un bouquet di calle che rilasciava una scia profumata lungo il cammino e addosso un abito raffinato confezionato dalla Giovanna Cazzella, migliore sarta del paese, arricchito con due dei suoi tocchi d'autrice: il castigato scollo a drappeggio e il lungo velo a cascata. Era un incanto, sembrava uscita da una fiaba. E alla Carmela fu utile tanta bellezza perché chiusa con gli sposi nella sagrestia, prima ancora di dire una parola, prese il figlio, lo girò verso la moglie e gli disse: «Stai vedendo quanto è bella? Mo' hai solo da mettere la testa a posto. Punto. Se vuoi meritarti tutto questo mo' non devi sbagliare più».

L'Ettore fece un suono strano, non si capì se avesse semplicemente annuito o pure deglutito.

«Devi prometterlo. A me, a tuo padre, a tua moglie e a te stesso. Prometti di mettere giudizio.»

Stavolta lui storse il muso e prese ad allungarsi l'orecchio destro. Non gli era chiaro quante promesse doveva fare. La Carmela capì che il figlio voleva temporeggiare e si spiegò meglio: mettere giudizio significava che non doveva più essere superficiale, stare tra le nuvole, assentarsi dal lavoro, inseguire le rondini. Al contrario, da quel momento doveva prendere le cose sul serio, lavorare con sacrificio, essere scrupoloso, curare la famiglia, la moglie, i figli che sarebbero arrivati. E poteva anche scherzare e perdere tempo, per carità, ma solo dopo aver fatto il suo dovere: «Insomma, voglio *nu cristianu 'ngarbatu,* serio, proprio come lo è stato tuo padre che ti ha voluto bene e ha rispettato questo matrimonio».

All'Ettore venne istintivo un colpo di tosse. Sull'ultimissimo punto aveva da fare più di un'obiezione ma non era lì che andavano affrontati quegli argomenti. Là fuori le persone squagliavano sotto il sole, bisognava sbrigarsi: «Va bene, però andiamo» fiatò con un passo verso la porta.

«Devi prometterlo mo', davanti a tua moglie!» lo riprese la Carmela, inflessibile.

Al che lo sposo non ci pensò più e obbedì. Fu come le volte in cui, da piccolo, sua madre gli intimava di tornare indietro e lui, pur avendo una voglia matta di fuggire all'aperto, invertiva il passo e rientrava desolato in casa.

«Te lo prometto, Benedetta. Lo prometto a tutti» disse chinando la testa, complice l'imbarazzo che lo rese incapace di reggere lo sguardo della sposa. La considerava una formula vuota, nel senso che sapeva soltanto lui cosa avrebbe fatto per sua moglie sin dal fatidico momento del "sì". Ma se tanto bastava a tranquillizzare la madre, allora via con le promesse ufficiali. L'importante era che il sipario calasse al più presto.

Solo che la Carmela ancora non voleva saperne: «Quanto a te, Benedetta, ascoltami. Forse dovevo dirtelo prima di sposarti, ma non volevo avere scrupoli verso mio figlio. Quindi te lo dico mo'».

Il disagio dell'Ettore si fece più grande.

«Razza strana» affermò la madre, a pieni polmoni.

La sposa corrugò la fronte.

«Non ti devi preoccupare,» proseguì la Carmela «essere razza strana è come avere una religione diversa. Questa è una famiglia a cui bisogna votarsi anima e corpo, come si fa col Signore. L'unico modo che hai per farcela è quello di abituarti in fretta».

L'Ettore diede uno strattone alla moglie.

«Fuori ci stanno aspettando» le rammentò.

Ma la madre non mollò la presa. Aveva ancora tanto da dire e, cosa peggiore, adesso pure la sposa dava l'impressione di non volersi schiodare prima di averla ascoltata.

«Non riesci a farli cambiare. Sono fatti così: *capu tosta,* o *capu te trozza,* come preferisci. Fai prima a cambiare tu. Ti dico solo che mio marito se torna dalla caccia col paniere vuoto va nella gabbia delle galline e ne spara un paio. *Pum pum,* fa così, e non si controlla più in quei momenti, se qualcuno si mette in mezzo è capace di spararlo, non gliene frega niente: vive in un mondo a parte, come a tutti i Felline. Non teneva neanche quarant'anni quando ha deciso di diventare zoppo e da allora sta sempre col bastone, pure se non gli serve. In paese raccontano che suo padre, il giorno che è morto, fino a cinque minuti prima dell'infarto provava a prendere il figlio in braccio e a lanciarlo all'aria. *Lu pigghianculu* lo chiamavano tutti, per quanto era scherzoso. O ti devo dire di mio figlio, il grande, che da bambino camminava come una gallina spennacchiata e non si capisce che gli è preso: mo' quasi non parla più, ogni giorno dice una parola di meno? Ciccio da piccolo faceva di più: collezionava le pietroline che stanno sotto terra, ne aveva riempita una botte, manco i diamanti. Poi, non contento, tirava qualche pianta e mordeva le radici per vedere il sapore, come a una pecora, anzi, un maiale. Mentre lui...»

L'Ettore tratteneva il fiato. Il diluvio era arrivato puntuale e stava per investirlo. Provava a capire cosa fosse preso alla madre ma non riusciva a darsi una risposta e se ne stava sgomento mentre lei parlava con una gravità mai vista, come se dovesse consegnare ai posteri un qualcosa di suo, guidata da una strana sensazione di urgenza, da un impellente dovere di giustizia nei confronti della nuora.

«Beh, l'Ettore, tu lo sai già, da piccolo è caduto dall'albero di ciliegie di Pinuccio Linciano e mo' ha una gamba che si addormenta pure tre quattro volte al giorno e deve prenderla a pugni per farla ripartire. Lui è il più strano di tutti, ed è meglio se mi fermo qui, che già mi fissa come a uno che vuole ammazzarmi. Fammela pure tu una promessa, Benedetta. Di amarlo. Che non c'è cosa più bella tra marito e moglie che amarsi e volersi bene. Non devi mostrare paura, devi essere generosa pure quando vedi che non cambia, anzi, quando ti accorgi che sei tu che stai cambiando e stai diventando come non vorresti mai essere: come loro. È che si presentano garbati, questi Felline, ma poi diventano spietati. Si prendono tutto, giorno per giorno, un centimetro alla volta. Ti sembrano indifesi ma capisci che sono gli altri a doversi difendere da loro. M'interessa solo che lo ami, non devi promettermi altro. Pure quando lui non fa quello che ti aspetti, quando ti sembra che gioca ma sta facendo sul serio e ti sembra che fa sul serio ma sta giocando, quando ti sorprende, ma solo con cose brutte, quando gli parli e non ti sente nemmeno e vive in un mondo tutto suo, dove tu non riesci a entrare. Ti sa prendere e togliere tutto nello stesso istante, ma amalo pure per questo. Che in fondo sono persone semplici, sono buoni dentro, magari sono un po' amari, ma restano buoni. Se sbagliano, sbagliano nel bene. E hanno questa natura che si portano di padre in figlio, questa cosa strana che sta dentro di loro. Si possono spiegare tante cose ma non si può dare una spiegazione a tutto. Loro sono razza strana ed è per questo che dipende molto da noi, da quelle come me e come te che gli stanno accanto. Allora me lo prometti?»

Senza smettere di fissare la suocera negli occhi, la Benedetta mosse la testa per annuire, lentamente.

La Carmela prese per mano gli sposi e li portò fuori dalla sagrestia: «Mo' andate, tocca a voi».

Don Paolo e l'Armando Garimberto erano spariti. Dalla piazza veniva un vociare sempre più insistente. Giunsero a pochi passi dal portone e, in quel momento, all'Ettore e alla Benedetta tremarono le gambe. Si abbracciarono e chiusero gli occhi fino al sagrato. La Carmela, nascosta dietro una colonna, fece un sorriso. Adesso si sentiva più leggera, libera dai pesi che le premevano sulla coscienza. Sapeva di aver detto tutto e ne era fiera.

«*Pureddhra*» all'Ettore, quella sera, venne da commentare così. Come se d'un tratto, dopo tanto ricordare, pure lui cominciasse ad aver paura di suo figlio e dei cromosomi dei Felline che vagavano dentro casa. «Tutto mio padre» sussurrò prima di prendere sonno.

Sta di fatto che, poveretta o no, tempo qualche anno di fidanzamento e pure l'Anna Rosa sarebbe entrata ufficialmente a far parte dei Felline. E va bene che qualunque genitore sulle parole enigmatiche della Benedetta ci avrebbe montato su un castello, messo in atto ricerche forsennate e disposto analisi estenuanti, ma il senso di disagio vero e proprio, in casa Maiorano, quella volta durò appena un giorno.

Già la sera dopo, l'Anna Rosa si presentò con Sebastiano e disse ai genitori di voler riprendere l'università da dove l'aveva lasciata, per laurearsi e poi sposarsi. E a loro l'idea piacque, eccome se piacque che questo giovane a quanto sembrava la stava influenzando positivamente: altro che un tipo strano. In quattro e quattr'otto aveva convinto la figlia a riprendere gli studi, cosa per cui la signora Maiorano aveva speso pletore di preghiere e fioretti in ogni salsa, senza mai cavarne un ragno dal buco.

«È uno con la testa a posto» conclusero allora i due coniugi, tirando un sospiro di sollievo.

Per finirli, quegli studi, all'Anna Rosa servirono un po' di anni ma nemmeno troppi: si laureò in lettere nel dicembre del 1973 e non aveva ancora fatto stampare in tipografia la tesi di laurea su Luigi Pirandello che già teneva pronte nel cassetto della scrivania le partecipazioni per il matrimonio. La proclamarono dottoressa e subito poté tirarle fuori e portarle ai suoi genitori che le accolsero con qualche lacrima. Stava concludendo un buon matrimonio: non c'era da dubitarne.

Si sposarono un anno dopo, dicembre 1974, nella chiesa matrice di Monteroni, là dove si erano sposati a loro tempo pure l'Ettore e la Benedetta. Solo che stavolta non faceva caldo, c'era un vento di tramontana che tagliava il viso in due e le signore, invece dei ventagli, tenevano dei foulard colorati stretti al collo.

E per carità, ognuno la poteva pensare a modo suo ed essersi fatto le impressioni che voleva, però Sebastiano, strano, lo era davvero. Di lui si poteva dire proprio tutto ma non che non fosse strano. Poteva essere un lavoratore imbattibile quanto vuoi ma di cose fuori di testa ne faceva in continuazione sin da quando era piccolo. E il problema, allora, fu forse che l'Anna Rosa non se ne accorse subito, e non vogliamo insinuare che sennò non l'avrebbe più sposato: sicuramente lo avrebbe sposato lo stesso, ma almeno sarebbe arrivata più preparata alla convivenza, conscia di quello che l'attendeva per il resto dei suoi giorni. Invece lei era ancora accecata dalla passione dei primi tempi, un po' ingenua come tutti gli innamorati. E come non se n'era accorta la notte di san Lorenzo in cui l'aveva conosciuto, così non se ne accorse durante gli anni di fidanzamento, quando lui la prendeva da casa per portarla nella Torre del Serpente e poi da lì in giro per il paese, a bordo di una Diane 6 color avorio. Né se ne accorse dopo, al momento decisivo, quando stava sull'altare, o quando partì con lui in viaggio di nozze, una settimana a Roma con la stessa Diane 6, che stavolta andava in ebollizione ogni cento chilometri, poiché le avevano chiesto troppo. Tantomeno se ne accorse, infine, quando era ormai sul letto di ospedale, in una domenica di giugno del 1975.

Perché fecero pronti e via: sposati e, tempo qualche mese, lei era già pronta a partorire. Con tanto di malcelato imbarazzo da parte di sua madre, praticante ossequiosa con un ruolo di spicco nel coro parrocchiale, che prima di addormentarsi faceva e rifaceva i conti col calendario alla mano, sperando ogni volta di essersi sbagliata. Invece no: i conti erano perfetti e la verità era che la figlia gliela aveva fatta sotto il naso ed era giunta già gravida al matrimonio.

«*Tisgraziata!*» frignava allora la donna, prima di spegnere la abatjour. E non faceva in tempo a chiudere gli occhi che subito le sembrava di vedere le facce malefiche delle colleghe del coro, pronte a sguainare il loro dispiacere bigotto, neanche fosse morto qualcuno, e a esclamare: «*Sorte noscia!* Ma com'è successo?». L'aveva cresciuta alle suore, elementari e medie, portata ogni sabato a confessarsi e ogni santa domenica a messa, fatta diventare insegnante di catechismo prima ancora di essere maggiorenne, e invece quella gliel'aveva fatta sotto il naso: ecco com'era successo!

«*Tisgraziata*» farneticava ancora, al buio.

«*Citta e duermi!*» le rispondeva seccato il marito quando proprio non ce la faceva più, dandole un colpo sul fianco, che lui la mattina doveva alzarsi presto per lavorare.

Tempo qualche mese, quindi, e nel giardino dei Felline spuntò un nuovo fiore. Accadde in una domenica di giugno del 1975 e Sebastiano già quel giorno fece qualcosa che superava ogni fantasia. Mentre sua moglie dava alla luce il loro primogenito, lui ne combinò una grossa davvero, di quelle mai viste.

Un colpo dentro, una spinta fuori, un colpo dentro, una spinta fuori, un colpo dentro, una spinta fuori: erano le quattro del pomeriggio e per un po' l'andamento della domenica fu questo. Poi i colpi dentro finirono, che quelli, si sa, per natura durano un po' meno, mentre le spinte fuori continuarono, colpa della stessa natura che le fece diventare più intense, dolorose, violente.

Nel magazzino dove si trovava con una mora che forse conosceva soltanto lui, Sebastiano finì di dare tutto se stesso. Lei, distesa su una balla di fieno, attorcigliò le gambe attorno ai fianchi dell'uomo, al culmine del piacere: «Domani ho da fare. A dopodomani: stesso posto, stessa ora» disse lui riprendendo fiato.

La donna si spinse in avanti col busto e lo abbracciò: «Va bene» fiatò ancora accaldata, baciandolo dappertutto.

Sebastiano si sentì mordicchiare la guancia e si ritrasse di colpo. Quante volte le aveva detto di non tollerare certe smancerie? Le passò i vestiti: «Sistemati, io torno a lavorare».

La penombra stagnante dello stanzino cominciava a nausearlo, ora avvertiva solo il bisogno di fuggire all'aperto. Si ricompose abbottonando la camicia e chiudendo la cinta. Con pochi tocchi risistemò i capelli e le lunghe sopracciglia che pettinava ogni mattina e infilò le scarpe.

D'un tratto capì di essere stato troppo rude e pensò che doveva addolcire i toni. La sua amante si era abbandonata di nuovo sulla balla di fieno e non voleva saperne di rivestirsi. Sebastiano, allora, le lisciò i capelli e si mise a contemplarla. C'era un filo di luce che si insinuava tra le grate della finestra per adagiarsi sul corpo di lei, esaltando la bella proporzione delle gambe e la solidità dei seni.

«La prossima volta...» sospirò la donna.

«La prossima volta...?»

«Sì, portami nella Torre la prossima volta. Me l'hai promesso.»

Sebastiano le sfiorò i capelli un altro po', di colpo più serio: «Non lo so, non penso. E comunque sei stata meravigliosa, come sempre».

Uscì dal magazzino con un calderone di pensieri nella testa e fu in quel preciso istante che l'Anna Rosa, in ospedale, diede un'ultima spinta ed emise un urlo che fece tremare i muri. Il corpicino del neonato le spuntò dal grembo, un pianto dolce invase la sala, il medico gettò i guanti e le infermiere si misero all'opera. Asciugarono il viso della madre, che aveva riaperto gli occhi, sollevarono il pargolo come un trofeo, lo lavarono, lo pesarono e lo avvolsero in un panno. Diventato un piccolo fagotto lo porsero alla donna.

«Quattro chili e due. Complimenti signora!»

Lei trovò, nonostante lo sfinimento, la forza di stringere il suo bebè, ne annusò la pelle e, quando una manina le si poggiò sul seno, pianse di gioia.

«Maschio o femmina?» domandò con un filo di voce.

«Guardi lei stessa» le sorrise l'infermiera.

Alzò lievemente la coperta e dai piedini che spuntarono per primi risalì fino al cordone ombelicale. Sbirciò due volte, per esserne sicura.

Richiuse e tornò a versare lacrime di contentezza.

In ospedale, Sebastiano ci arrivò soltanto qualche ora dopo e fu grazie a suo padre che lo andò a prendere, altrimenti lui sarebbe rimasto seduto ancora a lungo sotto la veranda, con la planimetria del feudo srotolata davanti agli occhi, alla ricerca di un nuovo punto in cui scavare.

Faceva caldo. Billy, il suo pastore tedesco, aveva trascorso il pomeriggio trascinandosi con la lingua di fuori da un lato all'altro della campagna. Era disteso accanto a lui quando cominciò a brontolare per segnalare che qualcuno si stava avvicinando a loro. Sebastiano scappò a nascondere il carteggio dietro la porta di casa, poi si mise in piedi al centro della veranda.

L'Ettore giunse senza fiato, aveva fatto più in fretta che poteva, il cuore gli era arrivato in gola. Sebastiano lo guardò attonito.

«Mi hanno chiamato dall'ospedale» bofonchiò il padre, prima di riprendere aria «prendi la macchina e andiamo» e ancora una pausa per nutrirsi di ossigeno: «Sbrigati!».

Sebastiano sussultò: «Dove andiamo?».

«Come dove?! È nato, non capisci?»

«È nato?»

«Tuo figlio, o tua figlia, non so. A casa non c'eri, hanno telefonato a me. Tua madre sta già là, manchi solo tu». L'Ettore provò a rimettersi dritto sulla schiena: «A proposito, dove stavi?».

A Sebastiano tremarono le pupille: «Lavoravo, no? Ma non doveva partorire domani?».

«Sembra che si sono rotte le acque in anticipo. Successe pure a tua madre, mi ricordo.»

«Maschio o femmina?»

«Non lo so.»

«Ma se è la prima cosa che si sa...?!»

«Non ho chiesto. Andiamo a vedere, no? E chiuditi la patta. Stai più attento, almeno quando pisci.»

E ci andarono.

'Maschio o femmina?' Sebastiano giunse in ospedale non pensando ad altro. Né seppe darsi una risposta quando sfilò dalle mani dell'Anna Rosa quel piccolo involto di coperte, senza capire la moglie dove trovasse ancora le forze per stringerlo così forte. Aveva tre peli contati in testa, una pelle pallida e screpolata, un odore lattiginoso, due manine che facevano impressione per quanto erano piccole, ma… 'maschio o femmina?' Provò a soffermarsi sui lineamenti.

«Gli occhi e il mento sono i tuoi. Una fotografia» gli anticipò la moglie.

Sia lui che l'Ettore inorgoglirono insieme. Su quel visino c'era tutta l'impronta dei Felline.

«Hai pensato a qualche nome?» si decise a domandare Sebastiano.

«Possiamo chiamarla Aurora. Ma se non ti piace facciamo Maria, un nome semplice, in onore a mia nonna» gli rispose la moglie.

Lui si perse nel vuoto. Sembrò che la neonata gli stesse scivolando dalle mani, l'Ettore lo aiutò a rimetterla tra le braccia della madre.

«Insomma? Che dici?» chiese l'Anna Rosa al marito.

«Va bene, sono d'accordo» fece lui, evasivo.

«Con quale?»

«Quello che hai detto.»

«Aurora?»

«Sì, quello. Mi piace» gli era rimasto un filo di voce, sprofondò su una sedia e si mise a fissare il letto di sua moglie.

«Deve avere un giramento di testa, oggi ha preso molto sole al lavoro» sdrammatizzò l'Ettore, ignaro di cosa stesse accadendo al figlio.

«Complimenti Anna Rosa, è stupenda!» disse la Benedetta accarezzando i capelli della nuora.

«Sì Aurora, sei bellissima!» esclamarono i Maiorano. I quattro nonni si strinsero in cerchio attorno alla neonata e si scambiarono pacche di euforia. Solo Sebastiano non fiatava più. Non sorrideva e non sentiva. Fissava il vuoto e basta. E fu così che accolse la nascita della sua prima figlia.

Capitolo sette

Il disordine durò a lungo. Un carattere così difficile ai Felline mancava dai tempi dell'Oronzo, e la teoria che i geni saltano sempre una generazione – vera o non vera – qui sembrava aver ricevuto la più secca conferma di sempre.

«Se nde la scuddhratu!» ripeteva l'Ettore, quasi a volersi giustificare, a dire che lui non c'entrava nulla, che di fronte alla genetica bisognava solo alzare le mani al cielo. Conosceva bene tutte le fasi lunari del capostipite e a volte, quando parlava col figlio, gli sembrava di riviverle una a una e di tornare indietro nel tempo.

Diverso il discorso per l'Anna Rosa, che l'Oronzo Felline lo aveva visto giusto in fotografia e dalla storia dei connotati ricevuti in eredità non ricavava nessuna consolazione. Sapeva solo che suo marito portava un eterno senso di malessere nel cuore. Ti faceva un sorriso e dopo un minuto tirava fuori una faccia da funerale, soffocava lo sguardo, non diceva più una parola.

«Che hai?» gli domandava lei.

E quello niente. Se ne andava a lavorare, inseguito da una paura che veniva da lontano, la sensazione che stesse per accadergli qualcosa di brutto e che in fondo niente avesse più un senso, nemmeno continuare a cercare.

"Cercare" cosa, poi?

Si fermava, gettava via la vanga. Con una mano grattava la testa dai capelli già radi e con l'altra stringeva i muscoli della nuca che sentiva duri e contratti: a quel punto gli sembrava che la vista si incrociava, le figure diventavano doppie, l'aria si intorbidiva, i polmoni si comprimevano.

Forse c'era un male dentro di lui. O forse il male era soltanto fuori, da anni, decenni. Lo aveva creato suo nonno, trascinandoli in una storia irreale o forse ce l'avevano scritto nel sangue, loro, i Felline, di essere infelici per forza, di non potersi mai accontentare di quello che avevano, di dover cercare sempre qualcosa di diverso. Di essere eternamente in lotta contro un nemico: anche adesso che nemici all'orizzonte non se ne vedevano affatto, e chissà che non fossero diventati invisibili o che potesse vederli soltanto lui.

Che non era più tempo di lotte al confine contro i Perrone per un muretto a secco, di malattie immaginarie e paure di morire da un momento all'altro, di fascisti che ti facevano entrare una figlia in casa e preti che cercavano di rubarti la terra, di fratelli che morivano e se non morivano diventavano fantasmi, di comunisti che ti lanciavano pomodori marci sul prospetto di casa, di invasioni barbariche di branchi di contadini e repressioni di Stato selvagge per fronteggiarle.

Non erano più quei tempi. Adesso c'era più pace, se così si poteva dire, più benessere. Vedevi la Benedetta che aveva fatto comprare al marito un divano da mettere di fronte alla televisione e, per la prima volta in vita sua, mentre guardava un film, si sistemava una sedia davanti e stendeva le gambe, aveva scoperto che in fondo a stare più comodi non si faceva peccato. Il mondo lo ricevevi in presa diretta, schiacciando un bottone, senza più bisogno di aspettare l'ambasciata del vicino o l'arrivo dei giornali, sempre se arrivavano. Aprivi la Rai e sentivi di far parte dell'Italia, cosa che a volte non ti rendeva nemmeno tanto orgoglioso, perché non si parlava solo di partite di calcio, Sanremo e varietà, spesso vedevi un giudice che ti saltava in aria, o una piazza, un treno, una stazione intera, e per il ribrezzo dovevi tapparti gli occhi e il naso, che la puzza di carne bruciata quando era tanta la sentivi pure dal tubo catodico.

I Felline cambiavano canale con la stessa rapidità con cui cambiavano i governi, e ancora non si erano spiegati per quale imponderabile legge della fisica si poteva votare per un partito o per un altro, ma sistematicamente ci si ritrovava alla guida dell'Italia sempre quelli della Democrazia Cristiana. Succedeva così pure a Monteroni, lì quasi quasi non serviva nemmeno votare: la gente entrava nei seggi e automaticamente imbucava schede con la croce DC, DC, DC come in una catena di montaggio. Ogni volta era un plebiscito, e ai comunisti – che dai democristiani si aspettavano di tutto, ma lo dicevano tanto per dire, mica lo credevano davvero – il dubbio che le schede fossero già votate venne solo molti anni dopo, quando ormai lo scudo crociato cadeva a pezzi e della stessa falce e martello non era rimasto che uno strato di ruggine.

Che poi, senza dover inneggiare sempre e per forza a un governo ladro e incapace, va dato atto che qualcosa di buono lo si faceva pure a Monteroni. Sì, è vero, ultimamente la criminalità stava crescendo, circolava una banda di giovanotti che si divertiva a ripulirti le case appena ti distraevi un attimo, ma non era certo per colpa della Democrazia Cristiana se non c'erano più la serietà e i valori di una volta. E avoglia a dire: *"Cu lu Duce 'ste cose nu succedìanu, se putìa tòrmere cu le finèsce e le porte pèrte"* a fare sempre i nostalgici della situazione. Che non era certo per il duce se prima si poteva dormire con le finestre e le porte aperte, ma per i tempi, che ormai erano cambiati e col benessere avevano portato nelle case una ricchezza materiale inaspettata, da custodire come prima non c'era alcun bisogno di fare.

La Democrazia Cristiana, a dirla tutta, non amministrava così male. Il sindaco di Monteroni, tale Giovanni Fortunato, aveva steso una rete di relazioni privilegiate tra vescovi, senatori e ministri che in paese presero a venerarlo meglio di un papa. E i risultati di quegli anni si videro eccome: in periferia, per esempio, fece costruire un velodromo con una pista di legno pregiato che non aveva eguali in tutto il Salento (a voler essere riduttivi). E non è campanilismo, basta chiedere in giro se si è mai visto un paesino ospitare una gara dei campionati mondiali di ciclismo su pista. No che non si è mai visto. Tranne Monteroni, certo, nel cui velodromo furono ospitati quelli del 1976, e fu un evento incredibile: il paese fu invaso dalle troupe televisive e dai campioni del ciclismo internazionale.

«*E ce bè, l'America?*» si chiedevano in piazza.

Persino l'Ettore, che di ciclismo non ne sapeva niente, quel giorno prese la Benedetta e la portò a fare un giro. Non si trattava di vedere la gara o il campione italiano Moser di cui parlava la televisione e scrivevano i giornali, ma di assistere allo spettacolo irripetibile del suo paese invaso dal resto del mondo. La condusse per mano fino al velodromo, in una lunga passeggiata come non ne facevano insieme da quando erano giovani. E lei lo apprezzò molto, non capì nulla della gara e delle bici che sfrecciavano indemoniate sul legno pregiato, o dei giornalisti che d'un tratto cominciarono a urlare: «Ha vinto Moser, ha vinto Francesco Moser!».

Le interessò solamente sentirsi vicina al marito, lo stesso marito che invece avrebbe voluto strozzare non più tardi di tre mesi dopo, quando la Democrazia Cristiana ne fece un'altra delle sue e si sognò di portare il cinema a Monteroni. Stavolta fu la Benedetta a smaniare per andarci, ma non ci fu verso.

«La televisione basta e avanza» le disse l'Ettore «e hai pure il divano, altro che cinema!».

Sebastiano, invece, rimase imperturbabile a tutto, ai mondiali di Moser, al cinema, alla DC: a ogni cosa. C'era solo quella guerra interiore, quella lotta che non finiva mai e gli amplificava il rumore di tutto. C'era lo scirocco che arrivava dritto dall'Africa ad agitare le fronde e togliere il respiro, l'umidità che entrava nelle ossa e le faceva scricchiolare. E i parenti o le sagome dei vicini, che vedeva nere e le immaginava stagliarsi una a una come macchie sull'orizzonte in cui si specchiava la terra, la sua terra rossa che quando pioveva si impastava con l'acqua, e allora gli sembrava di vederlo di nuovo, il sangue dei Felline che scorreva tra gli anfratti, i sassi, le radici e, se non scendeva nei pozzi, risaliva fino alla Torre, a quell'impalcatura di pietre che sembrava l'inizio e la fine di tutto, anche ora che si era un po' sgretolata.

L'arrivo dei figli non cambiò nulla. O almeno quello della prima, che per adesso c'era soltanto lei. Prima che nascesse l'Aurora, Sebastiano faceva una caccia al tesoro disperata; dopo che nacque l'Aurora continuò a fare la stessa caccia al tesoro disperata. E non importava che quelle banconote ormai non avessero alcun valore, che l'inflazione e la svalutazione se le fossero divorate fino all'ultimo centesimo, meglio ancora della muffa. Era una guerra, punto, e andava combattuta fino in fondo, proprio come provò a fare, per esempio, il giorno stesso in cui nacque la sua primogenita.

Quel giorno, rientrato dall'ospedale, Sebastiano andò a scavare una buca sotto a *Lu disgraziatu,* dove la settimana prima aveva trovato un legno spezzato nel terreno.

Era sera e l'aria si era infreddolita, c'era un vento di ponente che sferzava le fronde e le smuoveva ogni volta come se starnutissero. Billy gli si attaccò ai talloni senza essere invitato, ma almeno gli tenne compagnia tra i viali deserti della campagna.

Lu disgraziatu, non lo abbiamo ancora detto, si chiamava così grazie al nonno Oronzo. Non era tanto per il suo aspetto scheletrico, quanto per il ragionamento che, se davvero Perrone padre e la sua banda di teppistelli di confine non c'entravano nulla, allora non restava da ipotizzare che fossero i demoni, la notte, ad avvelenarlo e ridurlo in quel modo.

Fu lì a fianco che Sebastiano cominciò a scavare: un, due, tre e quattro. Un, due, tre e quattro. Un, due, tre e quattro. Dopo un'ora di fatica ricavò una fossa così grande che ci sarebbe entrato per intero, ma di sacche sepolte sotto terra neanche l'ombra. Sfinito, buttò via la vanga e sedette sul bordo della grande buca, lasciando penzolare le gambe nel vuoto. La luna era velata da un sipario di nuvole che il vento trascinava e appiattiva verso l'orizzonte. Poggiò la torcia per terra, che involontariamente andò a illuminare il cubo di viscere sotterranee. Pensò al fatto che non poteva trovare conclusione più degna a quella giornata e decise che era il momento di andar via, forse dormire lo avrebbe aiutato.

Si rialzò ma s'inchiodò a metà e rimase sospeso per qualche secondo. Strofinò gli occhi, puntò meglio la torcia e, con un guizzo, saltò dentro la buca e ricominciò a scavare. Aveva visto qualcosa di strano e ne ebbe la conferma quando fece una sorta di cunicolo nella parete di terra e c'infilò il braccio. Quello che tirò fuori non fu un sacco pieno di soldi, ma un qualcosa che assomigliava molto a un teschio. Lo illuminò sbigottito, poi lo sfregò con le mani per ripulirlo. Cercò di capire cosa fosse il cubetto di terra che rimaneva incollato al centro e non voleva saperne di scrollarsi. Grattò finché il dito non gli rimase incastrato dentro.

C'era un foro, su quel teschio. Puntò di nuovo la torcia nel tunnel.

Rimase impietrito: non gli sembrava vero.

Pensò a quanti anni erano passati da allora, eppure ce l'aveva davanti. Era lui, adesso non c'erano più dubbi: «Aristalco» blaterò con un nodo alla gola.

La cosa incredibile di quel giorno, quindi, fu che Sebastiano, invece di un tesoro perduto, a poco a poco fece riemergere dal sottosuolo le ossa del cane di suo nonno Oronzo. Ciò che rimaneva delle zampe anteriori, posteriori, le vertebre, le scapole, le costole dell'animale. Completata la riesumazione, risalì e sedette accanto a quei resti. Si interrogò solo allora sul senso di ciò che aveva appena fatto, sul perché si fosse preso la briga di disseppellire un vecchio scheletro trovato lì per caso. E un motivo valido non esisteva, semmai era una conferma in più di quanto fosse diventato bacato e di come tutta quella ricerca avesse finito col logorargli la ragione.

Il bello, però, venne quando ridiscese nella fossa per conservare l'animale. Riposizionò le ossa nel cunicolo, una per volta. Poi andò a prendere l'ultimo pezzo ma toccò soltanto granelli di terra. Rialzò la testa, il cranio era sparito. Si guardò attorno: c'era Billy, nelle vicinanze, che lo fissava come a domandargli cosa facesse ancora là dentro. Poi solo sagome indefinite di alberi e di cespugli, qualche rapace notturno che emetteva i suoi richiami e...

«Billy?!»

Sebastiano illuminò il cane. Provò un senso di orrore quando vide la testa di Aristalco tra le mandibole del suo pastore tedesco.

«Bastardo di un cane!» e «fermo, vieni qua!... Se ti prendo ti ammazzo!... Te la faccio pagare, maledetto!... Questa è l'ultima volta: giuro che ti faccio morire di fame!» e quante altre cose si dicono a un cane che non vuole saperne di farsi prendere.

Sebastiano ci provò in tutti i modi: avvicinandosi con le buone, evitando movimenti bruschi e modulando la voce nel modo più rassicurante possibile, correndo anche lui come un pazzo, tentando di afferrarlo per la coda, tirandogli in testa i frutti raccolti lì per lì da un albero. Ogni volta che sembrava a un passo dal prenderlo, però, Billy faceva una finta e guizzava via scodinzolando, che un gioco più divertente sembrava non averlo mai fatto.

Alla fine Sebastiano si arrese. Lo fece sul tentativo più disperato: Billy stavolta era vicinissimo, lui decise di tuffarsi ma al buio non valutò l'ostacolo che c'era davanti e andò a sbattere, non sul cane, ma contro il ramo di un ulivo, per poi ricadere in terra con un bernoccolo in testa. Non provò più ad alzarsi, ormai era sporco e sfiancato, la milza gli esplodeva, il torace si gonfiava e sgonfiava convulsamente.

Si rannicchiò e strinse l'addome per il dolore. Billy si era fermato a pochi metri da lui, e fu lì che per Sebastiano arrivò il momento più brutto della giornata, perché non si trattò più di vivere una delusione, ma di provare un terrore come non gli era mai accaduto. I denti di un cane grattarono sul cranio di un altro, e lui si sentì umiliato come se avessero appena profanato la tomba del nonno Oronzo. Chiuse gli occhi e sperò che tutto finisse in fretta.

Li riaprì dopo un po', pensò di essere svenuto. La luna sembrava adagiata ancora sugli stessi rami, non era passato molto tempo. L'unica differenza era che adesso tremava di freddo: il contatto con la terra umida lo aveva intirizzito.

Si rimise in piedi a fatica e mosse i primi passi. Billy era sparito. Bestemmiò e sputò la terra che gli era rimasta in bocca e pensò che una giornata così non l'avrebbe più scordata.

«E non la dimenticherai nemmeno tu, Billy di merda!» ruggì trascinandosi verso casa «Ti faccio vedere io che vuol dire riempire una fossa!» concluse un momento dopo, premendosi il ventre per il dolore.

Si risvegliò, anche la mattina dopo, con la stessa insoddisfazione, il solito senso di incompiutezza.

Per un po' di anni la vita non raccontò altro, a lui come ai Felline, e a chissà quante altre persone in fondo. Era che forse stavano venendo giorni più noiosi, che la televisione – questa benedetta televisione attorno alla quale ormai ruotava il mondo – poteva darti una compagnia infinita ma niente ti restituiva più il sapore fresco dei racconti fatti dai vecchi cantastorie seduti sull'uscio di turno, che se parlavano del mare ti sembrava di stare in spiaggia e di sentire il rumore delle onde nelle orecchie, così come se parlavano di un piatto di insalata di pomodori ti facevano sentire il profumo dell'olio, del basilico, dell'origano sul tavolo. Questa modernità poteva essere pure il regno del benessere ma non c'era più il calore di una volta, forse tutto era diventato un circuito con un'unica direzione, una musica con la stessa nota.

L'Ettore il cambiamento lo vedeva ogni giorno, ma si sforzava di non dargli troppa importanza. L'unico momento in cui non riusciva a far finta di nulla era quando in campagna arrivavano nuovi attrezzi per coltivare i campi. Allora, inevitabilmente, pensava a suo padre Oronzo e a come il buonuomo avrebbe reagito se gli avessero detto che, invece di picchiare con una zappa per terra, adesso bastava tirare una leva o girare un manubrio. E chissà, poi, cos'altro avrebbe fatto se avesse saputo che i Perrone, lì accanto, non c'erano più. Avevano abbandonato la campagna perché coi tempi che correvano non valeva più la pena di prodigarsi per così poco, ed erano emigrati altrove in cerca di fortuna, nelle città del Nord, Milano, Torino, Genova. Il muretto a secco, un tempo conteso come se fosse di diamanti, era stato dimenticato da tutti, e quel metro di confine in più o in meno sul quale l'Oronzo Felline e Pantaleo Perrone avevano costruito la loro storica rivalità non valeva nulla, non era più un metro di desideri, di passioni, di lotte, di vendette, ma era diventato un metro di vuoto e di oblio.

Era rimasto soltanto l'Ettore a rompere il silenzio. Ogni tanto ci andava per scrutare le terre deserte dei Perrone e lanciava un grido, lo stesso che da piccolo faceva coi suoi fratelli. Solo che stavolta non rispondeva nessuno, così staccava una pietra dal muretto e la tirava oltre il confine, nei campi nemici, ripetendo il gesto che un tempo faceva da preludio a ogni battaglia. La pietra ricadeva sulla terra morta e lui, in quel momento, sentiva un tonfo nel cuore, immaginava che qualcuno sbucasse da dietro i rami e lo inseguisse da una parte e che l'Egidio e Ciccio, invece, giungessero dall'altro lato per difenderlo. Restava fermo così, ad aspettare. Quando capiva che non sarebbe venuto nessuno si girava e tornava indietro, lasciandosi tutto alle spalle, il muretto, le grida, le rincorse, i ricordi.

Un bel giorno arrivò la notizia che l'Anna Rosa era di nuovo incinta. Stavolta la donna non perse un attimo: chiamò suo marito in disparte, lo abbracciò e gli respirò nell'orecchio, emozionata.

«Aspettiamo un altro bambino.»

Lui la strinse a sé. Poi le baciò la guancia e tornò a lavorare. L'Anna Rosa sperava che con quella notizia gli avrebbe dato nuovi stimoli, e in un certo senso ebbe ragione. Sebastiano infatti iniziò quel giorno stesso a fare il conto alla rovescia. E non per il desiderio che arrivasse in fretta l'ora x – che al contrario andava procrastinata il più possibile poiché lui dava già per scontato che sarebbe nata un'altra femminuccia – ma semplicemente per la paura di come avrebbe reagito di nuovo davanti al letto d'ospedale, davanti alla moglie che gli porgeva un altro fagotto.

Meno otto, sette, meno sei, meno cinque, meno quattro. L'angoscia diventò sempre più palpabile. Poi, ai meno tre mesi, in ospedale ci dovette tornare: ma in anticipo e per una storia completamente diversa.

Stavolta si invertirono i ruoli. Fu Sebastiano ad andare a casa del padre per metterlo al corrente dell'accaduto, era una questione delicata, di quelle che al risveglio non solo non si mettono in preventivo ma si pensa siano l'ultima cosa al mondo che potrà succedere. E invece era successa. I Felline, in fondo lo abbiamo capito, avevano questa rara attrazione per le fatalità, le cose più inaspettate prima o poi dovevano succedergli tutte. E allora sembra di avercela ancora davanti la faccia che fece l'Ettore quel giorno di fronte alle parole del figlio: rimase ammutolito, mentre Sebastiano spiegava di aver appena ricevuto una telefonata dall'ospedale con cui comunicavano che il signor Egidio Felline era stato ricoverato d'urgenza per un'embolia polmonare.

«E come sono arrivati a noi?» chiese l'Ettore.

«A Monteroni di Felline non ce ne sono altri. Che vuoi fare?»

Il padre rimase a lungo in silenzio: «Andiamo e mettiamo le cose in chiaro una volta per tutte» affermò all'improvviso, ma si alzò con un'indolenza mai vista, che in realtà non sapeva nemmeno lui cosa ci fosse più da chiarire, né ricordava se erano passati dieci, venti o trent'anni dall'ultima volta che si erano visti, da quando aveva agguantato il fratello per il bavero per scaraventarlo a terra e rotolarsi con lui.

Giunsero nel reparto di terapia intensiva dell'ospedale di Lecce e l'Ettore si sentì subito mancare l'aria. Il fratello era irriconoscibile: il volto bianco e scarnificato, pochi capelli in testa, una maschera d'ossigeno sulla bocca e le flebo al braccio. Lungo il tragitto aveva pensato di poterlo di nuovo prendere per il collo, ma a vederlo così quel disgraziato faceva pena, gli si poteva al massimo recitare una preghiera in suffragio.

Sebastiano capì che toccava a lui, anche se ne avrebbe fatto volentieri a meno. Si accostò all'orecchio dello zio e gli parlò come non aveva mai potuto fare.

«Mo' puoi dircelo. Li hai rubati tu i soldi del nonno?»

Quello scosse il capo. Il battito gli aumentò all'improvviso.

«Lascia perdere. Cambia discorso» disse l'Ettore.

Sebastiano si grattò il capo, come a chiedersi di cos'altro potesse parlare.

«Ci hai fatti chiamare tu?» domandò.

L'Egidio fece di nuovo no con la testa. In effetti era stata un'idea del medico, lui non c'entrava niente.

«Possiamo almeno aiutarti in qualche modo, hai bisogno di qualcosa?» era una domanda sincera, e forse l'Egidio lo capì pure, perché mosse di nuovo la testa per dire di no ma sotto la maschera fece un respiro più profondo ed emise un suono disordinato, come un "grazie".

L'Ettore rimaneva una statua, pietrificato davanti alla figura del fratello.

Sebastiano si avvicinò per un'ultima volta all'orecchio dello zio: «Vuoi che ce ne andiamo?» gli chiese.

L'Egidio stavolta non rispose, neppure col capo. E non si sa perché – ognuno in fondo interpreta i silenzi sempre come gli fa più comodo – ma loro considerarono quel silenzio come un assenso. D'altronde era anche vero che l'Egidio quando voleva rispondeva di no, quindi avrebbe potuto farlo tranquillamente pure stavolta. Sta di fatto che padre e figlio, lentamente, si rialzarono e uscirono dalla stanza. Passarono dal medico, il quale confermò che la situazione era critica e il paziente era appeso a un filo e poi se ne tornarono a casa convinti di non doverlo mai più rivedere, senza porsi nemmeno lontanamente il dubbio che potesse farcela poiché, ciò che avevano visto coi loro occhi, bastava a scongiurare ogni ipotesi di salvezza.

L'unica cosa è che non avevano considerato che l'Egidio era un Felline. Ormai lo reputavano un corpo estraneo, altrimenti forse avrebbero ragionato diversamente, riflettuto sul fatto che i Felline erano contro ogni normalità, morivano quando non dovevano e campavano quando chiunque li avrebbe dati per morti, facevano sempre il contrario di quello che il mondo si aspettava da loro. E l'Egidio, alla fine, campò. Anche di fronte a quell'attacco tremendo, a quel colpo di accetta che avrebbe steso chiunque. La spuntò di nuovo per un filo, ma non fu esattamente come la volta in cui era tornato dalla guerra, quando tutti, di nuovo, lo avevano dato per spacciato e invece si era salvato per miracolo. Stavolta più che un atto di grazia fu un ritorno in vita vero e proprio, una risurrezione perché, a vederlo, stava già con oltre un piede nella fossa e non esageriamo se diciamo che gli mancava solo l'estrema unzione. Eppure non morì.

Fece così perché era un Felline, e se lo disse pure la Benedetta nel giorno in cui sentì arrivare un'ambulanza nelle terre accanto e da lontano vide un uomo sostenuto da due infermieri rientrare in casa pian piano, sui suoi stessi passi. Non più di un paio di settimane prima, al ritorno dalla visita in ospedale, l'Ettore le aveva confidato che al fratello restavano solo poche ore di vita. Allora lei sospirò e pensò di nuovo alle parole della Carmela, al fatto che in quella famiglia erano fatti così, razza strana, e che bisognava mettersi l'anima in pace. Si potevano spiegare molte cose in natura ma non si poteva dare una spiegazione a tutto. E quando l'ambulanza andò via si promise di non arrovellarsi più il cervello con certi argomenti, sennò ogni volta finiva per imboccare labirinti senza uscita che la facevano star male, mentre lei invece non desiderava altro che vivere serena e pensare alle cose belle che la vita poteva ancora regalarle, nient'altro che a quello.

Una di queste cose belle arrivò tre mesi dopo, quando nacque la sua seconda nipotina. Femmina, manco a dirlo. Fortuna però che Sebastiano stavolta seppe dominarsi e non creare momenti di imbarazzo in ospedale. Prese la neonata in braccio, si sforzò di farle il commento più dolce che potesse: «Quanto è carina» disse e la rimise tra le braccia della madre con il ghigno di uno che aveva capito tutto della situazione. Aveva capito, cioè, che il destino si stava prendendo gioco di lui, e più spasimava per avere un maschio più gli rifilava delle femminucce. E di nuovo si era convinto che tutto partisse da lì, dal peccato originale del nonno Oronzo, da quelle maledette sacche perse nel vuoto che avevano alterato l'equilibrio del mondo.

Per la scelta del nome da dare alla nuova arrivata l'Anna Rosa sembrò di nuovo indecisa. Il dubbio stavolta fu tra Maria – che poi era il nome della nonna che non era riuscito a dare alla primogenita – e Cristina. La spuntò ancora una volta il secondo nome, e in molti capirono che questa Maria la gettava nel calderone solo per tenere in considerazione i genitori, ma a conti fatti non le interessava neanche un po'.

Il tempo continuò a sciuparsi inesorabile. Sebastiano lo trascorreva svegliandosi all'alba ed entrando nei campi per curare le coltivazioni. Di tanto in tanto faceva delle brevi riunioni col fattore per discutere dei rendimenti agricoli, al termine delle quali proponeva di ordinare sempre nuovi alberi.

«Non c'è più posto. Il frutteto è pieno zeppo, finisce *ca se 'nfoca*» osservava il fattore.

«Li mettiamo sul viale» replicava lui, lasciandolo freddo sul posto.

Poi faceva un giro di perlustrazione con Billy che, pure se anziano, ancora lo seguiva con disinvoltura. Contava gli alberi al confine – quell'abitudine non l'aveva mai persa – scivolava nell'entroterra e proseguiva in un percorso a zig zag tra salici, ulivi, pioppi, ciliegi, mandorli e ogni altra varietà immaginabile, scandagliando metro per metro il suo dominio. Non appena trovava una mezzora libera si sceglieva un punto e scavava una buca. Non trovava nulla e se ne tornava a casa affamato e di cattivo umore.

Il miglior pranzo era quando l'Anna Rosa bandiva la tavola con il vino rosso di produzione propria e i piatti fumanti di maccheroni e orecchiette al sugo. All'estremità del tavolo ci piazzava pure due marmocchie che strillavano inesauste e avevano raggiunto l'età giusta per fare la guerra con le posate. Sebastiano pranzava sempre in fretta. Si tratteneva solo se la moglie gli preparava la *cupèta*, il dolce di mandorle e zucchero di cui andava ghiotto. Riposava un'oretta tra la cagnara delle bambine che adesso si contendevano le bambole regalate dal nonno Ettore, delle quali non rimanevano che degli insulsi pezzi di stoffa e plastica deformata. Quando non ne poteva più dei rumori si rialzava, prendeva un caffè e tornava al lavoro.

La sera, a volte, prima di rientrare a casa si affacciava a occidente, sul lato dell'Egidio Felline. Restava immobile davanti al silenzio di quelle terre, mentre i pensieri più tristi risalivano a galla. Si congedava con uno sputo per terra, maledicendo suo zio e tutto ciò che rappresentava.

«Fottuto coglione che non sei altro» diceva, col cuore «fottuto, fottuto e fottuto!» e con quel ritornello proseguiva fino all'indomani. Anzi, c'erano volte che il nervoso rimaneva a covargli dentro per giorni interi e l'unico modo per liberarsene era prendere il fucile e andare a sparare agli uccelli.

La caccia era un'altra delle passioni ereditate dal nonno Oronzo, il quale però aveva ben altra mira e da giovane era considerato uno dei migliori cacciatori di beccacce in circolazione, roba da andar rinomato nelle paludi di tutto il Salento per l'implacabilità dei suoi colpi.

Sebastiano, a dire il vero, non badava più di tanto ai leggendari colpi di caccia dell'Oronzo Felline. Lui, ormai, quando pensava ai colpi del nonno, lo faceva solo con riferimento a un'altra categoria: quella che non lo faceva dormire la notte. Dal nonno Oronzo poteva pure aver preso malumori, espressioni, amori, paure, passioni e tradimenti, ma non aveva preso certo la cosa più importante, la prole. L'O-ronzo, tre colpi, tre maschi. Lui, tre tentativi, tre femmine: Aurora, Cristina e Giada.

Eh sì, perché tra l'andare avanti e indietro tra i campi, fare un colloquio col fattore, piantare un altro albero, mangiare un piatto di maccheroni al sugo, addolcirsi con la *cupèta*, dannarsi l'anima al confine con lo zio Egidio e sfogarsi sparando a un fagiano, era nata la Giada, la terzogenita. Era arrivata col freddo umido di febbraio e adesso aveva appena due mesi. L'Anna Rosa la teneva ben raccolta in casa ma già pregustava il momento in cui avrebbe potuto cullarla sotto la veranda, a pochi passi dal sole.

Era la primavera del 1981 e sui viali della villa cominciava a crescere un esercito di spighe, i camion di frutta finivano di macerare le foglie secche, i profumi non tacevano più, gli ulivi si riempivano di boccioli pronti a fiorire.

La donna accudiva le sue bambine nel soggiorno di casa, dove aveva steso panni e coperte per farle giocare insieme. Ogni tanto, da lì, passava il loro papà: lo sentivano arrivare dal rumore degli stivali. In genere, dava una carezza e andava via, ma a volte loro lo tiravano per la giacca perché volevano che raccontasse una storia. Lui si guardava attorno, finché da dietro la porta non riconosceva gli occhi di sua moglie che gli ricordavano di non poter sempre scappare via: «Solo due minuti, però» avvisava allora, sedendosi accanto alle bambine.

Non erano fiabe di fate e guerrieri. Le storie di Sebastiano odoravano di terra. Contadini dal sudore rappreso sulla fronte, arcuati al solleone, amori belli, nati tra i frutti, briganti che rubavano i raccolti, figure mitiche che la notte percorrevano i campi cospargendoli di polveri fertilizzanti, rivolte furibonde contro i padroni, malattie contagiose portate dai topi e piante miracolose per guarirle. Erano le leggende di papà Ettore, a loro volta tramandate dal nonno Oronzo: Sebastiano le narrava con fierezza, mentre l'estasi si impadroniva dei volti delle figlie.

Un giorno, sul «così vissero felici e contenti» – quando fai un racconto a una bambina puoi metterci pure i personaggi e le morali che vuoi, ma non puoi certo sognarti di farti mancare il lieto fine – l'Aurora lo tirò di nuovo per la giacca. Sebastiano era già in piedi: «Che c'è?» chiese «l'altra ve la racconto domani».

La bambina però continuò a tirarlo, non voleva che andasse via: «Papà» disse poi fissandolo con i suoi occhi neri «raccontaci una storia vera».

Sebastiano rimase stupito dalla richiesta. Si guardò intorno, indeciso come al suo solito. L'Anna Rosa non c'era e lui avrebbe potuto tranquillamente liberarsi dalla presa della bambina e tornarsene al lavoro. Eppure non lo fece: pensò a cosa potesse essere una storia vera. Improvvisamente lo travolse un'idea. Si sedette di nuovo accanto alle bambine e ricominciò daccapo. Disse che era la storia di un signore realmente esistito, di cui non ricordava il nome. Un giorno, questo signore, aveva deciso di non tornare più a casa, aveva messo tutti i soldi in un sacco e se n'era andato in un posto lontanissimo dove nessuno lo avrebbe più trovato. Nella campagna in cui aveva vissuto tutto si era fermato per sempre, come in una fotografia. Adesso la casa era un intrigo di polvere e di abbandono, i mobili erano diventati stalagmiti e i lampadari stalattiti. Nel vecchio studio l'aria si era fatta stagnante come nel sottocoperta di una nave mercantile e tutto manteneva l'ordine cristallino di un tempo: c'erano sempre i dodici fucili da caccia appesi sul camino, il grande armadio con i cappotti invernali di allora, ancora incellofanati, l'orologio a cucù attaccato al muro, il memorabile *càntaru* nascosto sotto il divano, l'ombrello dal manico in ferro battuto e gli animali di bosco imbalsamati sui ripiani vicini al soffitto. Anche l'inseparabile bastone era rimasto lì, con il pomello dorato, in un contenitore di latta. Nel cortile, poi, resisteva addirittura un blocco di ruggine su due ruote, che un giorno era stato il suo storico calesse, e accidenti se non lo conoscevano tutti in paese il calesse di quel signore di cui non ricordava il nome. Tra i viali e le piante si scorgevano invece le vecchie *capàse* di terracotta usate per raccogliere l'olio o il vino, mentre le corde ingiallite, dove si intrecciavano i grappoli di pomodori per la stagionatura, se ne stavano inchiodate ai muri dei magazzini.

«Ah, e poi aveva una pipa, una pipa... aspettate» Sebastiano si alzò e andò a prendere da dentro un cassetto la vecchia pipa del nonno Oronzo. «Eccola qua: una pipa che era proprio così, con una scheggiatura sulla punta. Attente a non perderla.» La diede alle figlie che cominciarono a contendersela come facevano con le bambole, dimentiche del fatto che la storia, in realtà, non era affatto terminata.

Lui ne approfittò, aveva pensato di parlare pure dei figli di quel signore, della ricerca inutile, di come la vita da quel giorno era cambiata. Vide però che le bambine non lo pensavano più e senza preoccuparsi si rialzò e uscì dalla stanza. La Cristina e l'Aurora giocarono un po' con la pipa: la prima ci soffiò dentro, convinta di fumarla, la seconda se la poggiò in testa come se fosse un cappello. Poi la dimenticarono e dopo un po' l'Anna Rosa passò a rimetterla al posto, chiedendosi cosa ci facesse per terra.

Quel pomeriggio Sebastiano non tornò a lavorare, era una cosa che accadeva di rado: sentiva il bisogno di respirare, di stare solo con se stesso. Fece una lunga camminata nei campi fino a raggiungere la Torre del Serpente e si mise là, al solito posto, sui massi diroccati all'ingresso. Rimase in silenzio per molto tempo a contemplare il monumento di roccia, poi, d'un tratto, lo vide e il cuore gli salì in gola.

Era da tanti anni che non gli passava così vicino. A quei tempi suo padre lo accompagnava alla Torre per raccontargli della guerra e di cosa era successo alla loro famiglia. Ma la regola, pure a distanza di decenni, rimaneva sempre la stessa: non muoversi e aspettare.

Nero, i riflessi metallici, la lingua che vibrava con una cadenza muta e affusolata, scivolava tra le pietre e Sebastiano intuì subito dove fosse diretto. Vide il nido dei falchi in alto, incastonato tra i sassi. Nascosto alla vista delle serpi ma non all'olfatto e ai sensi della belva, al fiuto di sopravvivenza animale, al potere del più forte.

Quel pomeriggio il serpente camminò in alto, verso il cielo. Slittò tra i massi appuntiti, si sospese come un ponte tra le rive rocciose e risalì ancora, protagonista della storia, per andare a compiere il suo destino. Infine, raggiunto il nido, gli fece una spirale intorno e lentamente lo consumò.

Sebastiano assisté sgomento a quella esibizione della natura. Non staccò gli occhi dalla creatura, almeno finché questa non sprofondò tra le intercapedini per abbandonarsi a un sonno che aveva il gusto della pienezza più abietta.

«*Sta rrìa quarche cosa rande*» diceva il nonno Oronzo quando vedeva la loro fiera banchettare tra i massi. Secondo i racconti del buonuomo, tramandati da Ettore, quell'animale era lo stesso da secoli, non moriva mai, cambiava tonalità ma non vita. «I serpenti fanno la muta per questo» diceva il nonno «così non hanno bisogno di morire per rinascere ancora».

Sebastiano rimase a guardare la loro Torre, lacerata ma incrollabile, che aveva ancorato la famiglia dei Felline al mito indomabile del suo animale. Pensò al serpente che si era appena rintanato tra le pietre, a come stava digerendo il suo pasto, ma anche a chissà quale bisogno doveva avvertire ora di cambiare pelle, di rinascere di nuovo e liberarsi dai peccati.

Quel giorno lasciò la Torre del Serpente avvolto in tutti questi pensieri. Riprese a lavorare e a ogni goccia di sudore sentì qualcosa di grande che si avvicinava. Per la prima volta nella sua vita non ebbe fretta di scoprire cos'era. Capì che prima o poi tutto sarebbe arrivato, che ormai doveva solo aspettare.

Capitolo otto

Fu così che cambiò. E forse la vita non è niente rispetto all'attimo in cui tutto assume un altro colore, e tra i tanti segnali che ti dà ce n'è almeno uno che non arriva per caso ma per essere colto al volo e cambiare per sempre il corso delle cose. E vai a descriverlo, poi, l'attimo in cui tutto cambia, l'attimo di tutta una vita, quello che non si potrà mai fare niente per portarlo indietro perché è così, fuori controllo, passa una volta sola e sta a te saperlo afferrare.

Sebastiano assisté alla rivoluzione della sua vita quel giorno, davanti alla Torre del Serpente. Non credeva ai disegni o al destino, a tutte quelle cose che si raccontano per dare un senso dove non ce n'è. Né cambiò idea quel giorno, non era mica il tipo da avere ripensamenti sulle questioni di fondo: teneva poche certezze ma in compenso incrollabili.

Però una cosa la capì: attorno a lui il mondo stava cambiando. Vide che non serviva credere nelle stelle per arrivare a una svolta, che bastava semplicemente aspettare le combinazioni più favorevoli, le carte vincenti, e saperle giocare nel migliore dei modi. Che magari non esiste il destino ma esiste comunque il momento ineludibile del caso, il fatale, l'imponderabile.

E per lui il momento era questo. O questo o mai più. Questo il momento in cui smettere di cercare un tesoro mai visto, il momento di abbandonare la lotta contro se stesso, il momento di ripensare a sua moglie, alle figlie, al tempo davanti: era questo il momento di mutare pelle, proprio come ai serpenti.

E lo fece, Sebastiano: stavolta lo fece.

Tutto partì dall'evento annunciato dalla Torre del Serpente. Che quel giorno la Torre era come se si fosse mossa, se avesse parlato davvero. E che fossero state le pietre, il serpente o l'intramontabile spirito del nonno Oronzo ad aprire bocca, poco cambiava: stava arrivando qualcosa di nuovo.

«*Quarche cosa rande*» come diceva l'Oronzo. E non si sbagliava, né allora, né adesso.

Marco nacque il 22 luglio 1982, in un venerdì in cui il termometro, a mezzogiorno, aveva raggiunto i quaranta gradi Celsius e ogni cosa pareva squagliarsi sotto l'acuto del sole. Fuoriuscì dal grembo dell'Anna Rosa con un pianto rabbioso che durò per ore, facendo da contraltare al riposo profondo in cui invece si rifugiò la madre che dopo il parto aveva il corpo disseminato di sfoghi color rosso peperone ed era circondata da un esercito di comari armate di ventaglio, per raffreddarle i bollori e calmarle i dolori.

A nessuno sfuggì l'incredibile somiglianza del neonato col padre: teneva la stessa carnagione nerastra, una capigliatura folta e corvina, sugli occhi due sopracciglia già visibili e, ai lati del viso, due guance ben pronunciate. Erano tratti su cui Sebastiano si soffermava con malizia quando gli amici si avvicendavano alla culla del suo primo figlio maschio, dove l'argomento delle affinità tra lui e il neonato veniva decantato con un mistico appagamento.

«Tutto Felline!» esclamava ogni volta, dondolando la culla.

E da autentico Felline fu allevato il bambino, a stretto contatto con il feudo, la Torre del Serpente e l'aria aperta, pure lui affetto da quella singolarità tutta fatta in casa – e va detto che proprio Marco, sulla questione, fornì la contro-prova definitiva – che voleva i figli caratterialmente sempre diversi dai padri. Crebbe, come le sue sorelle, sotto l'egida educativa dell'Anna Rosa e il tepore delle coccole di nonno Ettore e nonna Benedetta, tra le tradizioni della famiglia e della campagna che in fondo, e lo capì sin da subito, non differivano affatto. Non mangiava molto, ma andava ghiotto dei dolci che preparava la mamma e dei prodotti tipici con cui la nonna, nel succedersi delle stagioni, deliziava l'intera famiglia: i fichi secchi con la mandorla al centro, le *pucce*, le *pittule*, le fave arrostite, la cotognata, le chiacchiere, gli *purciddruzzi*. Trascorreva le giornate accanto a Giada, l'ultima sorella nemmeno diciotto mesi più grande di lui, differenza di età che in genere rende i fratelli compagni di vita.

La Giada era una bambina vivace: volitiva e appassionata come il papà, solare e sbarazzina come la mamma. Aveva gli occhi blu, in aperto contrasto con gli scuri pigmenti dei Felline, e una cascata di riccioli biondi a decorare il viso. Cresceva alta e gracile, con le gambe simili a due stecchini, talmente magre da spaventare la nonna.

«*Eccula, la longa te le mile!*» commentava la Benedetta vedendosela arrivare.

«No, la *streusa!*» replicava l'Anna Rosa, che invece preferiva insistere sulla stranezza della figlia perché, non c'era niente da fare, questa era diversa dalle altre due che aveva cresciuto. A differenza delle coetanee di tutto il mondo detestava le bambole, non poteva capitargliene una tra le mani che subito la faceva a pezzi, la buttava a terra e la calpestava rabbiosa. Preferiva dilettarsi in cose da maschi, prima tra tutte quella di fare sempre e a tutti i costi la pipì in piedi, nonostante i rimproveri della madre che la prendeva spesso per l'orecchio e la catechizzava con un proverbio antico: «*Màsculi cu màsculi e fimmine cu fimmine!*».

Ma la Giada non si dava per vinta: andava pazza per il lavoro del padre e per la divisa campestre che indossava durante le escursioni nelle terre, e lo inseguiva dovunque, pure di nascosto.

Sebastiano accolse la singolare inclinazione della figlia con molta ostilità. Quando capì che la piccola era diventata la sua ombra, provò a contenersi e a capirla meglio, passando alla fase della diffidenza. Poi, rapidamente, all'indifferenza.

Infine, una sera, la trovò nello scantinato di casa che camminava con i suoi stivaloni da lavoro e inciampava, si rialzava e rideva a crepapelle, da sola. Fu allora che nell'animo dell'uomo s'innescò una scintilla. Dal giorno successivo iniziò ad affidarle dei piccoli incarichi come rastrellare le foglie sotto gli ulivi o raccogliere i succhioni tagliati nelle carriole. Dopo un mese le fece innaffiare le piante con un tubo di gomma che pesava più di lei. Ancora qualche tempo e le permise addirittura di giocare coi chiodi e col martello, facoltà che a lui, da bambino, non era stata mai concessa.

Marco, invece, niente. Nel senso che della campagna lo attirava tutto, tranne il lavoro. «*Malecàrne*» lo ribattezzarono i contadini del feudo, che non avevano mai perduto quel vizio di dare i secondi nomi alle persone oltre che alle cose, proprio come un tempo, guardando Sebastiano, si mettevano le mani nei capelli e commentavano: «Eccolo, il flagello di Dio!».

Ma Marco no, altro che flagello di Dio. Lui era un animo quieto, riottoso solo agli ordini del papà che progettava un inserimento graduale ma precoce nei sistemi di produzione agricola dei Felline. Non aiutava, non s'interessava ai contadini, alla caccia o alla gestione del feudo, non imparava niente che riguardasse faccende di questo tipo. Tutt'al più restava vicino alla sorella, le orbitava attorno guardando un po' in terra e un po' in cielo, cercando non sapeva nemmeno lui che cosa, cogliendo due spighe e due fiori, tirando qualche sasso lontano, cristallizzandosi nella scia di un aereo, fantasticando tanto e in continuazione, ripetendo tra sé e sé poesie e filastrocche diverse e, forse, cercando addirittura di inventarne di nuove.

I brani li sentiva recitare ogni sera al focolare dei nonni, dove si potevano ascoltare anche i racconti belli e appassionanti di un tempo mitico che non c'era più ed era sfiorito un petalo alla volta, sostituito dalle spine degli elettrodomestici e dal rombo delle automobili.

Pìnguli pùnguli Giuvacchìnu
quandu camìni nu ntoppi 'nterra
e si quantu nu puricìnu
pìnguli pùnguli Giuvacchìnu.

Recitava lentamente, a mo' di cantilena, con il nonno Ettore che lo ascoltava tenendo il ritmo con le mani, spronandolo ad assumere un tono più espressivo.

«Bravo!» affermava la Benedetta, schiodando l'attenzione dal suo lavoro a maglia «vieni: un bacio alla nonna!».

«*Sinti nu ciùcciu!*» scherzava l'Ettore «ti sono serviti tre anni per impararla».

Marco si fermava nell'intermezzo delle sedie dei nonni, a un passo dal camino che ardeva e spargeva un tepore accogliente.

«Sono un *ciùccio*?» chiedeva.

«Che dici, amore? Sei solo distratto, hai la testa tra le nuvole. Proprio come a tuo nonno, tale e quale» spiegava la Benedetta.

L'Ettore guardava la moglie di traverso: «Se non sei un *ciùccio* allora dimostralo. Fanne un'altra» diceva poi.

E lì succedeva sempre la stessa cosa: «La recito io!». La Giada – è chiaro, c'era anche lei – balzava dalla sedia e si metteva al centro di prepotenza. Il fratello non voleva farsi da parte e i due cominciavano a battibeccare, al punto che doveva intervenire la nonna Benedetta per rimettere ordine.

«*Spicciàtila!* Dai Marco, fanne fare una pure a tua sorella.» I bambini si ricomponevano. La Giada raccoglieva le idee e Marco faceva la linguaccia per confonderla.

«*Quandu passa epifania...* fai quella» suggeriva la nonna.

La bambina portava le mani ai fianchi, tirava il petto in fuori e, a voce alta, recitava:

Quandu passa Epifanìa
tutte le feste porta via,
poi se 'ngira Santu Pati
"e a mie, pe ci me lassàti?",
ni rispunde a Cannilòra
"'nci su iou ancora!",
poi se 'ngira l'acatèddhra
"'nci su iou, la chiù beddhra!".

«Bravissima! Ritmo e precisione, ritmo e precisione!» I nonni applaudivano e sembrava farlo pure la legna nel camino che scoppiettava e impazzava sul pavimento.

«Devi imparare a recitare così, come a tua sorella» puntualizzava il nonno Ettore, rivolto al nipotino.

La Giada sorrideva e Marco adesso non brontolava più: anzi, la guardava con gli occhi ammirati, convinto che non sarebbe mai diventato così bravo.

La serata, in genere, finiva quando là fuori si sentiva il clacson di Sebastiano.

«Ricordatevi le uova fresche per la colazione di domani» rammentava la Benedetta sul portone.

«E bevetevele, *ca bu ntòstanu le cinùcchie!*» le faceva eco il marito dall'altra stanza.

La macchina aveva già i fari puntati contro di loro. Prima di salire, però, i bambini facevano una capatina sul retro, dove c'era il pollaio del nonno Ettore. S'incamminavano tenendosi per mano perché su quel lato della casa l'oscurità si infittiva e le sagome allungate dei cipressi si stagliavano sullo sfondo come dei fantasmi.

La verità era che Marco e la Giada provavano da sempre una paura irrazionale, di quelle quasi un po' eccitanti, quando si trattava di andare alle galline. Una di queste, una volta, aveva beccato il dito a Marco, e quello per il dolore aveva cacciato un grido così lancinante da scuotere la campagna. Da allora non aveva mai più infilato la mano tra i buchi della rete. Era una fobia che aveva avuto terreno facile nella sua mente ingenua, e si aggiungeva a quelle già sedimentate, e oltretutto inspiegabili, per le libellule che non pungevano, per le lucertole che non mordevano e per le serpi che non aveva mai visto, ma immaginava quotidianamente nel fascinoso repertorio di aneddoti riferiti dal nonno che, fino ad allora, aveva raccontato più storie sulla Torre del Serpente di quante i libri di scuola ne raccontassero su Napoleone Bonaparte.

Le uova, così, le prendeva Giada. Infilava le mani in corrispondenza di un contenitore di paglia e, appena avvertiva una superficie liscia, chiudeva gli occhi e le dita e indietreggiava di scatto. Marco di solito le sfilava la refurtiva di mano e scappava verso la macchina di papà.

La Giada non lo seguiva perché le restava da fare ancora una cosa: «Titì!» gridava con una vocina che scivolava nel vuoto «Titì!».

Titì era il gatto certosino dei nonni e la sera dormiva raggomitolato sotto l'uscio di casa. L'ultimo saluto della bambina era sempre per lui, e quando l'animale non era al suo posto lei lo cercava dappertutto, intervallando il nome del gatto con una buffa serie di sbaciucchii al vento.

In macchina, intanto, Sebastiano faceva il conto alla rovescia. Esaurita la pazienza apriva la portiera e poggiava un piede fuori. Era il segno che il tempo era scaduto e la Giada, ovunque stesse, bloccava le ricerche e risaliva imbronciata.

«Inutile dannarsi l'anima. Stasera è a caccia» spiegava il padre mettendo in moto.

«Forse i nonni si son dimenticati di dargli da mangiare» osservava Marco, con inconsapevole ironia.

Sebastiano sorrideva e la bambina corrugava la fronte, preoccupata. Non avrebbe rivisto Titì prima del sonno, della scuola e dei compiti del giorno dopo. Col cuore in pena, fino al tardo pomeriggio dell'indomani, non avrebbe fatto altro che pensarlo.

Ora, non è che qui cambiò tutto così, di punto in bianco, e che la storia dei Felline finì di colpo con un vissero felici e contenti. Questi Felline potevano pure essere razza strana, va bene, ma erano pur sempre razza umana. Vivevano sulla terra e i grattacapi, le difficoltà, i malumori del quotidiano continuarono ad averceli tutti, la pace conquistata non gli fece dimenticare le contingenze della vita, le cose come la campagna e l'agricoltura che non funzionavano più tanto bene, come le ragazze più grandi che tornavano piangendo per un quattro immeritato al compito di matematica, o i nonni che invecchiavano e, a ogni stagione, si riempivano di malanni diversi.

Contingenze a parte, però, tutta la famiglia grazie a Sebastiano riconquistò una serenità nuova. L'Anna Rosa non si ricordava così affiatata col marito, da quella volta che erano partiti in viaggio di nozze con la Diane 6, in assoluto la più grande avventura della sua vita.

Sebastiano riuscì a mettere da parte le ossessioni peggiori, le paure, persino i tremolii e i mal di testa, ma non una cosa che si portava dentro sin dalla nascita: la storia dei Felline.

Era il pensiero ricorrente della sua famiglia, dell'ultimo nodo rimasto irrisolto, l'anello mancante. Con l'arrivo di Marco aveva capito che non era il figlio maschio la chiave di volta della sua vita, così come non lo era stata la ricerca delle sacche perdute o il lavoro estenuante in campagna.

La risposta era altrove.

E se ne accorgeva soprattutto la domenica, nel tradizionale pranzo a casa dei nonni.

Là – dopo un antipasto a base di uova sode, salame, formaggio, *pucce* e taralli, primo con maccheroni e orecchiette al sugo, secondo con agnello, patate, salsiccia e melanzane ripiene, contorno con polpette e polpettoni fritti, rape *'nfucate* e cicorie, dolce meglio non parlarne – rimanevano solo una tovaglia piena di briciole e una moka fumante. L'Anna Rosa versava il caffè e l'Ettore stendeva le braccia sul tavolo, lasciandosi ammirare. Sapeva benissimo cosa volevano i familiari da lui e provava a fare il prezioso, depistandoli con una delle sue filastrocche, oppure con l'impronunciabile scioglilingua dei *"tridici ciciri fritti intra a tridici piatticeddhri"* che tanto faceva ridere i nipoti più piccoli.

Infine, dopo aver giocato a lungo, tornava serio. Ripensava al passato proprio come fanno gli anziani, che si lasciano trasportare da una semplicità ingenua, una brama incontenibile. Ripescava le storie d'altri tempi, quelle che tutti volevano sentire. E i ricordi diventavano troppo ingombranti per poterli nascondere. Li riabbracciava per vederseli vivere accanto, per non lasciarli più andare. Per recuperare il tempo perduto, ora che sentiva di essere rimasto troppo indietro tra i tornanti in salita della sua vita.

Un giorno raccontò di quando lui e i suoi fratelli facevano la guerra al confine, uno degli episodi più indimenticabili della sua giovinezza. Quella volta scoprirono Romeo Perrone, il più moccioso tra i quattro figli di Pantaleo Perrone, che si divertiva a sradicare le pietre dal muretto a secco e a farle ricadere nel territorio dei Felline. Lo presero e lo seppellirono di botte, quelle che meritava, roba da farlo tornare a casa in lacrime e senza respiro.

La sera stessa l'Oronzo sentì bussare alla porta. Totò Senise, contadino di Pantaleo Perrone giunse, col contegno posato di chi non porta pene, a riferire l'ambasciata del vicino, il quale dava appuntamento per l'indomani mattina, ore otto, al muretto a secco.

«Dice che è per risolvere la faccenda dei confini. Ah, a proposito, figli inclusi.»

L'Oronzo, che della vicenda non sapeva ancora niente, inspirò profondamente e fece la smorfia più disgustata che gli riuscisse: «Dì a quel bastardo del tuo padrone che ci vediamo al confine alle otto in punto».

Una provocazione dei Perrone, d'altronde, andava affrontata a prescindere.

«Ma domani non c'è la vendemmia?» si intromise la Carmela, acquattata dietro di lui, tirandolo per la giacca.

Lui sollevò il bastone per chiederle di lasciarlo ragionare in pace. Quando la porta si richiuse, pretese che i figli gli raccontassero cos'era successo.

«Domani vendemmiamo a pomeriggio» concluse dopo averli ascoltati «e mo' tutti a letto!».

L'indomani mattina i Felline e i Perrone raggiunsero il confine dalle proprie terre. La campagna era ancora pallida, adocchiata appena dal sole. L'Oronzo e i figli si fermarono a una decina di metri dal muretto a secco dove Pantaleo Perrone e i suoi quattro figli avevano già preso posizione. Ognuno aveva dei secchi pieni di roba e la tregua non durò molto.

«Perrone» gridò l'Oronzo «quanto è vero Iddio oggi ti ammazzo una volta per tutte!».

«Ti sei sempre sognato tutto, Felline, il confine è questo!» rispose Pantaleo Perrone.

«Ma quando mai!? *Uastasi!* Ti faccio vedere io se il confine è quello!»

L'Oronzo scoperchiò un secchio e mostrò ai suoi figli il motivo per cui li aveva obbligati a portare i guanti.

«Oggi niente nespole marce. Si comincia con questi!»

I figli lo guardarono male.

«Ho conservato un secchio per la mamma nel ripostiglio» si giustificò lui. «E mo' tirate, diamine, che qui ci giochiamo tutto!»

Una pioggia di fichi d'india invase il cielo, dritta sulle schiene e i sederi dei Perrone. La trovata funzionò: i Felline si portarono in vantaggio. I proiettili spinosi facevano male, terrorizzavano i nemici e li costringevano a scappare con la coda tra le gambe verso un riparo.

«*Haiaiai!*» strillavano i Perrone che, dovendosi nascondere, non trovavano il tempo di contrattaccare.

«Guardali che scappano, che femminucce!» commentava Ciccio, ridendosela coi fratelli.

«Dai, dai, più forte!» urlava il padre, come un guerriero.

La battaglia seguì quel copione per non molto, precisamente fino a quando Pantaleo Perrone si convinse che, se il vicino era stato il primo a giocare d'azzardo, a lui non restava che rilanciare. Raccolse una pietra da terra, se la fece rimbalzare tre quattro volte in mano e la scagliò con quanta forza aveva dall'altra parte del muro.

Ci fu un attimo di silenzio in cui i Felline si guardarono increduli, come a chiedersi se era davvero un sasso quello che li aveva appena sfiorati. L'Oronzo fece sì con la testa e da quel momento infuriò una baraonda di quelle mai viste. Volarono pietre come stormi di rondini. Il confine diventò una linea immaginaria e tutti lo scavalcarono avanti e indietro senza alcun decoro. I padri gridavano, sceglievano le pietre e le passavano ai figli che invece se le buttavano sopra, le scansavano, si rincorrevano, si azzuffavano a terra. L'impressione era che presto qualcuno avrebbe sputato sangue sul serio.

E il qualcuno, come al solito, non tardò ad arrivare.

Non si capì se successe per via di quella gamba difettosa che lo rendeva meno rapido degli altri, oppure di una distrazione fatale proprio nel momento in cui invece c'era da tenere gli occhi spalancati. O più semplicemente per una mera casualità, che in tutte le battaglie si vince e si perde, si vive e si muore per caso, in fondo, e pensare di poter controllare tutte le variabili sarebbe diabolico, gli eroi immortali con la spada esistono solo nei film. Sta di fatto che all'Ettore, quella volta, il caso, la gamba o l'attenzione girò male. Molto male. Perché non fece in tempo a voltarsi per raccogliere una pietra che, all'improvviso, gliene arrivò un'altra dritta dritta in gola che lo fece accasciare senza fiato.

L'Oronzo mise le mani in alto e tutto si fermò di colpo, come se avessero giocato.

«Portatelo a casa, *mena!*» ordinò ai suoi figli.

L'Egidio e Ciccio corsero a soccorrere il fratello che non riusciva più a respirare. Lo sollevarono come a un sacco di patate, uno per le braccia e l'altro per le gambe, e lo portarono via.

Di tutte le cose che successero dopo, l'Ettore, a distanza di tanti anni, ne ricordava soprattutto una. Gli rimase impressa persino più della paura di morire che provò quando, dopo il colpo, l'aria gli si fermò in gola e il diaframma si gonfiò e sgonfiò a salve.

Quella cosa fu l'espressione di sua madre sulla porta di casa. Che un conto è dire e un conto è vedere, per carità, ma la Carmela fece una faccia incredibile, arricciò le labbra come se piangesse, ingrossò le vene della fronte come se urlasse, spalancò gli occhi come se vedesse un santo. E fece tutte queste cose insieme, aggrappata alla maniglia.

Proprio il santo, poi, non tardò ad arrivare. I figli le passarono accanto e lei tirò fuori l'immaginetta che teneva sempre con sé e la strinse al petto: «*San Francesco beddhru iutame tie!*» ripeté per farsi coraggio.

Lo spettacolo era indecente, di quelli che una madre non può sopportare. Quei tre dannati erano un intruglio di terra, sangue e sudore, pure a volerli aiutare non sapevi nemmeno da dove cominciare. Gli abiti erano a brandelli, le facce nere, i labbri unti e spaccati, le mani sbucciate, i capelli senza forma. Uno di loro, poi, era disteso per terra e si contorceva e rantolava come se stesse per spirare via. Aveva gli zigomi gonfi, tre promontori in fronte e una chiazza rossa al posto dell'ugola.

La Carmela provò un'angoscia nervosa, di quelle corrosive, capaci di far male veramente. L'impulso fu di riempirli tutti e tre di pizzicotti come faceva quando erano bambini. Da sempre, al confine, ci si lanciava pomodori marci che quando ti si spappolavano sopra provocavano al massimo un'irritazione e un po' di prurito. A volte capitavano pere, susine e albicocche, a seconda di quante cannelle c'erano; ma stavolta, invece, che diavolo gli era saltato in mente?

Francesco, con il fiato corto, provò a spiegare: «Abbiamo cominciato con i fi...».

«Coi pomodori!» lo corresse in tempo l'Egidio «poi quelli son passati alle pietre».

«Chi ha iniziato con le pietre?» chiese la madre, con un tono di carta vetrata.

«*Iddhri, iddhri su stati!*» risposero i due figli, all'unisono.

Lei arcuò le sopracciglia. Non ci credeva: «E vostro padre?».

I ragazzi si guardarono confusi. In effetti non ci avevano ancora pensato.

«Sta andando a prendere il fucile!» si ricordò Ciccio.

La Carmela sbuffò, sembrò quasi tranquillizzarsi.

«Mamma, vuole sparare a Pantaleo Perrone!» bofonchiarono i figli, di nuovo.

«Ah sì?! Forse è la millesima volta che lo dice.»

«*None* mamma, quello stavolta lo fa davvero! Sta arrabbiato nero.»

La Carmela li guardò quasi con compassione, come a ricordare quanto fossero ingenui.

«Vostro padre spara solo agli uccelli, qua lo sanno tutti. E non parlate più. Preparatevi che 'sto pomeriggio si vendemmia.»

Si voltò e li lasciò là come tre appestati che non sapevano a chi altro chiedere una grazia.

La verità, però, era che gli era pure andata bene. Anzi, di lusso. Che la regola, a quei tempi, era che se tornavi con un graffio, un bernoccolo o un occhio nero, uno dei due genitori te ne faceva un altro per punizione, possibilmente simmetrico a quello che avevi già; una sorta di applicazione punitiva della legge biblica del porgi l'altra guancia, però fatta in un modo tutto singolare: con le guance degli altri.

L'Egidio, Ciccio e l'Ettore furono fortunati che, per come erano ridotti a porgere l'altra guancia, c'era da rimanere fino all'indomani mattina. Certo, la Carmela gliela fece pagare lo stesso, su questo non poteva esserci ombra di dubbio. Era una che sull'educazione non cedeva un millimetro e, se i figli sbagliavano, prima o poi la dovevano pagare.

«*Alla scurdata toa!*» diceva in genere per fargli mettere l'anima in pace, che prima o poi li avrebbe presi. Quelli potevano starsene lontani, fischiettare, fare finta di niente, ma prima o poi capitavano.

E capitarono, infatti, alle tre di quel pomeriggio, quando lei li fece rialzare per andare a vendemmiare, perché non aveva scherzato mica. Vendemmia aveva detto, vendemmia doveva essere. E vendemmia fu.

La prima e unica vendemmia della loro vita fatta con le ossa rotte. Si pulirono e fasciarono alla meno peggio, arraffando pezze e garze qua e là. Poi entrarono in una vasca di pietra costruita ai tempi di Santino Felline, stracolma di uva, e cominciarono a pigiare alla rinfusa.

La Carmela si era seduta di fronte e se li godeva in silenzio, mentre a ogni passo mandavano un lamento o un'imprecazione al cielo.

Mancava solo l'Oronzo. Stava tardando perché per lui la questione coi Perrone non era ancora finita. Il fucile, come da previsione, era rimasto al suo posto ma, prima di andare a pigiare l'uva col resto della famiglia, il padrone aveva da rimettersi in pari col cuore.

Brancolava lungo il confine, solo col suo bastone, per perlustrare la zona. Nessuno doveva guardare nelle sue terre quando si faceva il vino. Era circondato da persone invidiose che non avrebbero esitato a rubargli i procedimenti, se non proprio i grappoli del vigneto a bacca nera piantato da papà Cosimo dietro la Torre del Serpente.

Fu quando raggiunse per la seconda volta il muretto a secco che smise di guardarsi in giro. Era passata solo qualche ora. Nell'aria adesso c'era un silenzio poderoso, il suolo era disseminato di pietre e frutti squagliati ma il vento solleticava il viso e i vestiti e sembrava che pian piano stesse allontanando tutto.

Ebbene, fu al confine coi Perrone, proprio là dove la giornata si era guastata, che l'Oronzo si alleggerì dei pensieri più brutti e ritrovò il respiro migliore.

Pantaleo Perrone, il coglione, non c'era più, e nemmeno i bastardi dei suoi quattro figli. Si erano ritirati tutti alle loro faccende e adesso sembrava che in quel giorno non ci fossero mai stati. Le foglie stormivano e si sfregavano in un fruscio ininterrotto che somigliava alla risacca del mare. L'Oronzo fissò le pietre del muretto a secco e gli sembrò che il tempo si appiattisse, passato e futuro collimassero, la ruggine cadesse via. Si allontanò il pensiero del nemico, l'odio, la lotta, la vendetta, ogni bruttura del mondo.

Si sedette per terra e rimase col suo confine per un po', a guardare il sole che lentamente calava sull'orizzonte. Poi, solo dopo un intervallo indefinito, ricordò che la vendemmia lo stava ancora aspettando.

Entrò nella vasca del mosto, mentre il tramonto furoreggiava sull'ultimo rettilineo della giornata. I ragazzi erano seduti ai bordi con la lingua di fuori, non ce la facevano più a schiacciare uva. Lui li guardò senza risentimento. Sapeva che a parte la mattina tutto era andato nel migliore dei modi. L'uva era stata eccezionale, il clima asciutto, la luce forte, la temperatura calda ma non troppo afosa. Nell'aria soffiavano rumori che facevano pensare a un grido lontano della Carmela, già rincasata. Erano le folate di vento che crescevano ancora di intensità e arrivavano a piegare le cime degli alberi e a dar voce alla campagna. Giunsero i contadini, che svuotarono nella vasca altre ceste cariche di un'uva pronta per la pigiatura.

«*Oissa, oissa!*» fecero per scherzare.

L'Oronzo sbatté i piedi più forte che poteva: «Potete andare» disse ai suoi figli, agitando le gambe nel mosto «qua finisco io».

Erano queste le storie che Sebastiano si portava dietro durante il giorno. Lavorava e gli sembrava di vedere arrivare da lontano un carro trainato da due asinelli, con sopra un vecchio rigattiere che trasportava merci usate da rivendere al mercato di Lecce. Un bambino correva incontro al carro, un bambino che poteva avere una decina d'anni, vestito con camicetta, pantaloni corti e calzini alti fino alle ginocchia. Se li tirava lui più su che poteva, per il freddo. D'inverno i suoi gli mettevano pure un cappottino rammendato e una coppola che gli andava un po' larga e gli cadeva sempre a terra. L'Oronzo – perché era lui quel bambino – si arrampicava al carro con le unghie, come se lo aspettasse da una vita. Amava passare il tempo con quel carrettiere che non sapeva né leggere né scrivere ma raccontava le storie stupendamente, e aveva rughe e calli a sufficienza per conoscerne tante. Gente grama di averi, insomma, ma non di ricordi.

Sebastiano continuava a lavorare e le voci lo inseguivano a ogni passo. Rialzava la testa e il carro era sparito, stavolta vedeva Cosimo Felline, *Lu pigghianculu*, che riposava sotto un salice e si dedicava all'unica consolazione di quella lunga giornata di lavoro, le due solite fette di pane insaporite con qualche scorza di pomodoro e un filo d'olio. Sempre se andava bene. Che sennò lui, che non perdeva mai di vista il comandamento di far divertire la gente, condiva la merenda con un pizzico di inventiva: metteva la mano tra le due fette per farla sembrare una bella bistecca di carne e mordeva avidamente, fingendo di mangiarsi le dita, non prima di aver chiesto ai compagni: «*Meh, ci ole càla?*».

E almeno così strappava un sorriso, che altrimenti in tutto quell'inesauribile su e giù con la schiena facevano prima a scavarsi una fossa e buttarcisi dentro. A quei tempi, quando vedevi i contadini arrivare in campagna, ti sembrava di vedere le bestie che vanno al macello. La verità era che bisognava essere posseduti per lavorare in quelle condizioni. E loro lo erano, infatti. Lavoravano senza limiti, pioggia o sole, gelo o afa, tramontana o scirocco non cambiava niente. Prima tra tutte c'era un'umidità affilata, tutta salentina, che col caldo o col freddo intasava il naso e la gola e pungeva le ossa. E poi c'erano le malattie, e mica era come oggi che ti prendevi un raffreddore e giù una pastiglia per fartelo passare. La malaria imperversava sui campi, bastava una puntura di certe zanzare grosse come un pollice e potevi farti il segno della croce. Se ti andava bene tornavi a casa con le ossa spezzate e a cinquant'anni eri già vecchio da buttare via, con uno strato di tartaro sulla pelle che non te lo toglievano nemmeno con la carta vetrata. Questo significava lavorare la terra. Non c'erano gli attrezzi, i sistemi, i comfort del presente. O almeno non là, qui in Salento.

Adesso era tutto diverso: salivi su un trattore enorme e rimescolavi i campi senza nemmeno sudare. Il trattore era un mostro pauroso, sia per la bruttezza che per la forza con cui stravolgeva il terreno. Ma a Sebastiano gli provocava una fantasia ancora più grande delle altre: quando era dentro, sentiva il mondo tremare e immaginava che orde di uomini si stessero avvicinando a lui. Non li vedeva, ma sapeva che stavano passando uno a uno i popoli invisibili che avevano abitato quelle terre nel corso dei secoli, una varietà incredibile, dai messapi ai borboni, passando per i romani, i bizantini, i saraceni, i turchi, gli aragonesi. Fino alla recente gente del Nord, i piemontesi, il Regno di Sardegna e le nuove milizie. Ci mancavano solo i Mille di Garibaldi e poi c'erano passati tutti, nella depressione che un tempo veniva chiamata gli *zecchi*, tra le *mazzareddrhe* – che erano gli ulivi in età più tenera – e i pini monumentali.

Là, tra quegli alberi, era nato il Salento. La natura aveva messo a disposizione il sapore della terra e i popoli, passando, ci avevano costruito sopra il culto della leggenda. Circolavano storie sulle anfore millenarie abbandonate nell'antichità e sulla gente che ogni volta era arrivata ad ammazzarsi pur di impadronirsene. Oppure sulle streghe che nel Seicento popolavano la zona e usavano gli animali morti per i loro riti propiziatori, capaci di influenzare la natura, di seccare un albero o cambiare il colore delle cose con uno sguardo. Nel Settecento, poi, epoca di siccità, c'erano i penitenti che attraversavano le terre coperti da un saio come ai tempi di Cristo, ed era chiaro che si era disposti a fare davvero qualunque cosa, allora, per far tornare fertili i campi. Invece, nella seconda metà dell'Ottocento, era toccato ai briganti e qua, a dire il vero, il mito si confondeva con la realtà, perché quelle storie di ratti, violenze e uccisioni efferate avevano ben poco di immaginario.

Sebastiano ripensava a quelle storie, e a volte sognava ancora come un bambino. Capiva che il silenzio lasciato dietro stava tornando a galla e, prima o poi, sarebbe venuto a bussare alla porta in cerca di risposte.

Quel "prima o poi" fu un giorno di primavera del 1991.

C'era un cielo terso, quella mattina, pulito come non si era mai visto: una nuvola neanche per sbaglio. Uno di quei cieli che sembrano di vetro e sono fatti apposta per rifletterti dentro. A Sebastiano nacque da lì l'impulso definitivo di rimettere ordine nella sua vita. Che l'idea ce l'aveva già da tanto e camminava sul filo del rasoio a chiedersi: lo faccio o non lo faccio? Ma quel cielo gli diede la spinta decisiva, gli disse che era venuto il tempo di farlo.

Bussò alla porta dei suoi genitori. L'Ettore era seduto al tavolo della cucina e scriveva numeri su un foglio a quadretti.

Stava invecchiando, le rughe gli avevano scarnificato le guance e il mento, sulla zucca gli era rimasta una ciocca spelacchiata e aveva l'occhio sinistro un po' socchiuso, come se ammiccasse in perpetuo. Ultimamente, impiegava il tempo libero facendo divisioni. Non era un cambio di inclinazione, non che d'un tratto avesse licenziato la passione per la pittura e smarrito la vena poetica; le arti rimanevano il miglior ristoro delle sue giornate, un'occupazione costante, quasi un lavoro. Però aveva sentito dire in televisione che la matematica, più di ogni altra disciplina, aiutava a tenere fresca la mente, e ora che si sentiva appannato nei riflessi, come non lo era mai stato, si era imposto di fare almeno un'ora al giorno di divisioni, con tanto di prova del nove.

Chiedere a un anziano d'interrompere un silenzio di mezzo secolo su dei fatti accaduti in gioventù non era certo una cosa normale. E l'Ettore infatti rialzò la testa dal quaderno, spinse l'orecchio in avanti come se non avesse sentito bene la domanda e rispose, in tutta semplicità: «Ahhh?».

Sebastiano ripeté scandendo le parole più lentamente: «Voglio sapere che cos'è successo ai Felline. Ma non al nonno Oronzo e alla nonna Carmela che si sono suicidati, e lo sa tutto il mondo come hanno fatto quel giorno, ma allo zio Ciccio che è morto in guerra e allo zio Egidio che è diventato un fantasma. Questo voglio sapere, poi ti lascio in pace con le tue operazioni».

Lì cominciò il tira e molla. L'Ettore provava a smarcarsi e il figlio cercava sempre un argomento in più per farlo parlare. Ci fu da penare a lungo, il padre si rivolse al figlio con cose del tipo: «Non so niente... Credimi... Figghiu miu... *Làssame in pace... Ciucciarièddhru... Caputòsta... Pacciu... Vergògnate... Mo' te 'nda scire*».

E il figlio replicò con altre cose del tipo: «Dimmelo... Non me ne vado... Bugiardo... Voglio la verità... Traditore... Vergognati tu».

Sebastiano provò pure a scuotere il padre nell'orgoglio, tirando fuori la storia dell'Egidio che, come ormai tutti sapevano, da anni vendeva le sue terre, proprio quelle terre che un tempo erano state dell'Oronzo ed erano appartenute a tutti i Felline. Le frazionava e le cedeva, un ettaro alla volta. In paese le bacheche delle neonate agenzie immobiliari pullulavano di annunci con l'intestazione *Feudo Felline* seguita dalla dicitura "Vendesi terreni agricoli di estensione varia, ampia superficie coltivabile, trattativa riservata".

E quando davanti a quegli annunci capitavano persone più anziane, signori che da ragazzini in quei campi ci avevano pure lavorato, c'era sempre uno che faceva: «*Nah, li Felline...*» lasciandoci gli occhi.

E un altro che, più emblematico che mai, gli rispondeva: «*Tzè!*» scuotendo il capo.

L'Ettore no, invece. Quel giorno non si scompose minimamente all'argomento delle terre vendute dal fratello, come non aveva reagito alle altre provocazioni. Rimase impassibile pure alla fine, quando il figlio lo guardò negli occhi e gli chiese: «Insomma, ma che Felline sei? Ce l'hai o non ce l'hai un briciolo di amore per questa famiglia?!».

E lui di nuovo niente. Si cucì la bocca e si limitò a indicare l'uscita.

Sebastiano lo accontentò. Prima però prese il quaderno di matematica e lo esaminò: «Tutte sbagliate, domani ti porto una calcolatrice. Trovati un modo migliore per passare il tempo». Poi rilanciò il quaderno sul tavolo e andò via.

A questo punto, dobbiamo dire che nemmeno l'Ettore seppe mai spiegarsi cosa gli successe in quel preciso istante. Che ci sono scintille, d'altronde, che s'innescano così e ci fanno fare cose che non avremmo mai pensato fino a un attimo prima. L'Ettore quella mattina non aveva visto il cielo limpido e non si era fatto contagiare da nessun desiderio di rimettere a posto le cose. Però fu come se d'un tratto si fosse ricordato che un ruolo ce l'aveva pure lui in quella storia, che di fronte a un figlio non si poteva soltanto restare in silenzio.

«Giacinto Forlianò» disse allora.

Sebastiano si bloccò: «E chi è?».

«Vuoi una mano? Eccotela. Giacinto Forlianò è l'unico monteronese che ha combattuto in guerra con mio fratello. Anzi, coi miei fratelli, che erano due, lo sai pure tu. Non chiedermi che fine ha fatto, è un tipo che non ho mai frequentato: non so manco se è vivo. Se vuoi vai a chiedere alla trattoria dell'Ernesto; là, quelli della generazione mia li conoscono meglio delle loro tasche. Devi fare così, per quello che cerchi devi andare in paese. Sembra strano ma la gente sa molte più cose di noi sulla nostra famiglia. Io e tua madre non abbiamo mai cercato perché abbiamo avuto paura. Non ci interessava sapere quello che era stato, noi volevamo solo seppellire il passato. Volevamo il silenzio. Mio fratello non mi parlava? Sia. All'inizio l'ho cercato, non ci ho dormito la notte, ho pianto, mi sono disperato. Poi ho lasciato ogni cosa dove voleva andare, perché ognuno va dove gli pare, in questo mondo, no? Io, non potevo preoccuparmi di lui, avevo cose più serie da fare, dovevo restare in vita, costruirmi una casa, portare avanti la terra, fare famiglia, aspettare i figli, i nipoti. Così pure i soldi, tutti quei soldi sono andati dove hanno voluto, hanno fatto la stessa fine di mio fratello. Io ho provato solo una volta a farli uscire, per colpa di tua madre portai in campagna quella disgraziata della Titina De Rau, e non l'avessi mai fatto. Abbiamo tirato la quercia e tu non hai parlato più per non so nemmeno quanti giorni. Se ci penso adesso mi viene da ridere. A quel tempo però ridere era l'ultimo dei pensieri. Ho capito là che eri uguale a mio padre, non per l'aspetto, ma perché su un episodio ci sapevi costruire una questione di vita o di morte come solo lui riusciva a fare. Alla fine hai cercato tu al posto mio, e ancora oggi mi chiedo se sono mai esistiti quei soldi, se non sono stati solo la grande illusione di poterci risollevare senza sforzi, l'invenzione che ci ha aiutati a tirare avanti. Mo' ricordati una cosa, Sebastiano, puoi trovare quello che vuoi, a Monteroni, ma non tutto. Una parte della storia di questa famiglia sta qui, non la conosce nessuno. Questa è una famiglia che non ha mai sopportato la sconfitta. Tutte le volte che abbiamo perso, in genere, abbiamo voluto pure morire. Ecco, la verità allora è che io e tua madre abbiamo cambiato la storia: noi abbiamo sopportato la sconfitta in silenzio, l'abbiamo tenuta in un angolo per nasconderla a noi stessi e agli altri, dei nostri genitori abbiamo tenuto il viso e cancellato le ombre. Mi ricordo che da bambino Ciccio e l'Egidio mi prendevano in giro perché ero più basso e tenevo una gamba zoppa. A casa mi guardavano come uno che bisognava proteggere, come se la mia salvezza dipendesse da loro. Invece, Sebastiano, sono stato io a salvare questa famiglia, a portarla avanti. Io ho protetto il nome di tutti, ho fatto proseguire la razza dei Felline, gli ho dato un futuro. Qualche giorno prima di arrendersi mia madre mi disse che tutto cambia, niente è per sempre. Qui è sempre cambiato tutto, dall'inizio alla fine. Ma una delle cose che contano più di tutte è che io sono sempre rimasto in piedi, Sebastiano. Io e tua madre non ci siamo mai arresi. Potevamo cadere e morire pure noi, invece abbiamo pensato a te e ce l'abbiamo fatta. Oggi vai e cerca quello che ti serve. La mia parte è quella che ti ho raccontato qui, che bisogna sempre restare in piedi, nella vita. L'altra parte della storia non la conosco, vai a prendertela tu se ci riesci, se sei fortunato, se non è troppo tardi. Forse davvero ti manca soltanto un pezzo. Che devo dirti? Vai, cercalo. Poi, quando torni porta una calcolatrice: ti faccio vedere che i miei conti sono perfetti, che io non sbaglio un riporto.»

Capitolo nove

Così cominciò l'ultima ricerca dei Felline. E stavolta fu quella decisiva, anche perché in fondo era l'unica che avrebbe avuto un senso sin dall'inizio. Tutto ripartì, tanto per cambiare, con una combinazione strana. Che è sempre curioso vedere come le persone giocano con la vita, ma pure come la vita, spesso, gioca con le persone.

Sta di fatto che il giorno in cui Sebastiano andò in paese per riprendersi il pezzo di storia mancante della sua famiglia fu anche quello in cui, per l'ultima volta, l'Egidio si affacciò sulla vita dei Felline.

Pure questa volta le cose partirono da più lontano.

Tutto cominciò sulla cattedra di una quinta elementare di Monteroni dove una maestra correggeva il tema di una bambina. Il titolo della traccia era: "Racconta come hai trascorso le vacanze pasquali" e la Rita Cagnazzo, maestra di italiano ormai prossima alla pensione, dondolava lo sguardo sulle righe del foglio. C'era una calligrafia ordinata, senza sbavature, ma la donna si girava i capelli tra le dita e si chiedeva se stavolta non era il caso di prendere provvedimenti. La bambina le dava filo da torcere. Non era ottusa o sfaticata, semplicemente voleva fare sempre e solo di testa sua.

In tanti anni di servizio – anni in cui davvero ne aveva viste di tutti i colori – un'alunna così insubordinata non le era mai capitata. Pure i più asinelli, quelli che chiamava *ciùcci*, le scarabocchiavano almeno quattro fesserie sull'argomento, ricompensate poi con un dignitosissimo quattro sul registro. Ma non questa bambina, che non rispettava mai una consegna e mai che si sforzasse di scrivere qualcosa di diverso: ogni tema diventava il pretesto per srotolare la storia della campagna o della Torre decrepita. Come se al mondo non esistesse altro.

La maestra Rita finì di leggere il compito e non ce la fece più: quel giorno andò in segreteria e prese il telefono.

Eppure, al di là del fatto di non aver centrato l'argomento e di qualche errore ortografico, nemmeno tanto esecrabile per una bambina di dieci anni, quel tema non era da buttare via. Aveva un tono e un'espressività che gli altri bambini potevano sognarsi, una personalità nel racconto da fare invidia a un adulto. Iniziava con la data, *Monteroni di Lecce, 4 aprile 1991*, il nome dell'alunna, *Giada Felline*, e la traccia, *Racconta come hai trascorso le vacanze pasquali*. Al centro, in maiuscolo, c'era scritto *SVOLGIMENTO*, e da quel momento in poi faceva esattamente così:

La campagna in cui vivo io con la mia famiglia si chiama terra dei Felline. I Felline siamo noi. Passiamo qui tutte le staggioni. Quindi anche la primavera, la festa di pasqua e le vacanze pasquali. La terra dei Felline ha molti contadini che ci lavorano dentro. È stata divisa tempo fa. Prima era tutta del nostro antenato Oronzo Felline, il nonno di mio padre. Adesso è di mio padre Sebastiano di mio nonno Ettore e di un altro che è fratello di mio nonno e che si chiama Egidio Felline, ma non lo vediamo mai. C'è sempre tanto anche troppo da lavorare. Ma non ci lamentiamo perché mio padre dice che non ci dobbiamo lamentare se c'è da lavorare. Mio padre è il direttore di tutto e io lo aiuto in tutto quello che posso. L'Aurora e la Cristina di meno. Loro sono più grandi, pensano ad altre cose è

*giusto così. Marco meglio se non ne parliamo. È uno scanzafa-
tiche, dice papà meglio perderlo che trovarlo. Mia madre pure
aiuta però lei c'ha da fare molto in casa con le pulizie e con la
cucina. Ma torniamo alla campagna perché è bellissima. Ci
sono alberi di tutti i tipi, coltivazioni grandi, enormi, in cui ti
perdi. Col freddo si pianta di meno. Ma in questo periodo e con
l'estate però la terra si riempe di tutto il possibile immaggina-
bile. I pomodori, le zucchine, i faggiolini eccedera eccedera. In
questo periodo è molto più bello uscire fuori di casa, perché fa
caldo e c'è molta luce finché non diventa sera. Oltre alle coltivazioni abbiamo gli alberi. Molto importanti sono le vigne da
dove si fa il vino e gli ulivi da dove si fa l'olio. Non sempre. A
volte puoi fare solo le olive che conservi nell'acqua in un barat-
tolo e puoi mangiare durante l'anno. Mia madre Anna Rosa
conosce molto bene la ricetta. Lei è bravissima quando si parla
di queste cose. Il nonno Ettore ha raccontato che tanto tempo
fa nella campagna si piantava pure il tabacco, che venivano le
contadine pure dagli altri paesi per raccoglierlo. Queste contadine si chiamavano con un nome curioso: tabacchine, e si vesti-
vano con delle vesti lunghe che arrivavano quasi per terra. In
testa portavano sempre un fazzoletto. Oggi però il tabacco non
si pianta più perché il nonno Ettore dice che non conviene. Dice
che conviene di più fare il vino buono, che quello si vende bene
nei ristoranti. A Marco che gli ha chiesto perché e che fa sempre
tutte queste domande strane il nonno ha detto che l'economia
è cambiata. Poi ha detto altre cose che però non me le ricordo
tutte. Invece il grano, quello sì ancora lo facciamo. E a me mi
piace molto correre avanti e indietro tra le spighe che diventano
più alte di me perché so che in quel momento sono invisibile e
nessuno puo più trovarmi.*

*Per me lavorare in campagna è bellissimo. Ma non solo la-
vorare. Mi piace pure organizzare tutto come fa papà, comandare i contadini che sono sempre bravi e scherzano molto, però*

si vede che soffrono, soprattutto quando fa caldo. E quando è così io vado a riempire molte bottiglie d'acqua dal pozzo e gliele porto di corsa così si dissetano.

Infine nella nostra campagna dei Felline c'è la torre. Sta vicina al confine con i Perrone, prima delle vigne. È un po' caduta ma è stupenda. Si chiama la torre del serpente perché ci sono i serpenti che sono attirati dai nidi dei falchi e se gli trovano sono guai. Il nonno Ettore ci parla molto della torre. Dice che è il simbolo più importante della nostra famiglia, che dobbiamo sempre conservarla bene.

È un po crollata, e tutti quelli che passano ci chiedono sempre perché è così. Ma questa già è un altra storia. Ed è molto lunga, meglio se la finiamo qui.

Tra tanti figli e giorni di scuola, all'Anna Rosa non era mai successo di ricevere una telefonata del genere. L'insegnante era stata garbata nel segnalarle i comportamenti della figlia, insistendo anche perché non si drammatizzassero i significati di quella conversazione. Ma per lei, madre della bambina, questa rimaneva un'umiliazione bella e buona e non poteva essere altrimenti.

Già da mezzogiorno si mise dietro la porta ad aspettare la figlia. Giada non fece in tempo ad entrare in casa, all'una in punto, che fu subito messa al muro.

«Vergognati! Tu oggi non esci di casa!»

«Perché?»

«Perché sei una scostumata! Mi ha telefonato la maestra, sai? Mi ha detto del tema.»

«Che ho fatto?!»

«Non rispetti la maestra! Ecco che hai fatto.»

«Non è vero!»

«Che hai scritto sul tema?!»

«Quello che so io. Che vuoi?»

«Voglio che rispetti il compito che ti dà! E non dirmi che vuoi! Maleducata!»

«Io non voglio scrivere quello che dice lei. Io scrivo quello che dico io!»

«Mo' che entra papà tiriamo i conti.»

«Ma perché?»

«Perché sei cattiva! E stai zitta, smettila di rispondere!» L'Anna Rosa alzò la voce e la Giada scoppiò a piangere. Buttò lo zaino per terra e scappò via.

«Mo' dove vai? Tanto non finisce qui...» gridò la madre, ma la bambina si rimpicciolì sempre di più sul viale.

Successe tutto in quella mezzora di fuga.

Corse a perdifiato finché non si sentì abbastanza lontana. Sedette a terra con le gambe incrociate e ricominciò a singhiozzare. Alle spalle c'era una rete metallica oltre la quale non guardava mai perché la campagna non le apparteneva, non era né di papà Sebastiano né del nonno Ettore, e lei odiava perdere tempo con qualcosa che non poteva arrivare a prendere.

Quel giorno, però, dall'altra parte della rete c'era un signore. Giada non l'aveva visto, se ne accorse solo quando lo sentì tossire. Si rialzò spaventata e d'istinto provò a scappare.

«No, no, stai!»

La bambina si fermò di getto.

«Colpa mia» riprese il signore «il dottore mi ha detto che devo camminare un po' e son arrivato fin qua. Me ne vado, tu resta.» Fece qualche passo, ma si voltò indietro. Lei lo stava ancora fissando.

«Stai piangendo?»

La bambina annuì, con gli occhi bassi.

«Avvicinati» disse allora l'Egidio Felline.

La Giada sentì il cuore battere forte. S'incamminò, tentennando. Da vicino le sembrò più vecchio: era pallido, con un leggero tremore nelle mani, aveva il mento aguzzo, le guance e le tempie incavate fino a fare impressione, addosso un maglione di cotone sotto il quale s'intravedevano le ossa.

«Come ti chiami?»

«Giada.»

Il vecchio accennò a un sorriso e in quel momento lei smise di avere paura.

«Sei tu allora... la Giada. Qua in campagna questo nome si sente sempre. Gridano: 'Giada torna a casa che devi fare i compiti... Giada porta la zappa... Giada lascia stare il gatto'. Il bello della natura è che non ci sono muri. Sai, Giada, io sono Felline come te».

«Tu sei lo zio Egidio?» fiatò la bambina.

«Lo zio Egidio... sì» rifletté il vecchio. «Chi te l'ha detto?»

«Quelle campagne sono dello zio Egidio: il fratello del nonno. E tu hai un po' la voce del nonno.»

«Tu somigli molto alla mamma: vi guardo sempre da qui. Vedo tuo fratello, come si chiama?»

«Marco.»

«E le sorelle più grandi.»

«L'Aurora e la Cristina.»

«Sì. Vi conosco pure se io vivo dall'altra parte, pure se voi non mi vedete.»

«E con chi vivi?»

«Da solo.»

«Non hai figli?»

«No.»

«E la moglie?»

«Nemmeno.»

«Perché?»

Fu su l'ultima domanda che cominciò una conversazione vera, del tutto inattesa. La Giada partì con un piglio curioso e un po' impertinente, ma all'Egidio non diede fastidio, anzi, sembrò aiutarlo a rompere il ghiaccio, ad aprirsi al confronto. Perché si parlarono sul serio, domanda e risposta da una parte e dall'altra, discussero come se fossero due amici al tavolino del bar. E c'è da chiedersi come potessero farlo un ultraottantenne e una bambina di dieci anni, ma intanto lo fecero eccome: evidentemente i Felline erano capaci pure di questo. L'Egidio ci mise molto nel suo discorso, ci mise la gente da cui bisognava prendere esempio, come suo padre e sua madre, e quella che bisognava evitare, come Girolamo Petrelli: «Che poi era l'altro bisnonno tuo, il papà della nonna Benedetta» disse. Ci mise le cose che erano belle, come quando si riunivano la sera attorno al braciere a raccontarsi gli episodi della giornata e ogni parola era un pretesto per fare almeno una risata prima di andare a dormire, e le cose che erano brutte, come la guerra che arrivò all'improvviso e spazzò via tutto quel mondo che avevano costruito insieme.

La Giada aveva una storia più breve, la poteva misurare ancora sulle dita delle mani. Così parlò del presente, della salute del nonno e della nonna, di come andavano a scuola le sorelle più grandi, di cosa faceva Marco, di papà che era sempre preoccupato per i prodotti della campagna e della mamma che non la finiva mai di pulire e lavare i vestiti di tutti, e minacciava un giorno o l'altro di mettersi in sciopero .

«Oggi a scuola ho parlato pure di te al tema di italiano» disse d'un tratto.

E il vecchio rimase di stucco: «Di me?».

La bambina rispose che aveva parlato proprio di lui, aveva scritto che viveva accanto a loro, che si chiamava Egidio Felline e che non si faceva né vedere né sentire, era come se non esistesse. Poi aggiunse una cosa sulla guerra pure lei. Non sapeva nemmeno cos'era, ma un giorno aveva sentito dire al nonno Ettore che ogni cosa brutta ai Felline era successa per colpa della guerra, sennò tante cose sarebbe state diverse.

«Però poi la guerra è finita» osservò alla fine, acutamente, e guardò il vecchio come se volesse una spiegazione.

L'Egidio allora fece un esempio all'apparenza un po' strano. Raccontò che, quando l'Oronzo vedeva l'Ettore oziare in campagna, lo tirava per un orecchio e gli diceva: «*Malecàrne, ba fatìa!*». Subito dopo gli lasciava quell'orecchio e gli prendeva l'altro, che era più fresco e forse poteva sentirlo meglio: «Ricorda che nella vita non si recupera il tempo perduto» aggiungeva. Ecco, la guerra aveva fatto più o meno la stessa cosa.

«La guerra» disse l'Egidio «ci ha rubato il tempo. Tutto quello che volevo ricostruire me l'ha portato via per sempre. Le paure che volevo sconfiggere le ha trasformate in mostri. Ma ormai è andata così, è inutile parlarne ancora».

Provò ad accarezzare i capelli della bambina ma dalle maglie della rete passarono due dita e glieli sfiorò solamente. Poi ritrasse la mano e fece un'ultima domanda: «Posso leggere quello che hai scritto, Giada?». Glielo chiese con un soffio di pudore, la voce bassa, come a volersi nascondere. La bambina fu spiazzata ma fece subito sì con la testa. «Portamelo qui al confine, dove ci siamo visti oggi.»

La Giada ci rifletté un istante: «Te lo ricopio e te lo regalo» disse.

«Promettimi che non lo dici a nessuno. Che rimane un segreto.»

«Promesso» fiatò.

«E mo' vai, vai che sennò si fa tardi e a casa stanno in pensiero.»

Senza altro aggiungere la bambina si voltò e iniziò a correre tra le spighe, controvento. L'Egidio provò un'amarezza profonda. Vide allontanarsi l'ultimo battito della sua vita e si sentì ancora più solo, dall'altra parte della barricata. Fu in quel momento che capì che sarebbe andato via senza aver detto tutto.

Nel pomeriggio, la Giada tirò dal quaderno un foglio a righi e ricopiò il tema. La madre vide cosa stava facendo e concluse che ormai non c'era più limite alla sfacciataggine di quella bambina.

La prima tappa di Sebastiano fu la trattoria dell'Ernesto Bevilacqua. Si chiamava, ora come allora, *Il cantuccio dell'Ernestino*, e in questo senso era forse una delle poche attività del paese ad aver difeso il valore della tradizione e conservato il nome di sempre. Nella sostanza, però, molto era cambiato. Non era più una trattoria "coi controcazzi", stando a come la definivano i signori che la frequentavano un tempo. Da quando l'avevano ristrutturata, in realtà, non era nemmeno più una trattoria, semmai un bar rosticceria a orario continuato che, in luogo dei vecchi panini coi pezzetti al sugo, offriva croccanti *pasticciotti* mattutini e bollenti rustici pomeridiani.

Pur non avendo mai ufficialmente battuto la ritirata – nonostante gli oltre sessant'anni di carriera – l'Ernesto aveva trasferito già da un pezzo la gestione dell'attività ai suoi due figli, i quali avevano ampliato il locale, messo un forno elettrico e rinnovato l'arredamento per renderlo più al passo coi tempi. Fuori, al posto di un'arcaica tavoletta di legno, avevano sistemato un'asettica insegna luminosa col nome della locanda. Il target era diventato più giovanile e la clientela più ampia, motivo per cui anche loro, in un'epoca di concorrenza selvaggia, si erano dotati di buone maniere per gratificare gli avventori. E ultimamente, a dirla tutta, avevano dovuto armarsi pure di un'immane pazienza per arginare la follia di una mina vagante che ce la metteva tutta per farli disperare.

Perché, da qualche tempo, succedeva che l'Ernesto Bevilacqua era letteralmente impazzito: si era rincitrullito in un passaggio dalla sera alla mattina, da un giorno con l'altro. Fino a un mesetto prima, giuravano i figli, stava benissimo. Novantadue anni, sì, ma lucido come un ventenne. Poi, però, ecco che d'un tratto aveva preso un'aria da invasato e cominciato a triturare a tutti le scatole con quella benedetta storia della parola d'ordine.

«Parola d'ordine?!» chiese infatti quel pomeriggio, appostato dietro l'uscio come un cecchino, appena un nuovo cliente entrò nel bar. I figli, che erano dietro il bancone, si precipitarono a prendere Sebastiano sotto braccio e a scortarlo dentro.

«Non si muova una foglia che l'Ernesto non voglia» gli sussurrò il primo nell'orecchio destro.

«Non si capisce che cazzo gli è successo» aggiunse l'altro, in quello sinistro.

Sebastiano pronunciò la parola d'ordine e spiegò il motivo per cui era lì. L'Ernesto rimase a fissarlo con un'aria torva. Aveva una mascella da elefante e un busto tarchiato coperto da un maglione che arrivava appena all'ombelico e lasciava intravedere la circonferenza grassa e pelosa del girovita. Ogni tanto dava delle scosse col capo, colto da un raptus che gli faceva dondolare vertiginosamente gli occhiali sul naso.

«Puh... miserabile!» grugnì alla fine, con una smorfia di disgusto.

Sebastiano si voltò verso i figli, come a chiedere se ce l'avesse con lui, ma fu l'Ernesto stesso a chiarire l'equivoco.

«Non mi parlo da almeno vent'anni con quel miserabile!» disse rabbioso, e di nuovo finse di sputare per terra.

Allora Sebastiano fu contento così, se non altro poteva togliere il disturbo. Salutò e s'incamminò verso l'uscita. Uno dei figli dell'Ernesto lo seguì: «*Ps ps*... ehi, aspetta un attimo...».

In disparte, sul marciapiede, gli disse che forse aveva visto il Giacinto Forlianò, qualche giorno prima, seduto a mangiare noccioline sulla panchina della piazza. Sbucciava gli arachidi coi denti e sputava le bucce con una mira così grossolana che gli si appiccicavano ai pantaloni. Non era proprio certo che fosse lui, perché era da tanto che non lo vedeva e perché purtroppo i vecchi, si sapeva, alle volte era difficile distinguerli pure da un giorno con l'altro.

«Guarda questo, per esempio» aggiunse piegando il capo mortificato verso il padre. «Ma comunque» concluse «la Margherita Bigodì fa al caso tuo: a Monteroni, quando cerchi una persona devi chiedere a lei, sa tutto di tutti. Sta più avanti, segui la strada, è la casa che fa angolo sulla destra. Si vede pure da qua, guarda».

Sebastiano ringraziò e non si perse in chiacchiere. Si congedò con una stretta di mano. Dopo due minuti suonava già al campanello di quella casa, per la seconda visita della giornata.

La Margherita Bigodì lo fece entrare e accomodare in salotto: «Mmh... Giacinto Forilanò, vediamo un po'» mormorò tra sé e sé. Poi spiegò con un sorriso che aveva bisogno di qualche minuto, che per quelli della vecchia classe c'erano da consultare dei registri un po' impolverati. Sebastiano le disse di prendersi tutto il tempo che le occorreva e la Bigodì, invece di andare a cercare in giro, gli si sedette a fianco e iniziò a sciorinare una miriade di nomi e cognomi come se ce li avesse scritti in testa.

Era proprio così: venticinque anni di lavoro nell'ufficio anagrafe del Comune l'avevano resa un archivio vivente. Conosceva tutte le date di nascita e di morte a memoria, con tanto di indirizzo di residenza e composizione del nucleo famigliare. Alle volte, di quella persona sapeva dirti pure vita, morte e miracoli, ma questo era un servizio supplementare riservato a pochi intimi, in genere non lo prestava mai agli estranei.

Finito di consultare il suo archivio, la Bigodì risollevò il capo e fiatò quattro parole precise: «Via Petrarca, numero 56».

Sebastiano rimase come uno stoccafisso, forse non la sentì neppure. Da qualche minuto, per quanto si sforzasse di guardare altrove, inciampava sempre lì, nella stessa buca. Perché non l'abbiamo detto ma la Margherita Bigodì era prodigiosa pure per un'altra cosa. A dispetto di un'età non più propizia che la poneva abbondantemente al di sopra della cinquantina, aveva due tette come non se n'erano mai viste in giro. Due montagne leggendarie, tirate su da due fili invisibili. "Micidiali" le avevano definite negli anni i monteronesi che se l'erano ritrovate davanti. Dal panettiere a quelli del "Circolo Scapoli" della piazza, ai chierichetti e ai sagrestani della chiesa matrice, al medico condotto, ai sindaci, alle amministrazioni comunali e un tempo, quando lei era ancora una tenera pulzella nel pieno della sua esplosione ormonale, persino a don Paolo Nicolì. Quelle tette non avevano risparmiato nessuno. E poi non era tanto il davanzale in sé, quanto la persona su cui era montato: una donnina bassa e secca, un grissino fatto di pelle sottile e ossa appuntite, senza un filo di carne dai piedi al cuore, quando poi, d'un tratto, *bum!*, il Creatore si era abbandonato a un'incontrollata gioia di vivere.

La Margherita Bigodì batté un pugno sul tavolino del salotto e Sebastiano, sobbalzando, tornò a guardarla negli occhi. Quelli veri: «Grazie mille» fiatò, come se si risvegliasse da un sogno. Si alzò imbarazzato e si incamminò per andare via.

La voce della donna lo inchiodò sull'uscio: «Ricordati: via Petrarca, numero 56» ripeté la Bigodì scuotendo il capo, come a dirsi che non poteva essere sempre la solita storia.

Sebastiano salutò di nuovo. Cinque minuti dopo, bussava a un altro portone per la terza e ultima visita del pomeriggio.

Fu in una specie di bottega di un pensionato arteriosclerotico di ottantaquattro anni che si risolse uno dei misteri più grandi della storia dei Felline.

Giacinto Forlianò era molto conosciuto in paese. Aveva alle spalle una vita da ciabattino condotta nel suo rinomato laboratorio del centro storico. La bottega aveva chiuso i battenti da tempo, ma lui non aveva mai abiurato al mestiere di sempre e continuava a riparare scarpe in uno stanzino ricavato nel giardino di casa.

Nostalgico incallito, mai come quel giorno sembrava vestito in versione "marcia su Roma". Tutto rigorosamente nero come la morte: dalla camicia pennellata di mastice ai pantaloni di stoffa ruvida, alla cinta e alle scarpe in vera pelle.

Quando nel pomeriggio arrivò un tizio che aveva bisogno di notizie su una questione importante, il vecchio non lo considerò nemmeno.

«Qua si aggiustano scarpe, non si danno notizie» disse distrattamente, continuando a lavorare.

«Volevo solo sapere cos'è successo all'Egidio e a Francesco Felline durante la seconda guerra mondiale. So che avete combattuto insieme» insisté però il tizio, sfacciato.

E allora il Forlianò ebbe quasi un sussulto. Squadrò il nuovo arrivato da cima a piedi. Poi si tolse gli occhiali e indicò uno sgabello vicino al tavolo: «Siediti là».

«Posso restare in piedi, non c'è...»

«*Ssèttate!*» ripeté, alzando la voce.

Sebastiano obbedì e si sedette su uno piccolo scanno addossato al muro.

Fu lì che la fine ebbe inizio. Nello stanzino l'aria era da sottoscala e regnava il disordine più assoluto. Dappertutto c'erano suole, tomaie, spaghi, forbici, taglierini e strisce di cuoio. Alle spalle del maestro c'era pure una bicicletta d'epoca dai copertoni sgonfi e il telaio impolverato. Chiaramente nera.

«Bella, eh!? Una Torpado degli anni Quaranta. Mi fanno un mare di offerte ma non la vendo manco morto» puntualizzò il ciabattino, poi cacciò a sorpresa una bottiglia di vino da sotto i piedi, diede un sorso e si asciugò le labbra col camice.

«Chi sei?» domandò.

«Ha ragione, mi scusi. Sono Sebastiano Felline, il figlio di Ettore Felline, nipote di...»

«Quelli della Torre del Serpente, ho capito. Francesco e l'Egidio Felline sono due storie diverse, molto diverse.» Diede ancora un sorso: «Da quale vuoi cominciare?».

«Fa lo stesso.»

«Adele!» urlò il Forlianò. Da lontano riecheggiò un qualcosa di molto simile a un 'sì?'. «Sulla credenza! Portami la scatola delle foto!»

Dopo un minuto una donna grassa si affacciò nello stanzino e gettò al marito un contenitore di latta.

«Vipera!» fece il ciabattino, parando il colpo «allora, Felline, a noi! Ti faccio vedere una cosa».

Si ricompose sulla sedia e svuotò il raccoglitore sul tavolo. Caddero decine di foto, immagini d'altri tempi. In un paio si ammirava un bel primo piano del duce, in tutte le altre c'erano scene di guerra o, comunque, soldati in divisa.

«Ah, eccola qua!» il Forlianò prese una foto. C'erano tre soldati equipaggiati di tutto punto, stretti in un abbraccio: «Quello al centro sono io. Gli altri li conosci?».

Sebastiano mise a fuoco l'immagine: «Forse lo zio Ciccio e lo zio Egidio».

«Sì, e fin qua non ci voleva un genio. Non vedi nient'altro?»

Sebastiano si concentrò sulla foto ma non ne ricavò nulla. Il ciabattino storse il muso.

«Guarda il braccio e la mano dell'Egidio» suggerì.

Ma quello ancora niente. Il vecchio diede un altro sorso di vino che stavolta corredò con un rutto orgoglioso: «Mi ricordo che eravate lenti di comprendonio voi Felline, ma non fino a questo punto». Ripose la bottiglia per terra e guardò l'ospite negli occhi: «Ho capito» disse «veniamo al dunque».

Fu allora che Giacinto Forlianò raccontò la storia di quei due fratelli che avevano combattuto con lui nella Campagna di Grecia e che, a suo modo di vedere, erano tragicamente diversi. Dell'uno non poteva non ricordare il misero epilogo. Dell'altro aggiunse che tutto sommato aveva fatto una fine pure peggiore: «Stavo a fianco a Francesco quando è morto. Lo chiamavamo "Ciccio Caramella", era un ragazzo buono come il miele. Ha fatto una morte indegna. La solita morte della guerra, forse... Mah, in realtà non proprio».

Sebastiano aggrottò la fronte.

«Dal fuoco amico, Cristo!» esclamò il Forlianò tirando tre pugni sul tavolino – *tam, tam e tam* – «Ciccio Caramella lo abbiamo ammazzato noi: l'esercito italiano in persona. Si faceva a rotazione per chi doveva andare a rischiare il culo in avanscoperta e toccava a lui. Solo che quel giorno, venerdì 22 novembre del 1940, non me lo dimentico mai, i nemici ci fecero un'imboscata di quelle mai viste, di quelle che solo dei grandissimi figli di puttana potevano fare. Ci presero a granate e i soldati in prima linea iniziarono a correre all'indietro per evitare di saltare all'aria. Fu in questo disordine che accadde la fatalità».

La voce dell'Ernesto si fece più graffiante: «Il comandante ci ordinò di sparare perché nessuno doveva tornare indietro, non potevamo perdere posizioni sul terreno di battaglia. E tra i tanti capitò pure lui. Ciccio Caramella fu spappolato da una raffica di mitra che lo prese alle spalle, come a tutti i colpi più vigliacchi. Lo staccò da terra e quando ricadde già non respirava più. Fui io il primo a sbottonargli la divisa. Le mani mi tremavano come a un malato di Parkinson. Per lo schifo mi vomitai sopra. E che posso dirti altro? Solo che non meritava quella fine. Voglio dire, un ragazzo per bene, un cazzo di fiore di ragazzo per bene! Che destino infame, la guerra».

Il ciabattino si bloccò. Raccolse la bottiglia da terra e tracannò con rabbia. Poi si abbandonò a una risata isterica, dal suono sgradevole. A Sebastiano che lo guardava sempre più turbato sembrò una delle cose più urticanti in cui si fosse mai imbattuto.

«A questo punto rimaneva con noi l'altro Felline. Come si chiama, là? L'Egidio, ecco. Quella foto te l'ho mostrata apposta. Che l'ho saputo troppo tardi, altrimenti col cazzo che gli facevo tenere le mani così. Vuoi sapere che è successo?»

Sebastiano non fiatò, aveva perso la parola.

«Te lo dico io che è successo!» e ancora un altro sorso «è successo che qualche notte dopo la tragedia di Ciccio Caramella stavamo dormendo in un albergo che avevamo requisito per accamparci. Era un edificio schifoso, pieno di calcinacci, puzzava di merda da un chilometro. Ma loro lo chiamavano albergo. Eravamo in dieci, undici, forse quindici in una stanza sola, non me lo ricordo. E lui stava con noi, questo sì che me lo ricordo. Quella notte ci svegliò un urlo. Quando accesero la luce mi accorsi che avevo i pantaloni abbassati e che come me c'erano altri tre camerati con la pancia in giù e il culo all'aria. Ma soprattutto, c'era quel miserabile di tuo zio che aveva il coso in mano e lo impugnava e agitava come a un'arma, venendomi incontro. Capisci? Voleva cominciare con l'inculare proprio me, quel fottuto pezzo di merda. Inutile dirti che gli facemmo una caricata di botte di quelle che si sarebbe ricordato per tutta la vita. Non ricordo più chi fu a togliercelo dalle mani: so solo che ancora un po' e lo lasciavamo freddo per terra. Hai capito quel bastardo? Roba dell'altro mondo!».

Sebastiano deglutì e provò a raccapezzare le idee: «Quindi poi disertò» arguì ancora confuso.

«Macché disertò e disertò! Un regolare foglio di congedo del comandante *in auge*. Ti assicuro che se disertava arrivavano fino a Monteroni per fucilarlo.»

«Congedato per problemi di salute?»

«Figlio mio, era la seconda guerra mondiale, non uno spettacolo teatrale.»

«Ma allora?» si spazientì Sebastiano.

«Allora la verità è che dovevamo passarlo per le armi l'indomani mattina stesso. Solo che a questo punto avvenne l'imponderabile, quella cosa che ancora oggi non so spiegarmi. Il comandante era fascista di razza purissima, il tipo che non si inteneriva con niente. Eppure, chissà perché, quella volta si impietosì. Gli arrivò in barella un martire con gli occhi del terrore e il sangue che gli colava dappertutto. Spiegammo cosa era successo e, prima ancora, di chi si trattava, visto che il miserabile era irriconoscibile. Nel sentire il nome dell'Egidio Felline il comandante cambiò faccia. Quella famiglia aveva già perso un figlio, e nel modo più brutto possibile, macellato dagli italiani stessi. Era meglio chiudere subito e per sempre la loro storia. Pure se non se lo meritava, all'Egidio Felline fu dato il risarcimento per la morte del fratello e gli fu evitata la fucilazione. Gli togliemmo le armi e la divisa, gli procurammo degli abiti civili e gli dicemmo che poteva tornarsene a casa. Era un modo per toglicelo dai coglioni dandogli un'altra possibilità, ma in cuor nostro eravamo convinti che non poteva durare più di due giorni. La tensione e la miseria in quei paesi era alle stelle. Comunque si muoveva, trovava lupi pronti a sbranarselo. Invece, non chiedermi come fece, ma so che riuscì a tornare in paese. Da allora non l'ho più rivisto. Non so che ha fatto, come ha vissuto, se ancora vive o sta già all'inferno con quelli della razza sua. Il resto della storia, forse, me lo devi raccontare tu. Io non so altro.»

Sebastiano fissò il soffitto fingendosi attratto da un particolare irrilevante. Era prevedibile che dopo tanto scomodarsi il vecchio volesse sapere qualcosa da lui, ma non aveva la minima intenzione di avventurarsi in racconti che, inevitabilmente, lo avrebbero portato a parlare della sua famiglia con un mezzo ubriaco.

«Pure noi non sappiamo niente. A quanto sembra per tutti questi anni non è mai uscito di casa.»

«Mai?»

«No che io sappia.»

Giacinto Forlianò lo scrutò con una lunga occhiata: «Sai che c'è?» e prima di riprendere a parlare diede un altro sorso «c'è che siete sempre stati strani, voi Felline. E beato a chi vi ha potuto capire. L'unico buono che avevate, il diavolo se l'è portato via prima del tempo. Di tuo nonno mi ricordo ancora quella storia che fece pisciare di risate un paese intero, quando si suicidò senza dire dove aveva nascosto i soldi. A proposito, li avete più trovati?».

«No» rispose Sebastiano, celando il risentimento.

«E di tuo zio, davvero non sapevi che era un frocio?»

«Sì, lo sapevo. A casa lo sapevano tutti» mentì Sebastiano, rialzandosi di scatto. La conversazione non gli andava più a genio. Fece un passo per andarsene ma un'altra domanda lo costrinse a fermarsi.

«Perché sei venuto?»

Sebastiano si voltò e perse qualche istante a fissare il vecchio. Vide che adesso portava due sfumature rosse sulle guance e si chiese se erano figlie dell'accanimento con cui aveva parlato o del vino che rifluiva sul viso. Ricordò di dover rispondere.

«Per sapere. La memoria è importante, ogni famiglia ha la sua storia. Pure quelle più brutte, penso, pure quelle più strane.»

Salutò con una mano e andò via. Sfumò mentre il ciabattino si sforzava di ripescare la bottiglia di vino da sotto i piedi.

Per strada non pensò ad altro.

Monteroni svaniva alle spalle e ai lati degli occhi scorrevano l'erba della primavera e i muretti sporchi della periferia del paese. La trasparenza del mattino era sparita e il tramonto spegneva la giornata con uno sfondo grigio, come se la terra si fosse trasformata in una grossa ciminiera d'acciaio e spargesse nell'aria la fuliggine del sottosuolo. Ogni forma adesso si trascinava languida verso il respiro finale, proprio come Sebastiano che tornava a casa braccato da un senso di amarezza profonda.

Erano passati troppi anni perché si potesse rivivere la sofferenza di quei tempi ignoti, di quelle notti in cui lui ancora non esisteva e ogni cosa, nel feudo dei Felline, era cambiata per sempre. L'incontro col vecchio ciabattino gli aveva trasmesso l'idea del non ritorno, dell'approdo a un qualcosa che aveva cercato per una vita, ma che scopriva quando era ormai troppo tardi. E non era un tesoro, non erano i soldi, non era la gloria, la sfida, la lotta, la rincorsa alle sacche: era qualcosa di molto più semplice.

Sebastiano imboccò il viale della sua campagna, e ormai era sera. Il vento rimorchiava le foglie e i pensieri. La vita dell'Egidio Felline se ne fuggiva lontana più di quanto non lo fosse mai stata, simile a una di quelle strisce lasciate dagli acrei nel cielo e sfumava nell'orizzonte nascosto di quella giornata, dove non esisteva voce di vecchio artigiano capace di raccontarla. Così l'Egidio diventava un volto straniero e la sua esistenza si sbriciolava in tanti cristalli infinitamente piccoli, ormai impossibili da raccogliere e riunire.

Nessuno, allora, avrebbe più conosciuto la vera storia del primogenito dell'Oronzo e della Carmela, il quale si invaghì ancora adolescente di un amico da cui un giorno, a causa di un improvvido approccio, fu preso a cazzotti. Era la festa della Pasquetta, a Monteroni c'era la fiera della Vergine. Lo sterrato di via San Fili traboccava di persone arrivate da tutti gli angoli della provincia, ma su una via traversa, di quelle dimenticate dalla festa, c'era l'Egidio in ginocchio che sputava sangue e diceva a Ciccio di non preoccuparsi perché quei pugni nello stomaco glieli aveva dati il figlio di un mercante, e se li era meritati tutti.

«Guarda, è stato per queste» mentì svuotandosi le tasche di noccioline.

Era stata quella la prima volta che nell'Egidio si spense una luce. Perché si insinuò in lui il dubbio più atroce, quello di essere sbagliato dentro, di avere una malattia inguaribile che lo rendeva diverso dagli altri. E che davvero non si chiamasse amore ciò che provava per gli amici. Come se il cuore non battesse più forte anche a lui, il ventre non gli si infiammasse di voglia e la schiena non gli tremasse di un brivido che s'inerpicava lungo la spina dorsale. Chissà allora che non fosse bugiardo tutto quel desiderio di amare, la voglia di spogliare e accarezzare un corpo, il bisogno di baciare le labbra e stringere i capelli. Il mondo divenne una minaccia, cominciò a diffidare della gente, dei familiari, della vita. Entrò in conflitto con se stesso e con tutti, parlò sempre meno.

L'istinto lo portò a nascondersi: celare gli sguardi, le brame, le intenzioni, sforzarsi di sembrare un altro. Fu rapito da un vortice di paure che provò a mascherare sotto una corazza viscida che poteva scivolargli via da un momento all'altro. E quel momento fu la guerra. Il destino gli riservò il dramma di vedersi massacrare il fratello davanti agli occhi e fu lì che l'Egidio crollò. Un'identità non ce l'aveva più da un pezzo, ma lì smise di rispondere pure delle sue azioni. La psiche si sfogò in trincea, nei luoghi in cui la vita e l'uomo non c'erano più e tutto si era ridotto a una barbara e folle resistenza contro se stessi. Lì l'Egidio diede vita al più scomposto e promiscuo desiderio di esibizione sessuale mai manifestato in vita sua, un qualcosa che non sapeva neppure lui cosa fosse.

Erano i giorni in cui non c'erano più colori e un'atmosfera nera ondeggiava sulla superficie delle cose. C'erano soldati che disertavano sperando di non essere fucilati, altri che si suicidavano direttamente con una pistolettata in testa, altri ancora che non riuscivano più a parlare o a dormire e tremavano giorno e notte in attesa del colpo fatale. La guerra fabbricava le sue vittime al di fuori della battaglia facendole volteggiare come schegge impazzite.

L'Egidio fu una di quelle. Riuscì pure a salvarsi e a tornare a casa, ma ormai niente aveva più un senso. Il dazio era stato troppo alto. Al ritorno scoprì che i genitori si erano tolti la vita. Si erano eclissati senza un commiato, nel modo più misero. Rimise piede nei campi che erano stati di suo padre con l'intenzione di chiudere per sempre i conti col passato.

Si era aperta intanto la stagione in cui tutto sarebbe cambiato per sempre. Quando la guerra finì il mondo aveva un volto diverso. Molti se n'erano andati, e tra questi c'erano anche nomi noti, come il camerata Girolamo Petrelli che a casa non si trovava più. La verità è che se l'erano preso un mucchio di partigiani senza nome venuti dalla città. Lo avevano imbavagliato e incaprettato. Poi l'avevano strozzato, portato su una barca e fatto scivolare con due pietre legate ai piedi al largo del mare Adriatico, in una giornata in cui l'orizzonte era limpido e s'intravedevano in lontananza le montagne dell'Albania.

L'Egidio, invece, rimase tra i vivi per altri cinquant'anni. Li passò, Dio solo sapeva come, in un eremo fatto di lontananza dai luoghi e dal tempo, in cui tutto era abbandono e la vita rimaneva ostaggio di una sregolata abitudine di tirare a campare. Cominciò a frazionare le terre e a venderle una a una, perché per sopravvivere servivano i soldi e quelli dell'Oronzo Felline erano spariti. Ogni tanto si incontrava in segreto con persone che aveva conosciuto prima della guerra. Venivano dalla città per passare qualche ora con lui. Non era più amore, ma solo un palliativo al male esistenziale che gli divorava l'anima e lo avrebbe accompagnato per il resto di una esistenza dura da masticare.

Morì pure lui, e lo fece giusto qualche giorno dopo l'incontro con la Giada e le scoperte di Sebastiano. Si accartocciò su se stesso e si unì al fogliame dell'inverno appena passato, ripiegando il busto in avanti, sulla sedia a dondolo. Fu ritrovato dopo una settimana grazie al cane da caccia di un confinante che attirò il padrone verso quelle imposte da cui veniva puzza di putrefazione. Nella stanza trovarono tutto in ordine tranne un foglio che era volato sul pavimento, e al signore che lo raccolse sembrò occhio e croce il tema di una bambina che raccontava come aveva trascorso le vacanze di Pasqua.

Solo era vissuto e solo era morto, portando via per sempre un pezzo di verità della sua famiglia.

Capitolo dieci

Venne agosto e come ogni anno Marco capì che l'estate volgeva al termine quando riconobbe quel profumo. Era il respiro dei fichi che la nonna Benedetta metteva a seccare sul viale, spalancati come farfalle cui era stata tolta la polvere dalle ali. Li distribuiva su dei graticci di canna, coperti da una garza sottile che li proteggeva dai dispetti degli insetti ma non dalle scorribande di qualche mano lesta. E a Marco, quando li vedeva, veniva l'acquolina in bocca. Si guardava in giro e studiava il momento giusto per rubarne uno. Poi, in genere, allungava la mano e scappava via.

La Benedetta non aveva mai nutrito una vera passione per quella prelibatezza che, conti alla mano, abitava con loro sin dalla fine della guerra, per l'esattezza dalla mattina in cui l'Ettore le si era avvicinato per dirle che sua madre, in autunno, non gli faceva mai mancare la dolcezza dei fichi con le mandorle dentro.

«E insomma» le aveva chiesto nostalgico «perché non li fai pure tu?».

Lei lo aveva accontentato il giorno stesso. Non per un senso di disciplina o di rispetto delle tradizioni, ma semplicemente perché non le costava niente farlo. Aveva raccolto i fichi dall'albero vicino casa, li aveva aperti a metà e messi a essiccare in giardino. La sera, col calare dell'umidità, li aveva ritirati in casa. Dopo qualche giorno li aveva lavati e rimessi al sole. Infine, riempiti con una mandorla tostata, li aveva richiusi e fatti abbrustolire. A quel punto erano pronti, non restava che mangiarli.

Certo, l'Ettore non le avrebbe mai rivelato che quelli di sua madre erano un'altra cosa, ma la Benedetta non era mica così ingenua. Col tempo se ne sarebbe accorta da sola, senza nemmeno farne un dramma: pensava che era già difficile competere con la cucina degli antichi, figurarsi, allora, se di mezzo c'erano pure i sapori della mamma.

Intanto, Marco rubò un fico: mancava la mandorla, era ancora un po' crudo ma lo masticò con piacere. Non esisteva un motivo per cui preferiva mangiare i fichi che essiccavano al sole, anziché quelli appesi ai rami. Era un istinto irrefrenabile, lo stesso che lo coglieva con le caramelle che trovava nei cassetti del nonno o con gli impasti della nonna messi a lievitare sotto i panni di lana. Li mangiava a prescindere, pure se non gli andavano.

Quella volta mise in bocca una mezza dozzina di fichi con una foga inaudita, uno dopo l'altro. Terminò, quando la mandibola iniziò a fargli male, poiché quei frutti, per quanto prelibati, al sole si facevano duri. Sapeva che la nonna, se lo avesse visto, lo avrebbe inseguito con un bastone: proprio come faceva con Titì. Però non si sentiva ancora del tutto appagato.

Percorse qualche metro sul viale, verso casa. Sembrava buffo, aveva una canotta scollata, due ciabatte di gomma e dei pantaloncini così larghi da doverseli tirare su a ogni passo. Tutto intorno non si vedeva anima viva, la casa dei nonni riposava nell'involucro silenzioso della campagna e in quel vuoto di presenze a Marco gli sembrò di riconoscere il sorriso della natura che gli annunciava il "via libera".

Allora tornò indietro, ammiccando agli arbusti, e riprese a sfamarsi come non aveva mai fatto prima.

La verità era che quel giorno Marco avrebbe potuto mangiare indisturbato fino a finirseli tutti, quei fichi. In quel momento il nonno era sdraiato sul divano di casa, perso nel gomitolo dei suoi pensieri, mentre la nonna era acquattata dietro una porta con una scopa in mano e i nervi in tensione, pronta a fare irruzione.

La Benedetta aveva sentito degli strani rumori nel ripostiglio e aveva pensato subito a una visita sgradita. Non era la prima volta che succedeva, e aveva appoggiato l'orecchio sulla porta maledicendo il marito che le proibiva di piazzare tagliole dentro casa e quel vigliacco del gatto, buono solo a mangiare polpette.

«Mmh... pure bello grande è!» arguì continuando a origliare.

Poi si fece coraggio, diede un colpo secco e spalancò l'uscio. Il fiato lo sputò fuori tutto in una volta, con una voce da far paura: «*Ohimmè matonna mia!*».

Si udì uno strillo. Da lontano l'Ettore chiese cosa stava succedendo.

Nel ripostiglio c'era qualcosa di molto grande, ma non era un topo: nella penombra si distingueva solo un abito lungo e nero che scendeva dall'alto fino a coprire buona parte del pavimento e s'imbrigliava tra i piedi.

«Insomma, chi ha strillato?» domandò di nuovo l'Ettore.

La Benedetta non rispose: ormai era presa da tutt'altro.

Giada, con le spalle al muro e addosso l'abito da *Quaremma* della sua bisnonna, si copriva il viso per la vergogna. Sapeva che stava per arrivare una ramanzina memorabile, e la sorpresa fu tanta quando sulle labbra della nonna invece si abbozzò un sorriso.

«*Mena*, vediamo, esci...» sospirò la vecchia.

La bambina fece due passi verso la luce, con molto pudore. La Benedetta la guardò bene. Le sfilò i capelli da dentro il colletto e glieli fece ricadere sulle spalle. Poi le disse di sollevare la parte del vestito che strisciava per terra e di tenerla in mano, per non inciampare: «Mo' andiamo dal nonno».

Giada non aveva mai visto la bisnonna Carmela, della quale esistevano solo poche fotografie custodite nel fondo di qualche cassetto. Ma non aveva importanza perché quella volta, col vestito da *Quaremma* addosso, per lei fu come conoscerla di persona, la bisnonna, come avercela accanto.

Smise di provare vergogna e si calò persino nella parte, avanzò come una piccola principessa in parata, sebbene vestita a lutto. Per atteggiarsi, drizzò il collo, arricciò il muso, cadenzò i passi e la nonna Benedetta le aprì la strada.

Nel soggiorno la luce delle finestre fece brillare la sagoma regale della bambina, creando una patina dorata sul vestito. L'Ettore fissò la nipote senza fiato, finalmente capì cos'era successo. Dopo un lungo silenzio le pose la domanda più banale che potesse: «Ti sarebbe piaciuto conoscere mia madre?».

La Giada annuì col capo, provando a non scomporsi troppo.

«Che bella che sei. Bella di nonno, vieni qua e facciamoci una foto.»

Fu la nonna Benedetta a scattarla: con la nipote abbracciata al collo del nonno, vestita da *Quaremma*.

Qualche tempo dopo, la Giada mise quella foto sul comodino, accanto al letto, e lì la lasciò per sempre. Da allora, al risveglio, non le riuscì più di muovere un passo senza aver prima guardato il nonno e la *Quaremma*.

Era il primo sorriso di ogni giornata.

In linea col vecchio motto della Carmela tutto continuò a cambiare e niente rimase più com'era. Solo che stavolta ricominciò a farlo a un ritmo vertiginoso, roba che i Felline sentirono i mesi sfrecciare davanti agli occhi – *Vuohm!* – a una velocità che forse non si era mai vista.

Tra le tante cose cambiò pure la campagna. La produzione di vino aumentò e divenne ormai la principale fonte di sostentamento della famiglia. Grazie agli ettari di vitigni a bacca nera, che si estendevano alle spalle della Torre del Serpente, si produceva un negramaro di qualità eccelsa che nelle cantine e nei ristoranti locali andava a ruba.

Per Sebastiano fu un orgoglio personale, perché lui, si sa, i prodotti del feudo li considerava come dei figli. Ogni tanto prendeva una bottiglia d'annata e la metteva a tavola. Era un modo come un altro per cercare di appassionare Marco al valore dell'agricoltura, per mostragli quante cose buone si potevano cavare da un fazzoletto di terra.

«Toh, fai un sorso» gli diceva.

E quello: «*Nt!*» senza nemmeno alzare la testa dal piatto.

«Ma se non assaggi come fai a dire? Prova» insisteva il padre, indicando le figlie coi bicchieri già pieni.

Ma Marco ancora niente, manco per idea. Anzi, prendeva pure il suo, di bicchiere, e se lo riempiva d'acqua, come a dire che voleva essere lasciato in pace.

In quei mesi diventò un bel ragazzino. La crescita gli allargò le spalle e gli fece spuntare dei capelli ricci e sottili che facevano da corredo a dei lineamenti ben pronunciati.

«Sempre più Felline!» continuò a dire il padre nonostante tutto. Per stimolarlo alla vita campestre un giorno provò a portarselo a caccia, ma fallì pure in quel tentativo: a ogni sparo era un singhiozzo, e quando per gioco gli mise il fucile nelle mani il ragazzino fu lì lì per farsela addosso.

In compenso, però, Marco iniziò a scrivere poesie. Si stendeva nell'erba fresca e guardava il cielo. Un torrente di impressioni gli solleticava la mente e lui, penna alla mano, si girava a pancia in su e versava gocce di inchiostro sul foglio. La nonna

Benedetta lo studiava attentamente, come se non fosse abituata a vedere fenomeni strani in famiglia e, un bel giorno, a tavola gli chiese se per caso non avesse pure cominciato a fare ritratti.

«Ritratti? E perché?» rispose il ragazzino, stupito, mentre tutto attorno erano già risa di complicità e vaneggiamenti verso episodi lontani, verso altre ere.

Finì pure quel '92 e si fece un altro giro di boa. L'Aurora frequentava il quinto anno al liceo scientifico: era una ragazza studiosa, amante delle scienze, voleva diventare una biologa, per scoprire nuovi intrecci genetici tra le specie esistenti in natura. La Cristina aveva invece una propensione per le materie umanistiche e andava al classico. La Giada faceva la terza media e pur rimanendo la donna più sfaccettata di casa – carattere ardito e risoluto, orgoglioso quanto serviva, sfrontato quanto voleva – cambiò pure lei in quei mesi.

L'Anna Rosa si accorse che la figlia piccola era cresciuta quando un giorno la trovò davanti allo specchio ad acconciarsi i capelli. Riconobbe in quei movimenti la malizia tipica dell'adolescenza e provò una tristezza tagliente nel capire che il tempo le stava portando via pure l'ultima bambina della cucciolata. Non la vide più camminare spensierata come una volta, lagnarsi puntellata ai polsi dei genitori, saltellare sui viali, arrampicarsi sugli alberi, correre tra le spighe di grano, sdraiarsi nei campi per cospargersi di trucioli e foglie. Alta di statura lo era sempre stata – la chiamavano ancora "*la longa te le mile*" – ma la crescita interiore le conferì un portamento più maturo, una compostezza inusuale. E fortuna che non le fece perdere del tutto l'indole coraggiosa con cui era venuta al mondo. Che ci sono cose, in fondo, che se ce l'hai da piccolo te le porti dietro per sempre, e la Giada infatti si portò via l'istinto della scoperta, il desiderio infantile di ordinare il reale, la voglia di sfidare qualsiasi nemico.

Fu grazie a lei se a casa dei Felline si sciolse pure l'ultimo nodo rimasto al pettine. Un nodo a cui nessuno pensava più, presi come si era dai tempi nuovi che riempivano di impegni fino al collo e non lasciavano mai un momento per fermarsi a riflettere.

Sebastiano, a differenza degli altri, era uno dei pochi in grado di chiedersi ancora dove si stesse andando. Gli succedeva quando restava solo nei campi, al crepuscolo. Era rimasto un ragazzotto di campagna e il fatto di vedere la casa invasa da beni, di cui aveva sempre ignorato l'esistenza come le lenti a contatto, i videoregistratori, le telecamere, il mascara, le creme idratanti, la coca cola, i telefoni cellulari, i gel, i collant, lo smalto, i tacchi a spillo e ogni altro ben di Dio che sfornava il mondo moderno, lo metteva a disagio.

C'erano volte, poi, che le domande non se le faceva da solo ma le rivolgeva a qualcun altro. Succedeva soprattutto il sabato sera, quando le figlie si preparavano per uscire.

«Meh, e che facciamo qua?!» chiedeva rimandandole in camera a cambiarsi.

Il procedimento era che, se loro mettevano un vestito nuovo, dovevano prima passare dal papà per ottenere il visto.

Sebastiano aveva maturato una gelosia incredibile verso le ragazze. Utilizzava una grossolana discrezione nell'identificare i ragazzi che le corteggiavano e ormai faceva attenzione pure a ciò che non avrebbe mai immaginato potesse competergli, come i pantaloni attillati, le gonne più corte, i trucchi per risaltare gli occhi e le labbra e ogni altro accessorio collegato alla naturale civetteria di quell'età.

L'Anna Rosa rimaneva sorpresa dall'accanimento del marito, impensabile fino a qualche anno prima. A lei toccava in genere l'ingrato compito di ricomporre il vaso quando si frantumava: «Insomma, sei troppo vecchio stampo, ormai siamo nel Duemila» provava a ragionare col marito.

Ma quello, scorbutico, incrociava le braccia: «Vediamo se ci arriviamo al Duemila...».

Poi, però, d'un tratto si alzava e se ne usciva fuori. Era un gesto per dire che se ne stava lavando le mani, che pure se brontolava molto alla fine gliela dava sempre vinta. E infatti, le ragazze tornavano a sorridere, consapevoli di averla fatta franca per l'ennesima volta, che quel papà sotto sotto era di indole buona, bastava aspettare.

Era Felline, non a caso.

Un altro che rifletteva molto era il nonno Ettore. Solo che per lui il discorso era diverso. Un mondo tutto suo ce l'aveva sempre avuto, ma improvvisamente iniziò a viverlo con una musica triste nelle orecchie, un adagio lentissimo, malinconico, di quelli che solo gli anziani sanno ascoltare.

La vecchiaia gli giocò un brutto scherzo alle articolazioni di entrambi i femori. Zoppo lo era sempre stato, ma qui poco ci mancò che non riuscisse più a camminare. Gli rimasero giusto le passeggiate sul viale, che faceva poggiando i gomiti sullo schienale di una sedia ai cui piedi aveva montato quattro rotelle. Il risultato fu che il busto, a furia di marciare così, si reclinò in avanti e gli fece assumere una buffa postura a forma di arco. Era per questo che la Benedetta, che di fisico si manteneva molto più pimpante, lo biasimava e gli implorava di prendere un cavolo di comunissimo bastone.

«All'età tua ce l'hanno tutti! Solo per non somigliare a tuo padre, no?» lo provocava.

Lui le faceva un segno con la mano, come se scacciasse una mosca.

«*Citta!*» rispondeva quando non la sopportava più «e pensa alle vene varicose» concludeva.

Finché un giorno la vecchiaia non andò oltre e sferrò un colpo più violento, di quelli che fanno tremare ogni cosa. Tremò persino il tempo, che per i ragazzi era un rotolo infinito ma per il nonno Ettore era una clessidra capovolta già da un pezzo.

Erano i primi giorni d'autunno e per la precisione successero due cose.

La prima fu che venne giù una pioggia torrenziale che lavò e purificò ogni anima viva: una pioggia paurosa, che i più anziani, per ricordarsene un'altra del genere, dovevano consultare gli almanacchi e che per certi versi avrebbe ricordato molto quella che scese con la tromba d'aria del 1913. La seconda fu che l'Ettore scoprì di avere un male incurabile.

Era uno di quei semi marci che rimangono dentro a covare finché non si alza un soffio letale, e a quanto pareva la folata era arrivata senza nemmeno farsi sentire.

Per l'Ettore cambiò molto, praticamente tutto. Ne furono prova le sue parole che si riempirono di ingredienti stravaganti. Non lo si poteva più sentire senza farsi meraviglia, senza fondere in due frasi di circostanza il pianto e il sorriso, il dolore e la tenerezza provate nello stargli accanto.

«Dai che stai meglio, hai visto?»

Poi ci si girava e si guardava increduli un punto sul muro, in quei momenti non si sapeva più se ridere o piangere e si finiva per farle tutt'e due. Intanto raccontava, l'Ettore, di vedere delle ombre minacciose orbitargli attorno e dei fastidiosissimi insetti rossi arrampicarsi sulle gambe, passando per i talloni, fino a nascondersi nell'ombelico. Diceva di riconoscere sua madre e suo padre che gli camminavano davanti e si dileguavano passando attraverso i muri e alla Benedetta, che chiedeva di mostrarglieli, rispondeva di essere il solo a poterli vedere.

«Mio padre era molto ricco, era proprietario della Torre del Serpente e di tutte le terre che abbiamo» dichiarava un attimo dopo, come se c'entrasse qualcosa. La Benedetta allora chiamava una delle nipoti per farsi leggere le scatole delle medicine, nel punto in cui si parlava delle "cose fiacche", come si chiamavano loro, le controindicazioni.

E fortuna che a volte, pur vaneggiando, il marito tornava ad assomigliare a se stesso. Succedeva quando riaffiorava la sua vena artistica, e lì la Benedetta riconosceva il suo uomo, quello che aveva sempre amato. Gli sentiva recitare le poesie e le filastrocche preferite. Ultimamente aveva un debole per la cavallina storna di Pascoli che decantava dall'inizio alla fine senza esitazioni, come forse da lucido non aveva mai fatto.

Se pioveva, invece, si avvicinava alla finestra, poggiava le dita sul vetro e, con un bagliore ingenuo, quasi ancestrale, attaccava con la solita manfrina per dieci minuti e passa:

Sta chiòe, sta chiòe
la mùscia face l'òe
lu iàddhru se marìta
cu la còppula te sita.

«Basta mo', Ettore. Abbiamo capito.»

Si fermava e fissava la moglie con un tremito nelle pupille. Era l'ansia di chi stava per fare un azzardo, così un attimo dopo chiedeva di essere portato alla casa disabitata dei suoi genitori per riprendersi i ritratti dell'infanzia.

«Stanno nello stanzino dove mi nascondevo per colpa dell'Oronzo: l'Oronzo Felline. Conoscete l'Oronzo Felline? C'è pure il ritratto a mia madre, là dentro.»

Lì la Benedetta reagiva, che pure nel delirio ci voleva una misura. Lo guardava di traverso, con uno di quelli sguardi ostili che nessuno sapeva fare meglio di lei se voleva. Poi spiegava che di ritratti non ce n'erano più, li avevano portati tutti via il giorno che era tornato l'Egidio, per paura che si rubasse anche quelli. E soprattutto di ritratti a sua madre non ne esistevano, non ne aveva mai fatti.

L'Ettore insisteva e la Benedetta scuoteva la testa impotente. Sentiva che a quel punto poteva impazzire pure lei, e chissà, magari decidere di accontentarlo nel bizzarro intento di andare a scartabellare ricordi d'altre epoche, infestati dagli acari e dalle tarme, se non proprio inesistenti.

Intanto, però, gli cucinava e lo imboccava quando serviva. Gli stendeva le gambe sulla poltrona, gli sistemava il cuscino nel letto. Gli toglieva i panni e lo lavava. A ogni ora gli trovava la medicina giusta tra le tante sparse sul comodino. Gli batteva la spalla se prendeva a tossire forte. Lo aiutava a sedersi quando, dopo pochi passi, gli veniva il fiatone. Lui non si separava un istante dal catetere e faceva i brevi tragitti dentro casa con una borsa da cui partiva un tubicino di plastica che risaliva fin dentro ai pantaloni. Ogni volta era come se andasse a fare la spesa, e in quell'immagine crudele ma buffa la Benedetta riconosceva l'essenza di un regno che aveva amato da regina e che avrebbe governato finché le forze sarebbero state con lei.

«*Tegnu nu fuecu intra!*» gridava l'Ettore, a sera.

Lei gli correva incontro: «Pure io: qua sto» lo consolava accarezzandogli la testa.

«Le ossa mie, ahi le ossa mie!»

Il vento soffiava forte e contrario ma la Benedetta non indietreggiava di un millimetro. Voleva che tutto restasse normale. Teneva, come aveva sempre fatto, la contabilità esatta delle attività dei nipoti e del loro profitto negli studi. Segretamente l'Anna Rosa la documentava sui primi amori delle figlie più grandi – sempre a debita distanza dal marito, naturalmente – e non passava giorno senza che la nonna ponesse domande impertinenti all'Aurora o alla Cristina sul nome e sulla famiglia di questi fidanzati. Che per lei, in fondo, era un modo come un altro per distrarsi, per pensare a qualcosa di bello.

Le nipoti arrossivano e guardavano altrove: «Non c'è nessun fidanzato».

«Ma almeno la razza è buona? Poi giuro che non voglio sapere più niente.»

«Ohhh... *sine* nonna, è buona!»

«Ah, meno male. Razza buona allora... meno male.»

Si guardavano in faccia, come se fossero tre sorelle e al primo accenno scoppiavano a ridere.

Il giorno però in cui la Benedetta si distrasse come non l'era mai successo, al punto che per tutto il pomeriggio si scordò pure di dare le medicine al marito, fu quello in cui apprese una notizia che mai avrebbe voluto sapere sull'unico nipote maschio che aveva. Di quelle notizie che facevano maledire il destino.

Successe che Marco fece un ritratto e lo appese in camera. L'Anna Rosa appena lo vide telefonò alla suocera e riferì l'accaduto.

«*Sorte noscia!*» fiatò quella alla cornetta, e riattaccò senza nulla aggiungere.

Che l'equazione ormai era risolta. A che serviva parlare? Alla Benedetta saltò in mente il ricordo traumatico dell'episodio che le aveva scalfito il cuore e fatto conoscere la vera essenza dei Felline. E rabbrividì. Ebbe il presentimento di come sarebbe andato il matrimonio del nipote e provò il brutto, quasi peccaminoso desiderio di non essere lì quando il fattaccio sarebbe avvenuto. Perché se era vero che Marco per natura si divertiva a emulare il nonno Ettore, allora qualcosa doveva pur avvenire nel giorno del suo matrimonio.

Non restava che augurare alla sposa le migliori fortune, che ne avrebbe avuto bisogno.

I Felline, lo si sapeva, erano fatti un po' così. Imprevedibili e senza limiti. Altro che razza buona.

Razza strana.

L'ultimo nodo dei Felline si risolse poco tempo dopo, in una giornata di maggio del 1994.

Erano i giorni più belli dell'anno, quelli delle fragole. Aveva appena smesso di piovere e il viale era pieno di pozzanghere. La Giada camminava a zig zag, per evitarle. D'un tratto si fermò e non credé ai suoi occhi. Un serpente le passò davanti e si sfilò di corsa nei campi. La prese un'adrenalina forte, di quelle che non provava nemmeno quando la sera andava al pollaio del nonno a cercare le uova. Mise lo stupore da parte e lo inseguì.

Arrivarono fino alla Torre del Serpente dove l'animale trovò un nascondiglio tra le rovine.

Lui, forse, tirò un sospiro di sollievo, si sentì salvo. Ma lei non si diede per vinta. Era così da sempre e nemmeno un serpente ammetteva deroghe alla sua ostinazione. Prese una stecca di legno appuntita e si distese sui massi. Le sembrò di vedere il serpente raggomitolato in un angolo. Non capì cosa volesse dall'animale, né cosa stesse per fare.

Infilò la stecca e cominciò a offendere alla cieca. A ogni affondo provava un brivido di paura e ritraeva veloce la mano, poi sbirciava, sospirava e calava di nuovo la stecca nel buio, sempre più in fondo, digrignando i denti. Urtava contro la pietra, nelle viscere, tra gli anfratti, sul terreno melmoso. Il palpito le salì in gola quando pensò di aver messo l'animale alle corde. Allora chiuse gli occhi e lasciò sprofondare tutto il braccio nel budello di pietra. La punta scavò dentro qualcosa e lei si tirò indietro sconvolta, convinta di averlo ferito. Si aspettava il sangue, la mano le tremava, la stecca cadde per terra. Quando la raccolse lo spavento diventò meraviglia.

C'era qualcosa di infilzato, ma era un qualcosa di irriconoscibile, in un groviglio di terra. Non di certo un animale. Occhio e croce poteva essere una carta molto vecchia ma non era sicura neanche di quello.

La prima idea fu di non gettarla via.

La seconda, e non seppe mai perché lo fece, fu di correre da suo padre con la stecca tenuta in alto a mo' di fiaccola, come se le illuminasse la strada.

Ormai la ragione si era oscurata. Stava lavorando d'istinto.

Successe allora che da quella carta bucata al centro e macerata di fango, Sebastiano non staccò gli occhi da pesce lesso per almeno mezzora. Non c'era niente da vedere in realtà, era di una banalità e di una sporcizia tremenda, la si poteva ripulire quanto si voleva ma straccio di carta era e straccio di carta restava. Eppure lui continuò a girarsela dubbioso tra le mani. Solo un folle poteva pensare che ci fosse sotto qualcosa, un folle come lui che si calò in un calderone di congetture e si fece prendere pure da una concitazione irrequieta: di quelle che non provava da anni.

«Dove stava?» chiese alla fine.

La figlia gli spiegò per filo e per segno l'accaduto, tralasciando il particolare del serpente che lo avrebbe fatto arrabbiare, sostituito da una lucertola dispettosa. Non capì se il padre la stava ascoltando sul serio, la sensazione era che le fosse vicino solo col corpo ma con la mente pascolasse in campi molto lontani.

«Dai papà, ti faccio vedere» propose la Giada prendendogli la mano.

E lui, incredibilmente, si alzò e si lasciò tirare.

Incredibilmente, e non c'è altro termine. Perché noi lo sappiamo solo ora, a fatto compiuto, che quella carta un tempo era stata una banconota da cento lire, o meglio da lire cento, visto che allora si scriveva così, in basso, sotto l'intestazione Banca d'Italia. Ma Sebastiano ancora non poteva saperlo, e si alzò alla cieca, incredibilmente, seguendo l'istinto. E chissà se non sentì pure quel giorno la voce della fortuna chiamarlo alle armi e invitarlo a lottare un'ultima volta. Che in fondo una cosa l'aveva capita, questo era certo. Aveva capito che quando la fortuna passava non c'era tempo da perdere. Si saltava la barricata e si provava a prenderla.

E così fece quel giorno.

I massi erano compatti, un cumulo di rovine incastrate e annerite dal tempo. La Giada finse di spingerne uno.

«Aspetta qua,» disse il padre «è ora di farlo davvero».

Servirono le mani grandi e callose di dieci contadini.

«*Aaargh, aaargh, aaargh!*» a ogni masso. Li capovolsero tutti due metri più in là e liberarono il terreno.

La ragazzina corse a vedere. Si aspettava di trovare il rettile ferito, appiattito sotto la roccia. Invece si accorse che non c'era più, che era scappato chissà dove, chissà quando.

«Lascia stare il serpente, Giada. Qua c'è un'altra cosa, vieni.»

Congedò i contadini con un grazie, poi Sebastiano indicò alla figlia i fili di tela che spuntavano dal fango. Prese una vanga e finì il lavoro. Le sacche riaffiorarono a pezzi, pochi alla volta, dopo cinquant'anni di buio, di una sepoltura casuale, impensabile. E a Sebastiano fu chiaro come non mai che in quel giorno lontano insieme alle pietre era crollato un po' tutto: la torre, i denari, il mito dell'invincibilità e della ricchezza della sua famiglia. Raccolse ogni cosa dentro una sacca, pure quelle che non avevano più forma né colore ma sembravano appartenergli da sempre. La Giada lo guardò ammaliata fino alla fine. Quando il suo papà mise la sacca dietro le spalle lo tallonò proprio come aveva fatto col serpente.

«Dove stiamo andando?» si decise a chiedergli dopo un po' di strada.

«Li rimettiamo a posto» rispose Sebastiano.

Lei continuò a seguirlo senza capire: finché non sentì cigolare la porta dell'Oronzo Felline, non riuscì a credere che fosse vero.

La casa se ne stava lì come un fiore appassito. I calcinacci sul prospetto, le crepe sui muri, le persiane mangiate dal vento. Il silenzio e l'abbandono come unici padroni. Sul viale antistante l'erba era cresciuta altissima e molti particolari di una volta non esistevano più. Non c'erano le rose che la Carmela coltivava e raccoglieva a ogni passeggiata, i cespugli di rosmarino vicino casa, il pietrisco leggero che ricopriva la terra. Non c'era più niente di quello che era stato l'antico rigoglio dei razza strana.

Sebastiano scostò una ragnatela all'ingresso e la Giada gli strinse la mano: dentro c'era puzza di umido. Passarono per un corridoio immerso nella penombra. Le serrande delle stanze erano abbassate, la luce filtrava appena dai cardini e dalle imperfezioni del legno. Lui si orientò tastando le pareti. La stanza che cercava era in fondo.

Lo studio dell'Oronzo Felline li ospitò con lo stesso ordine essenziale di quando ci entrava il capostipite per uno dei suoi ritiri spirituali. I fucili erano in riga sul camino, gli animali imbalsamati sui ripiani vicini al soffitto, la sedia perfettamente allineata alla scrivania, il calamaio ancora intatto. Persino il camino con la sua lingua nera, retaggio della tanta legna bruciata, sembrava pronto ad ardere da un momento all'altro. Solo che c'era polvere, dappertutto. Uno strato di grigio intenso che aveva cancellato i colori.

Sebastiano sentì un vago aroma di sigaro nelle narici, ma concluse che era solo una suggestione. La figura del nonno Oronzo gli entrò negli occhi. Lo vide seduto al suo posto, come se il vecchio non si fosse mai mosso da lì. Si chiese se era il caso di dirglielo o meno, di fargli presente che il tesoro era finalmente tornato a casa e che forse nessun sacrificio era stato vano, che pur senza riconquistare la ricchezza di un tempo i Felline avevano ritrovato l'eroismo, l'onore, la gloria perduta.

«Ti mostro una cosa» disse invece alla figlia.

Lei gli si avvicinò. Il padre chinò il capo e camminò con uno strano peso nei passi. Diede due colpi col tacco sul pavimento, poi ancora altri due.

«Sta qua.»

Spostò la scrivania e tirò via un tappeto incrostato di sporcizia: «Guarda sotto, Giada».

La botola segreta dell'Oronzo Felline e la bocca di Giada si spalancarono insieme.

«Stavano nascosti tutti qua dentro, prima della guerra. Glieli ridiamo.»

La Giada vide il tesoro della sua famiglia ricadere in una botola buia, senza contorni. Non aveva idea di quanto fosse profonda ma non trovò il coraggio di affacciarsi oltre: anzi, fece un passo indietro e si nascose dietro il padre.

Passarono dal soggiorno, prima di andarsene, dove erano appese le foto di un tempo. Sebastiano prese un panno e le ripulì. I volti in bianco e nero dell'Oronzo Felline, della Carmela Spano e dei loro figli Egidio, Francesco ed Ettore tornarono alla luce con le espressioni indurite di un'altra epoca. Erano sbiadite dall'oblio degli anni ma ancora riconoscibili: la Giada rimase incantata.

«Questo era lo zio Egidio» le fece il padre. Era la foto che si era conservata meglio, ma lei la guardò poco convinta. Non le sembrava vero che fosse la stessa persona incontrata al confine pochi anni prima.

«Qua poteva avere vent'anni, era un ragazzo.»

Sebastiano teneva ancora una banconota con sé. Era una di quelle che avevano resistito meglio al calvario del sotterramento. La tirò fuori e la mise sotto il ritratto dello zio Egidio.

«È giusto così» disse.

Alla ragazzina uscì una lacrima che non vide nessuno, si perse nella penombra di quel giorno.

«Andiamo?» la spronò il padre.

«Sì» sospirò lei.

Se ne uscì con lo sguardo ancora rivolto alle foto dei Felline. La casa dei bisnonni svanì alle spalle e lei provò lo stesso languore di quando, alla fine di una filastrocca, le veniva voglia di recitarne un'altra.

Un'altra per evitare che il mondo fuggisse dalle mani, che l'emozione non tornasse indietro, che qualcosa di troppo grande si perdesse per sempre.

Capitolo undici

Contrariamente a quando era andato perduto, Monteroni accolse la notizia del ritrovamento del denaro dei Felline senza sollevare clamori, persino con una buona dose di indifferenza.

Ormai era trascorso troppo tempo. Se n'erano andate quelle generazioni di uomini e donne che tanto avevano arricchito le loro giornate speculando sulla storia dei Felline e sul mistero del tesoro scomparso, sui milioni e milioni di lire che avrebbero reso ricca per sempre qualunque famiglia e che invece erano sprofondati nel nulla. Ma soprattutto erano cambiati quei soldi, tutti quei soldi riemersi come brandelli sporchi che a guardarli bene avevano stampato sopra un sorriso beffardo. E poco importava che fossero stati, per tanti anni, il miglior filo conduttore dei razza strana, il simbolo della continuità nella vita di un'intera famiglia, un emblema più potente dei geni che migravano dalla testa di un Felline a quella di un altro, tra tante stravaganze diverse. Chi teneva l'età giusta per ricordare sapeva solo che le banconote non valevano più nulla, soltanto quello.

Rosario De Matteis, carabiniere in pensione, aveva approfittato della bella mattinata per racimolare tre pensionati come lui davanti al portone del circolo, in piazza, per una partita a briscola. Fu lui a dare la notizia: «Hanno ritrovato i soldi dei Felline, quelli persi durante la guerra».

I compagni lo guardarono straniti. Era uno che scherzava molto, in fondo: «*Tira fessa*».

Ma lui restò serio, non tirò.

«E tu che ne sai?» gli domandarono dopo un po'.

«L'ho saputo.»

«Come?»

«Voci» rispose risentito il De Matteis. Poi girò un asso di bastoni e raccolse le carte sul tavolo.

Monteroni era cambiato, aveva un vestito diverso. Non c'erano più i vecchi lampioni, le osterie, i vagabondi e i contadini sullo sterrato. Per strada sfrecciavano gli scooter e le automobili, e non era raro prendersi un accidente per colpa di un clacson troppo svampito. Ormai era svanito ogni incanto, come se il paese un bel giorno avesse svoltato l'angolo e l'orologio della storia si fosse messo a girare all'impazzata, mezzo secolo in un istante. Mancavano pure la polvere sulle vie, i secchi d'acqua vicino alla fontana, gli indumenti appesi a scolare sulle tendine, le camminate delle tabacchine di ritorno dai campi, le coppole preistoriche dei giocatori di carte, i calcinacci, il salmastro sui prospetti. Non si sentiva nemmeno il rumore delle risate sguaiate dei garzoni nelle botteghe o l'odore esuberante del cucinato che passava dalle erosioni delle tarme sulle persiane. La fiera di San Fili, un tempo popolata da personaggi mitici e animali in carne e ossa, era diventata un ricettacolo di giocattoli di plastica, collanine d'argento e pistole a pallini. Una colata di cemento aveva rivestito le strade. Sui muri rustici della periferia e sulle serrande dei locali apparivano ogni giorno cuori e frecce incisi da mani sentimentali, oppure parolacce, nomi, frasi e ritratti volgari tracciati da qualche altra mano più bizzosa. Di calessi, poi, manco l'ombra, ma ormai non si vedevano nemmeno le Fiat 127 dalla carrozzeria rattoppata, un tempo tradizione di famiglia, e adesso rimpiazzate dai variegati modelli delle case automobilistiche straniere.

Sindaco era diventato un tale Osvaldo De Mitri, eletto in seno a una lista civica costituita da un carrozzone di partiti e movimenti diversi. Perché, se un tempo c'erano due partiti fondamentali e giusto qualche altro isolato predicatore a contendersi la torta, con due organizzazioni, due sedi, due sigle, due segretari, due tutto, ora – altro che DC o PC – si assisteva a un proliferare incontenibile di idee, comitati, riunioni, associazioni, accordi, controaccordi e saltimbanco, e le sedi erano così tante, e le sigle pure, che forse per comporle non bastavano nemmeno le lettere dell'alfabeto. E così era per tutto: c'erano sfilze di bar, solo nell'arco della piazza ne erano fioriti ben quattro, tutti in guerra tra di loro per accaparrarsi i clienti, e poi ancora sfilze di pizzerie, di supermercati, di stazioni di rifornimento, di tabacchini, di sale giochi, di gioiellerie, di negozi vari.

Da quando don Paolo Nicolì non c'era più, a Monteroni si erano visti almeno una decina di nuovi arcipreti. Don Paolo, tanto per intendersi, tra favori, guerre e deroghe speciali del vescovado era durato tre decadi e aveva continuato a pontificare dal pulpito della sua chiesa fino agli anni Sessanta. Poi si era ritirato in un ospizio del paese natio, Copertino, dove aveva trascorso l'ultima fase della sua vita senza il mordente di un tempo ma, se non altro, al riparo dagli insulti dei monteronesi che non lo avevano mai potuto vedere.

Gli annali narrano che all'epoca dei fatti, quando abbandonò la nave, all'allora vescovo di Lecce giunse una lettera con un messaggio dal testo breve ma eloquente: *Per favore, Sua Eccellenza, a Monteroni mai più parroci forestieri*. A seguire tre fogli pieni zeppi di firme raggranellate tra le anime più fedeli del paese.

Nessuno poté mai sapere se quell'appello fu realmente decisivo, ma sta di fatto che alla chiesa matrice di Monteroni, da allora, furono assegnati esclusivamente sacerdoti paesani. La divina provvidenza, insomma, aveva fatto il suo dovere.

«*Li* Felline... *auri tiempi.*»

Rosario De Matteis stava contando i punti quando fu distratto dalle riflessioni di un compagno: «Soldi che ormai non servono a niente,» commentò «carta straccia, roba da mangiarsi le mani».

«Colpa dell'Oronzo, quell'imbecille. Poteva spararsi prima di nasconderli.»

«Vi ricordate quando passava col calesse?»

«*E ci se lu scerra!*»

«Sempre col bastone. E quanto faceva ridere quando scendeva, come camminava...»

«Mmmh, eppure era un puttaniere di prima categoria.»

«Sì, forse... puttaniere zoppo però!»

Risero finché il De Matteis non poggiò il mazzo sul tavolo.

«Cinque carichi e otto figure: è nostra pure questa, oggi vi gira male!»

Due di loro si guardarono in cagnesco, pronti a fare a scaricabarile.

«Oggi siete un po' come ai Felline: perduti» rincarò la dose il De Matteis.

«La rivincita, dai. Carte a te.»

«E così sia!»

Il De Matteis riprese a mescolare le carte ma un istante dopo si fermò per tapparsi il naso.

In piazza era appena passato lo scooter elaborato dell'Angelo Micocci detto "Bomba", un ragazzino obeso che a ogni accelerazione ingolfava la strada con una nube nera e lasciava un tanfo insopportabile di benzina.

«*Cu crepi moi!*» lo maledivano in giro.

Erano i tipi come lui a custodire quel poco di folclore rimasto in paese. Lo accompagnava spesso una ragazza mascolina infestata di piercing, con la sigaretta in bocca e i jeans aderenti. Altre volte lo vedevi con un tipo rasato a zero che i coetanei chiamavano *Lu Capirizzu,* semplicemente perché i suoi antenati avevano da sempre un cespuglio incolto al posto dei capelli e venivano soprannominati in quel modo.

Rosario De Matteis riuscì a stappare il naso e a finire di battere le carte. Fece smezzare, ne diede tre a ciascuno e una la rovesciò al centro, deciso.

Il tavolino traballò e lui ammiccò agli amici: «Ancora spade» disse «per chi non l'ha saputa giocare».

Tra i sorrisi e i pensieri ricominciò la partita.

Certe volte si alzava un vento che sembrava venire da un'altra epoca. Le idee correvano a perdifiato e gli occhi si illuminavano. Erano gli unici momenti di lucidità che gli erano rimasti, di contentezza pura, primordiale, infantile. Sentiva un fremito e gli sembrava che l'aria si fosse impregnata della menta con cui la madre lavava e profumava i vestiti o della salvia usata per combattere l'asma. Tutto rifluiva come in un torrente cui era stata restituita la giusta pendenza e l'Ettore rivedeva le cose che la malattia gli aveva nascosto e il tempo gli stava negando. Gli spifferi si aprivano, le arterie si dilatavano, il sangue tornava a scorrere. Gli venivano incontro il profumo di pane tostato, i cappi per le lucertole, le dita di marmellata all'arancia, i pizzicotti nelle gambe, il canto riottoso del gallo, le punture di zanzara, il sapore delle albicocche, lo zufolio dei contadini, i racconti attorno ai bracieri, i canti popolari, le partite a campana e a mosca cieca, il suono delle cicale, le spine dei fichi d'india, il fruscio delle foglie dei pioppi, il profumo di terra bagnata, le favole sui briganti, l'urlo lancinante di Duccio Donzelli, le forme degli stormi nel cielo, le arrampicate sugli alberi, i pianti a tavola con le bucce di cipolla, le tagliole per i topi, le fionde per sparare agli uccelli, le corse controvento, il mosto tra le dita dei piedi, le scarpe squartate in due, il tonfo doloroso delle scacciacani, le galoppate nascoste col calesse dell'Oronzo Felline, il m'ama non m'ama coi petali delle rose, gli steli di camomilla, le distese di tabacco, il palo della cuccagna, le guerre di pomodori al confine, le scalate fino alla cima dei cipressi, le gare di apnea nella cisterna delle acque piovane, le fughe dagli alveari, le paure ancestrali, gli sguardi innocenti, gli amori nascosti, ogni altra cosa.

Era da una settimana che non si muoveva dal letto, dove se ne stava disteso ma senza dormire. Non chiudeva gli occhi, li teneva spalancati e ostinati tutto il tempo a scrutare agitato chi gli stava accanto.

«Perché non ti riposi un po'?» gli chiedeva Sebastiano, cercando di farlo rilassare.

«Perché sennò muoio: al buio si muore» rispondeva lui, digrignando i denti.

Allora lanciava un grido insensato e iniziava a farneticare di terremoti e improvvise tempeste di pioggia. Si fermava per bere un sorso d'acqua, poi chiedeva di mettere al riparo i soldi di suo padre facendo attenzione a non farli colpire dai fulmini, che la loro famiglia era stata ricca e tale doveva restare.

«Sappiamo io e te dove stanno, *shhh*, *citta*, non dirlo a nessuno» sussurrava alla moglie, impietrita.

Un giorno, mandò a chiamare Marco, che considerava il più intelligente di tutti, e lo fece sedere sul letto.

«Stai qua, tu sei l'unico a capire i miei sogni.»

«Nonno...»

«Devi fare una cosa per me. Prometti a nonno.»

«Prometto.»

«Bravo, mo' senti qua.» Gli disse che un domani, terminate le scuole superiori, avrebbe dovuto scrivere un libro per raccontare la sua vita, che uno come lui sarebbe dovuto rimanere alla storia. L'unica cosa però era che bisognava prendere appunti: aveva ancora molto da raccontare e niente doveva andare perduto.

«Vieni domani con un foglio» concluse. E Marco gli diede un bacio e se ne andò.

Il giorno dopo l'Ettore disse alla moglie di voler prendere fiato all'aperto. La Benedetta lo guardò stranita, era abituata a vederlo rammollito su un materasso.

«Alle cinque arriva nostro nipote» le spiegò il marito.

«Sono ancora le quattro e mezzo.»

«Sia. Aspetto fuori.»

«Fuori?»

Era un pomeriggio denso, faceva caldo e spirava una brezza leggera carica di umidità e di odori. La Benedetta lo aiutò a sedersi sotto la veranda. Gli passò un panno di cotone per coprire le gambe ma lui lo rifiutò perché voleva tenerle a contatto con l'aria.

«Voglio stare solo con la campagna. Sto bene» disse.

Lei lo esaminò di sottecchi, ormai al marito dava fastidio pure se lo fissavano troppo a lungo. Le sembrò placido come non accadeva da mesi. Gli accarezzò la testa e gli lanciò ancora un'ultima occhiata prima di andare a raccogliere qualche verdura per la cena.

«Mi raccomando, non farti venire in testa cose strane» gli disse.

Poi lo lasciò, e fu per sempre.

Lo ritrovò Marco, mezzora dopo, con la testa pendente di lato e la bocca spalancata. Carta e penna caddero a terra, si avvicinò al nonno e lo guardò: non russava e non gli fischiavano le narici come al suo solito. Quel riposo aveva un aspetto diverso.

«Nonno, ehi nonno, nonno...» chiamò Marco.

Inghiottì un urlo e scappò nei campi a cercare aiuto.

Il nonno Ettore, intanto, non c'era più.

L'altro a sentirsi mordere dentro, dieci minuti dopo, fu Sebastiano. Scese dalla macchina e trovò suo padre immobile sotto la veranda. Gli sfiorò il viso, lo chiamò anche lui più volte. Gli tastò il polso e gli toccò le mani.

«Aiutami» disse a Marco.

Insieme sollevarono il nonno e il ragazzino rimase di stucco quando gli fu chiesto di aprire lo sportello della macchina anziché la porta di casa.

«Mo' vedi» lo anticipò il padre.

Fu così che non chiamarono il medico, né l'agenzia funebre: sistemarono il nonno sul sedile davanti. Poi misero in moto e partirono.

L'Ettore Felline si congedò a modo suo, combinandone una pure da morto, buffa come quelle che faceva da vivo e tanto lasciavano divertire e infuriare la gente. La macchina sobbalzò sulla ghiaia mentre da dietro, Marco, teneva il busto del nonno schiacciato sullo schienale e gli tirava su la testa quando cadeva in avanti. Fecero la strada coi finestrini abbassati, proprio come piaceva al vecchio, ridendo e piangendo per tutto.

Dal grande viale del feudo imboccarono il sentiero che portava alla Torre del Serpente e là si fermarono. L'Ettore aveva gli occhi chiusi ma l'espressione distesa, come se stesse sognando. Campeggiava un profumo di erba estiva che, al premere dell'acceleratore, si impastava al tanfo del gasolio e creava la miscela più autentica del loro mondo: quel sapore di aratura fresca, di lavoro dei campi che per i Felline aveva significato ogni cosa.

«Dai papà, saluta» fece Sebastiano.

Marco poggiò la mano sul finestrino e attese che il nonno dicesse qualcosa. La macchina ripartì e le ruote macerarono foglie e rametti. Passarono accanto al vigneto, alle piantagioni, ai confini e a tutto quello che ancora si vedeva tra i sentieri di campagna. Al muretto a secco coi Perrone, Marco provò il desiderio di tirare un sasso. Non lo fece e la voglia gli rimase appesa in gola per sempre, perché era la prima volta che poteva farlo davanti al nonno e l'ultima che poteva rendere l'Ettore fiero di suo nipote. La traversata stava finendo e il ragazzo capì che nella vita c'era un tempo per andare avanti ma non ne esisteva uno per tornare indietro.

Imboccarono il viale di casa e il nonno si era ormai afflosciato sul sedile. Un ciuffo di capelli si spettinava ancora sotto la corrente del finestrino, ma adesso l'Ettore sembrava più malinconico, come se avesse scoperto che il gioco, tutto quel gioco, stava finendo per sempre.

Arrivarono, lo presero di nuovo in braccio e lo portarono nel letto.

La Benedetta lo vide e cominciò a singhiozzare: «*Sorte mia! Sorte mia!*».

Sebastiano rimase a guardarla. Si era distesa accanto al marito e se lo stringeva per non farlo più andare via.

Il funerale lo fecero l'indomani pomeriggio, di domenica. La chiesa stava in paese, raggiungerla a piedi non si poteva. Però la Benedetta voleva far percorrere al marito il viale del feudo per un'ultima volta, passo per passo.

«Una passeggiata,» disse «per salutarlo».

Non sapeva niente della scampagnata del giorno prima e rimase interdetta quando Sebastiano e Marco ammiccarono mestamente, complici di chissà quale impresa.

Il corteo funebre camminò sul lungo ricamo che separava i campi. Lento, come se fosse un aratro. Le macchine incolonnate aspettavano fuori.

A pochi passi dalla fine un fiore scivolò dal feretro e cadde sul viale. Fu così che l'Ettore salutò la sua razza.

Capitolo dodici

Toccò alla Giada, qualche anno dopo, rinnovare la tradizione inaugurata dall'Oronzo e portata avanti dall'Ettore e da Sebastiano. L'unica vera tradizione segreta che i Felline si erano tramandati per quasi un secolo, del tutto inconsciamente.

Aveva diciassette anni e a casa la chiamavano ancora "La longa te le mile" perché continuava a crescere alta e magra, sugli stessi trampoli di un tempo. E non era cambiata nemmeno nel temperamento, nella forza interiore con cui lottava per le cose che le appartenevano.

Quel giorno sfidò il mondo tirando per mano un ragazzo conosciuto tra i banchi di scuola. Lo portò nella Torre del Serpente, in un cerchio di luce dove il pulviscolo e le mosche vorticavano insieme e risalivano fino alla fenditura nel tetto.

Il ragazzo le strinse i fianchi ma ancora non fu capace di spogliarla: «Prima una cosa» le disse.

Lei annuì.

«La storia del tesoro che mi hai raccontato. Voglio dire... è vera?»

La Giada sorrise e ci pensò sopra. Pensò che era tutto vero, come quello che provava quando veniva là dentro a guardare la pianura senza confini, il mondo da vicino. Solo nella Torre si riusciva a vedere e a sentire ancora tutto. L'umore caldo della campagna, i sorrisi e i sospiri, le mollezze e i bisogni. Il tramestio dei pioppi si confondeva ai pensieri che sgusciavano via lontani, dove era già tutto un rincorrersi di cani, gatti, uccelli, filastrocche e persone. Mulinavano le foglie sui viali, squassavano le chiome degli alberi e per quel vento avrebbero cigolato pure le imposte sui cardini arrugginiti nella casa dell'Oronzo Felline.

«I soldi stavano là, dove ci sono quei massi» disse la ragazza, indicando fuori.

Da lontano si intravide pure un contadino che rincasava in bicicletta con gli attrezzi dietro la spalla, come una formica con la briciola sul groppone. Le ombre si allungavano e giganteggiavano sulla ghiaia, l'oro del sole moriva e un vapore violaceo sommergeva la terra nuda, pronto ad addormentare i campi.

Allora, mentre tutto diventava color calcare, di quella tonalità che assumono le cose prima di rifugiarsi nel buio, il vestito della Giada scivolò per terra, verso il centro del mondo, nel punto dove ogni cosa finisce e comincia.

I due corpi si avvolsero e c'era già un po' di penombra a nasconderli al resto della campagna.

Indice

www.ingramcontent.com/pod-product-compliance
Lightning Source LLC
Chambersburg PA
CBHW022034240626
47154CB00007B/2398